ZADIG

et

autres contes

© 1993, Bookking International, Paris.
ISBN 2-87714-122-5

VOLTAIRE

Zadig

et

autres contes

VOLTAIRE
(1694-1788)

François-Marie Arouet, né à Paris le 21 novembre 1694, fils d'un riche notaire, est un enfant chétif. Ses études, chez les Jésuites, sont aussi brillantes que turbulentes. Grâce aux relations paternelles, dès son adolescence, il entre dans le monde où il se fait remarquer par sa vivacité d'esprit. Son père, qui le trouve trop impertinent, — il écrit déjà des poèmes satiriques contre les puissants — le fait voyager, notamment en Hollande.

Pour s'être moqué du Régent, il est enfermé pendant onze mois à la Bastille en 1717, et met à profit ce séjour forcé pour travailler sur une épopée en vers à la gloire d'Henri IV dans laquelle il dénonce le fanatisme religieux.

Sa première pièce, *Œdipe* (1718) est un succès ; ses pièces sont jouées à la Cour. Il se fait appeler M. de Voltaire. En 1725, le chevalier de Rohan, issu d'une vieille famille de la noblesse française, ironise sur ce nom d'emprunt. « Je commence mon nom et vous finissez le vôtre » réplique Voltaire. Battu par les valets du duc, il le provoque en duel. Scandale. Louis XV l'exile en Angleterre pour trois ans. Il s'y lie avec des philosophes et découvre une liverté morale et intellectuelle beaucoup plus développée qu'en France.

Rentré d'exil, il publie *Les Lettres philosophiques*,

ouvrage brûlé comme scandaleux par le Parlement — l'auteur y critique les traditions religieuses et sociales françaises en leur opposant le modèle libéral anglais — et reste à l'écart de la vie parisienne, travaillant à des tragédies.

En 1731, *Zaïre* est un triomphe. Voltaire est comparé à Corneille et à Racine. Quand il n'écrit pas, il spécule. Son père, s'il ne lui a accordé qu'un maigre héritage, lui a cependant légué son sens des affaires. Il a rencontré Mme du Châtelet, une femme philosophe (leur liaison durera dix-sept ans) et c'est dans son château de Cirey, entre Champagne et Lorraine, qu'il se réfugie lorsque Paris le boude.

En 1744, il revient dans la capitale. Protégé par Mme de Pompadour, élu à l'Académie française (1746), il fréquente les philosophes, et arrondit sa fortune comme fournisseur aux Armées. Frédéric II de Prusse l'accueille en 1750 et le nomme chambellan. Les deux hommes se brouillent deux ans plus tard.

Pour défendre ses idées philosophiques, Voltaire délaisse le théâtre pour le roman et le conte (*Zadig*, 1747 ; *Micromégas*, 1752) ; il travaille aussi à de grands ouvrages historiques.

Las de devoir, à chacun de ses pamphlets, fuir à travers l'Europe, il achète, à la frontière suisse, le domaine de Ferney (1759) où il va vivre les vingt dernières années de sa vie. Le « Patriarche de Ferney » organise l'industrie locale, reçoit dans son château toute l'Europe des arts et des lettres, polémique avec Jean-Jacques Rousseau et dénonce sans relâche le fanatisme religieux (*Candide*, 1759, l'affaire Calas, 1762...) et l'arbitraire du pouvoir.

En 1778, il accepte de revenir à Paris pour assister à la création de sa dernière pièce, *Irène*. C'est l'apothéose : le peuple salue en lui le défenseur des opprimés, les bourgeois le chantre de la tolérance, l'élite intellectuelle

l'esprit éclairé génie de son temps. Seuls les prélats l'évitent.

Après deux mois de réceptions et d'honneurs, il meurt d'épuisement, le 30 mai 1778, à 84 ans. Le curé de Saint-Sulpice, à Paris, ayant refusé la sépulture, il est enterré dans les environs de Troyes. Ses cendres sont ramenées au Panthéon en 1791, au plus fort de cette Révolution dont il aura été, lui qui a connu les règnes de Louis XIV, Louis XV et Louis XVI, l'artisan involontaire.

ZADIG OU LA DESTINÉE

HISTOIRE ORIENTALE

ÉPITRE DÉDICATOIRE DE ZADIG
A LA SULTANE SHERAA

PAR SADI

Le 10 du mois de Schewal, l'an 837 de l'hégire.

Charme des prunelles, tourment des cœurs, lumière de l'esprit, je ne baise point la poussière de vos pieds, parce que vous ne marchez guère, ou que vous marchez sur des tapis d'Iran ou sur des roses. Je vous offre la traduction d'un livre d'un ancien sage qui, ayant le bonheur de n'avoir rien à faire, eut celui de s'amuser à écrire l'histoire de Zadig, ouvrage qui dit plus qu'il ne semble dire. Je vous prie de le lire et d'en juger : car, quoique vous soyez dans le printemps de votre vie, quoique tous les plaisirs vous cherchent, quoique vous soyez belle, et que vos talents ajoutent à votre beauté ; quoiqu'on vous loue du soir au matin, et que par toutes ces raisons vous soyez en droit de n'avoir pas le sens commun, cependant vous avez l'esprit très sage et le goût très fin, et je vous ai entendue raisonner mieux que de vieux derviches à longue barbe et à bonnet pointu. Vous êtes discrète et vous n'êtes point défiante ; vous êtes douce sans être faible ; vous êtes bienfaisante avec discernement ; vous aimez vos amis, et vous ne vous faites point d'ennemis. Votre esprit n'emprunte jamais ses agréments des traits de la médisance ; vous ne dites de mal ni n'en faites, malgré la prodigieuse facilité que vous y auriez. Enfin votre âme m'a toujours paru pure

comme votre beauté. Vous avez même un petit fonds de philosophie qui m'a fait croire que vous prendriez plus de goût qu'une autre à cet ouvrage d'un sage.

Il fut écrit d'abord en ancien chaldéen, que ni vous ni moi n'entendons. On le traduisit en arabe, pour amuser le célèbre sultan Ouloug-beb. C'était du temps où les Arabes et les Persans commençaient à écrire *des Mille et une Nuits, des Mille et un Jours*, etc. Ouloug aimait mieux la lecture de *Zadig* ; mais les sultanes aimaient mieux les *Mille et un*. « Comment pouvez-vous préférer, leur disait le sage Ouloug, des contes qui sont sans raison, et qui ne signifient rien ? — C'est précisément pour cela que nous les aimons, répondaient les sultanes. »

Je me flatte que vous ne leur ressemblerez pas, et que vous serez un vrai Ouloug. J'espère même que, quand vous serez lasse des conversations générales, qui ressemblent assez aux *ille et un,* à cela près qu'elles sont moins amusantes, je pourrai trouver une minute pour avoir l'honneur de vous parler raison. Si vous aviez été Thalestris du temps de Scander, fils de Philippe ; si vous aviez été la reine de Sabée du temps de Soleiman, c'eussent été ces rois qui auraient fait le voyage.

Je prie les vertus célestes que vos plaisirs soient sans mélange, votre beauté durable, et votre bonheur sans fin.

SADI.

LE BORGNE

Du temps du roi Moabdar, il y avait à Babylone un jeune homme nommé Zadig, né avec un beau naturel fortifié par l'éducation. Quoique riche et jeune, il savait modérer ses passions ; il n'affectait rien ; il ne voulait point toujours avoir raison, et savait respecter la fai-

blesse des hommes. On était étonné de voir qu'avec beaucoup d'esprit il n'insultât jamais par des railleries à ces propos si vagues, si rompus, si tumultueux, à ces médisances téméraires, à ces décisions ignorantes, à ces turlupinades grossières, à ce vain bruit de paroles, qu'on appelait *conversation* dans Babylone. Il avait appris, dans le premier livre de Zoroastre, que l'amour-propre est un ballon gonflé de vent, dont il sort des tempêtes quand on lui a fait une piqûre. Zadig surtout ne se vantait pas de mépriser les femmes et de les subjuguer. Il était généreux ; il ne craignait point d'obliger des ingrats, suivant ce grand précepte de Zoroastre : *Quand tu manges, donne à manger aux chiens, dussent-ils te mordre.* Il était aussi sage qu'on peut l'être : car il cherchait à vivre avec des sages. Instruit dans les sciences des anciens Chaldéens, il n'ignorait pas les principes physiques de la nature, tels qu'on les connaissait alors, et savait de la métaphysique ce qu'on en a su dans tous les âges, c'est-à-dire fort peu de chose. Il était fermement persuadé que l'année était de trois cent soixante et cinq jours et un quart, malgré la nouvelle philosophie de son temps, et que le soleil était au centre du monde ; et quand les principaux mages lui disaient, avec une hauteur insultante, qu'il avait de mauvais sentiments, et que c'était être ennemi de l'État que de croire que le soleil tournait sur lui-même, et que l'année avait douze mois, il se taisait sans colère et sans dédain.

Zadig, avec de grandes richesses, et par conséquent avec des amis, ayant de la santé, une figure aimable, un esprit juste et modéré, un cœur sincère et noble, crut qu'il pouvait être heureux. Il devait se marier à Sémire, que sa beauté, sa naissance, et sa fortune, rendaient le premier parti de Babylone. Il avait pour elle un attachement solide et vertueux, et Sémire l'aimait avec passion. Ils touchaient au moment fortuné qui allait les unir, lorsque, se promenant ensemble vers une porte de

Babylone, sous les palmiers qui ornaient le rivage de l'Euphrate, ils virent venir à eux des hommes armés de sabres et de flèches. C'étaient les satellites du jeune Orcan, neveu d'un ministre, à qui les courtisans de son oncle avaient fait accroire que tout lui était permis. Il n'avait aucune des grâces ni des vertus de Zadig ; mais, croyant valoir beaucoup mieux, il était désespéré de n'être pas préféré. Cette jalousie, qui ne venait que de sa vanité, lui fit penser qu'il aimait éperdument Sémire. Il voulait l'enlever. Les ravisseurs la saisirent, et dans les emportements de leur violence ils la blessèrent, et firent couler le sang d'une personne dont la vue aurait attendri les tigres du mont Imaüs. Elle perçait le ciel de ses plaintes. Elle s'écriait : « Mon cher époux ! on m'arrache à ce que j'adore. » Elle n'était point occupée de son danger ; elle ne pensait qu'à son cher Zadig. Celui-ci, dans le même temps, la défendait avec toute la force que donnent la valeur et l'amour. Aidé seulement de deux esclaves, il mit les ravisseurs en fuite, et ramena chez elle Sémire, évanouie et sanglante, qui en ouvrant les yeux vit son libérateur. Elle lui dit : « O Zadig ! je vous aimais comme mon époux ; je vous aime comme celui à qui je dois l'honneur et la vie. »

Jamais il n'y eut un cœur plus pénétré que celui de Sémire. Jamais bouche plus ravissante n'exprima des sentiments plus touchants par ces paroles de feu qu'inspirent le sentiment du plus grand des bienfaits et le transport le plus tendre de l'amour le plus légitime. Sa blessure était légère ; elle guérit bientôt. Zadig était blessé plus dangereusement ; un coup de flèche reçu près de l'œil lui avait fait une plaie profonde. Sémire ne demandait aux dieux que la guérison de son amant. Ses yeux étaient nuit et jour baignés de larmes : elle attendait le moment où ceux de Zadig pourraient jouir de ses regards ; mais un abcès survenu à l'œil blessé fit tout craindre. On envoya jusqu'à Memphis chercher le grand

médecin Hermès, qui vint avec un nombreux cortège. Il visita le malade, et déclara qu'il perdrait l'œil ; il prédit même le jour et l'heure où ce funeste accident devait arriver. « Si c'eût été l'œil droit, dit-il, je l'aurais guéri ; mais les plaies de l'œil gauche sont incurables. » Tout Babylone, en plaignant la destinée de Zadig, admira la profondeur de la science d'Hermès. Deux jours après, l'abcès perça de lui-même ; Zadig fut guéri parfaitement. Hermès écrivit un livre où il lui prouva qu'il n'avait pas dû guérir. Zadig ne le lut point ; mais, dès qu'il put sortir, il se prépara à rendre visite à celle qui faisait l'espérance du bonheur de sa vie, et pour qui seule il voulait avoir des yeux. Sémire était à la campagne depuis trois jours. Il apprit en chemin que cette belle dame, ayant déclaré hautement qu'elle avait une aversion insurmontable pour les borgnes, venait de se marier à Orcan lui-même. A cette nouvelle il tomba sans connaissance ; sa douleur le mit au bord du tombeau ; il fut longtemps malade, mais enfin la raison l'emporta sur son afflition ; et l'atrocité de ce qu'il éprouvait servit même à le consoler.

« Puisque j'ai essuyé, dit-il, un si cruel caprice d'une fille élevée à la cour, il faut que j'épouse une citoyenne. » Il choisit Azora, la plus sage et la mieux née de la ville ; il l'épousa, et vécut un mois avec elle dans les douceurs de l'union la plus tendre. Seulement il remarquait en elle un peu de légèreté, et beaucoup de penchant à trouver toujours que les jeunes gens les mieux faits étaient ceux qui avaient le plus d'esprit et de vertu.

LE NEZ

Un jour, Azora revint d'une promenade, tout en colère et faisant de grandes exclamations. « Qu'avez-vous, lui dit-il, ma chère épouse ? qui vous peut mettre ainsi hors de vous-même ? — Hélas ! dit-elle, vous seriez

comme moi, si vous aviez vu le spectacle dont je viens d'être témoin. J'ai été consoler la jeune veuve Cosrou, qui vient d'élever, depuis deux jours, un tombeau à son jeune époux auprès du ruisseau qui borde cette prairie. Elle a promis aux dieux, dans sa douleur, de demeurer auprès de ce tombeau tant que l'eau de ce ruisseau coulerait auprès. — Eh bien ! dit Zadig, voilà une femme estimable qui aimait véritablement son mari ! — Ah ! reprit Azora, si vous saviez à quoi elle s'occupait quand je lui ai rendu visite ! — A quoi donc, belle Azora ? — Elle faisait détourner le ruisseau. » Azora se répandit en des invectives si longues, éclata en reproches si violents contre la jeune veuve, que ce faste de vertu ne plut pas à Zadig.

Il avait un ami, nommé Cador, qui était un de ces jeunes gens à qui sa femme trouvait plus de probité et de mérite qu'aux autres : il le mit dans sa confidence, et s'assura, autant qu'il le pouvait, de sa fidélité par un présent considérable. Azora, ayant passé deux jours chez une de ses amies à la campagne, revint le troisième jour à la maison. Des domestiques en pleurs lui annoncèrent que son mari était mort subitement la nuit même, qu'on n'avait pas osé lui porter cette funeste nouvelle, et qu'on venait d'ensevelir Zadig dans le tombeau de ses pères, au bout du jardin. Elle pleura, s'arracha les cheveux, et jura de mourir. Le soir, Cador lui demanda la permission de lui parler, et ils pleurèrent tous deux. Le lendemain ils pleurèrent moins et dînèrent ensemble. Cador lui confia que son ami lui avait laissé la plus grande partie de son bien, et lui fit entendre qu'il mettrait son bonheur à partager sa fortune avec elle. La dame pleura, se fâcha, s'adoucit ; le souper fut plus long que le dîner ; on se parla avec plus de confiance. Azora fit l'éloge du défunt ; mais elle avoua qu'il avait des défauts dont Cador était exempt.

Au milieu du souper, Cador se plaignit d'un mal de

rate violent ; la dame, inquiète et empressée, fit appor-
ter toutes les essences dont elle se parfumait pour
essayer s'il n'y en avait pas quelqu'une qui fût bonne
pour le mal de rate ; elle regretta beaucoup que le grand
Hermès ne fût pas encore à Babylone ; elle daigna même
toucher le côté où Cador sentait de si vives douleurs.
« Êtes-vous sujet à cette cruelle maladie ? lui dit-elle
avec compassion. — Elle me met quelquefois au bord du
tombeau, lui répondit Cador, et il n'y a qu'un seul
remède qui puisse me soulager : c'est de m'appliquer sur
le côté le nez d'un homme qui soit mort la veille. —
Voilà un étrange remède, dit Azora. — Pas plus
étrange, répondit-il, que les sachets du sieur Arnou[a]
contre l'apoplexie. » Cette raison, jointe à l'extrême
mérite du jeune homme, détermina enfin la dame.
« Après tout, dit-elle, quand mon mari passera du
monde d'hier dans le monde du lendemain sur le pont
Tchinavar, l'ange Asraël lui accordera-t-il moins le pas-
sage parce que son nez sera un peu moins long dans la
seconde vie que dans la première ? » Elle prit donc un
rasoir ; elle alla au tombeau de son époux, l'arrosa de ses
larmes, et s'approcha pour couper le nez à Zadig, qu'elle
trouva tout étendu dans la tombe. Zadig se relève en
tenant son nez d'une main, et arrêtant le rasoir de
l'autre. « Madame, lui dit-il, ne criez plus tant contre la
jeune Cosrou ; le projet de me couper le nez vaut bien
celui de détourner un ruisseau. »

LE CHIEN ET LE CHEVAL

Zadig éprouva que le premier mois du mariage,
comme il est écrit dans le livre du *Zend*, est la lune du
miel, et que le second est la lune de l'absinthe. Il fut

a. Il y avait dans ce temps un Babylonien, nommé Arnou, qui guérissait
et prévenait toutes les apoplexies, dans les gazettes, avec un sachet pendu au
cou.

quelque temps après obligé de répudier Azora, qui était devenue trop difficile à vivre, et il chercha son bonheur dans l'étude de la nature. « Rien n'est plus heureux, disait-il, qu'un philosophe qui lit dans ce grand livre que Dieu a mis sous nos yeux. Les vérités qu'il découvre sont à lui : il nourrit et il élève son âme, il vit tranquille ; il ne craint rien des hommes, et sa tendre épouse ne vient point lui couper le nez. »

Plein de ces idées, il se retira dans une maison de campagne sur les bords de l'Euphrate. Là, il ne s'occupait pas à calculer combien de pouces d'eau coulaient en une seconde sous les arches d'un pont, ou s'il tombait une ligne cube de pluie dans le mois de la souris plus que dans le mois du mouton. Il n'imaginait point de faire de la soie avec des toiles d'araignée, ni de la porcelaine avec des bouteilles cassées, mais il étudia surtout les propriétés des animaux et des plantes, et il acquit bientôt une sagacité qui lui découvrait mille différences où les autres hommes ne voient rien que d'uniforme.

Un jour, se promenant auprès d'un petit bois, il vit accourir à lui un eunuque de la reine, suivi de plusieurs officiers qui paraissaient dans la plus grande inquiétude, et qui couraient çà et là comme des hommes égarés qui cherchent ce qu'ils ont perdu de plus précieux. « Jeune homme, lui dit le premier eunuque, n'avez-vous point vu le chien de la reine ? » Zadig répondit modestement : « C'est une chienne, et non pas un chien. — Vous avez raison, reprit le premier eunuque. — C'est une épagneule très petite, ajouta Zadig ; elle a fait depuis peu des chiens ; elle boite du pied gauche de devant, et elle a les oreilles très longues. — Vous l'avez donc vue ? dit le premier eunuque tout essoufflé. — Non, répondit Zadig, je ne l'ai jamais vue, et je n'ai jamais su si la reine avait une chienne. »

Précisément dans le même temps, par une bizarrerie

ordinaire de la fortune, le plus beau cheval de l'écurie du roi s'était échappé des mains d'un palefrenier dans les plaines de Babylone. Le grand veneur et tous les autres officiers couraient après lui avec autant d'inquiétude que le premier eunuque après la chienne. Le grand veneur s'adressa à Zadig, et lui demanda s'il n'avait point vu passer le cheval du roi. « C'est, répondit Zadig, le cheval qui galope le mieux ; il a cinq pieds de haut, le sabot fort petit ; il porte une queue de trois pieds et demi de long ; les bossettes de son mors sont d'or à vingt-trois carats ; ses fers sont d'argent à onze deniers. — Quel chemin a-t-il pris ? Où est-il ? demanda le grand veneur. — Je ne l'ai point vu, répondit Zadig, et je n'en ai jamais entendu parler. »

Le grand veneur et le premier eunuque ne doutèrent pas que Zadig n'eût volé le cheval du roi et la chienne de la reine ; ils le firent conduire devant l'assemblée du grand Desterham, qui le condamna au knout, et à passer le reste de ses jours en Sibérie. A peine le jugement fut-il rendu qu'on retrouva le cheval et la chienne. Les juges furent dans la douloureuse nécessité de réformer leur arrêt ; mais ils condamnèrent Zadig à payer quatre cents onces d'or pour avoir dit qu'il n'avait point vu ce qu'il avait vu. Il fallut d'abord payer cette amende ; après quoi il fut permis à Zadig de plaider sa cause au conseil du grand Desterham ; il parla en ces termes :

« Étoiles de justice, abîmes de science, miroirs de vérité, qui avez la pesanteur du plomb, la dureté du fer, l'éclat du diamant, et beaucoup d'affinité avec l'or, puisqu'il m'est permis de parler devant cette auguste assemblée, je vous jure par Orosmade que je n'ai jamais vu la chienne respectable de la reine, ni le cheval sacré du roi des rois. Voici ce qui m'est arrivé. Je me promenais vers le petit bois où j'ai rencontré depuis le vénérable eunuque et le très illustre grand veneur. J'ai vu sur le sable les traces d'un animal, et j'ai jugé aisément que

c'étaient celles d'un petit chien. Des sillons légers et longs, imprimés sur de petites éminences de sable entre les traces des pattes, m'ont fait connaître que c'était une chienne dont les mamelles étaient pendantes, et qu'ainsi elle avait fait des petits il y a peu de jours. D'autres traces en un sens différent, qui paraissaient toujours avoir rasé la surface du sable à côté des pattes de devant, m'ont appris qu'elle avait les oreilles très longues ; et, comme j'ai remarqué que le sable était toujours moins creusé par une patte que par les trois autres, j'ai compris que la chienne de notre auguste reine était un peu boiteuse, si je l'ose dire.

« A l'égard du cheval du roi des rois, vous saurez que, me promenant dans les routes de ce bois, j'ai aperçu les marques des fers d'un cheval ; elles étaient toutes à égales distances. Voilà, ai-je dit, un cheval qui a un galop parfait. La poussière des arbres, dans une route étroite qui n'a que sept pieds de large, était un peu enlevée à droite et à gauche, à trois pieds et demi du milieu de la route. Ce cheval, ai-je dit, a une queue de trois pieds et demi, qui, par ses mouvements de droite et de gauche, a balayé cette poussière. J'ai vu sous les arbres, qui formaient un berceau de cinq pieds de haut, les feuilles des branches nouvellement tombées ; et j'ai connu que ce cheval y avait touché, et qu'ainsi il avait cinq pieds de haut. Quant à son mors, il doit être d'or à vingt-trois carats : car il en a frotté les bossettes contre une pierre que j'ai reconnue être une pierre de touche, et dont j'ai fait l'essai. J'ai jugé enfin, par les marques que ses fers ont laissées sur des cailloux d'une autre espèce, qu'il était ferré d'argent à onze deniers de fin. »

Tous les juges admirèrent le profond et subtil discernement de Zadig ; la nouvelle en vint jusqu'au roi et à la reine. On ne parlait que de Zadig dans les antichambres, dans la chambre, et dans le cabinet ; et quoique plusieurs mages opinassent qu'on devait le brûler comme sorcier,

le roi ordonna qu'on lui rendît l'amende de quatre cents
onces d'or à laquelle il avait été condamné. Le greffier,
les huissiers, les procureurs, vinrent chez lui en grand
appareil lui rapporter ses quatre cents onces ; ils en
retinrent seulement trois cent quatre-vingt-dix-huit pour
les frais de justice, et leurs valets demandèrent des
honoraires.

Zadig vit combien il était dangereux quelquefois
d'être trop savant, et se promit bien, à la première
occasion, de ne point dire ce qu'il avait vu.

Cette occasion se trouva bientôt. Un prisonnier d'État
s'échappa ; il passa sous les fenêtres de sa maison. On
interrogea Zadig, il ne répondit rien ; mais on lui prouva
qu'il avait regardé par la fenêtre. Il fut condamné pour
ce crime à cinq cents onces d'or, et il remercia ses juges
de leur indulgence, selon la coutume de Babylone.
« Grand Dieu ! dit-il en lui-même, qu'on est à plaindre
quand on se promène dans un bois où la chienne de la
reine et le cheval du roi ont passé ! qu'il est dangereux de
se mettre à la fenêtre ! et qu'il est difficile d'être heureux
dans cette vie ! »

L'ENVIEUX

Zadig voulut se consoler, par la philosophie et par
l'amitié, des maux que lui avait faits la fortune. Il avait,
dans un faubourg de Babylone, une maison ornée avec
goût, où il rassemblait tous les arts et tous les plaisirs
dignes d'un honnête homme. Le matin, sa bibliothèque
était ouverte à tous les savants ; le soir, sa table l'était à
la bonne compagnie ; mais il connut bientôt combien les
savants sont dangereux ; il s'éleva une grande dispute sur
une loi de Zoroastre, qui défendait de manger du grif-
fon. « Comment défendre le griffon, disaient les uns, si
cet animal n'existe pas ? — Il faut bien qu'il existe,
disaient les autres, puisque Zoroastre ne veut pas qu'on

en mange. » Zadig voulut les accorder en leur disant :
« S'il y a des griffons, n'en mangeons point ; s'il n'y en a
point, nous en mangerons encore moins ; et par là nous
obéirons tous à Zoroastre. »

Un savant, qui avait composé treize volumes sur les
propriétés du griffon, et qui de plus était grand théur-
gite, se hâta d'aller accuser Zadig devant un archimage
nommé Yébor, le plus sot des Chaldéens, et partant le
plus fanatique. Cet homme aurait fait empaler Zadig
pour la plus grande gloire du soleil, et en aurait récité le
bréviaire de Zoroastre d'un ton plus satisfait. L'ami
Cador (un ami vaut mieux que cent prêtres) alla trouver
le vieux Yébor, et lui dit : « Vivent le soleil et les
griffons ! gardez-vous bien de punir Zadig : c'est un
saint ; il a des griffons dans sa basse-cour, et il n'en
mange point ; et son accusateur est un hérétique qui ose
soutenir que les lapins ont le pied fendu, et ne sont point
immondes. — Eh bien ! dit Yébor en branlant sa tête
chauve, il faut empaler Zadig pour avoir mal pensé des
griffons, et l'autre pour avoir mal parlé des lapins. »
Cador apaisa l'affaire par le moyen d'une fille d'honneur
à laquelle il avait fait un enfant, et qui avait beaucoup de
crédit dans le collège des mages. Personne ne fut
empalé ; de quoi plusieurs docteurs murmurèrent, et en
présagèrent la décadence de Babylone. Zadig s'écria :
« A quoi tient le bonheur ! Tout me persécute dans ce
monde, jusqu'aux êtres qui n'existent pas. » Il maudit
les savants, et ne voulut plus vivre qu'en bonne compa-
gnie.

Il rassemblait chez lui les plus honnêtes gens de
Babylone, et les dames les plus aimables ; il donnait des
soupers délicats, souvent précédés de concerts, et ani-
més par des conversations charmantes dont il avait su
bannir l'empressement de montrer de l'esprit, qui est la
plus sûre manière de n'en point avoir, et de gâter la
société la plus brillante. Ni le choix de ses amis, ni celui

des mets, n'étaient faits par la vanité : car en tout il préférait l'être au paraître, et par là il s'attirait la considération véritable à laquelle il ne prétendait pas.

Vis-à-vis sa maison demeurait Arimaze, personnage dont la méchante âme était peinte sur sa grossière physionomie. Il était rongé de fiel et bouffi d'orgueil, et pour comble, c'était un bel esprit ennuyeux. N'ayant jamais pu réussir dans le monde, il se vengeait par en médire. Tout riche qu'il était, il avait de la peine à rassembler chez lui des flatteurs. Le bruit des chars qui entraient le soir chez Zadig l'importunait, le bruit de ses louanges l'irritait davantage. Il allait quelquefois chez Zadig, et se mettait à table sans être prié : il y corrompait toute la joie de la société, comme on dit que les harpies infectent les viandes qu'elles touchent. Il lui arriva un jour de vouloir donner une fête à une dame qui, au lieu de la recevoir, alla souper chez Zadig. Un autre jour, causant avec lui dans le palais, ils abordèrent un ministre qui pria Zadig à souper, et ne pria point Arimaze. Les plus implacables haines n'ont pas souvent des fondements plus importants. Cet homme, qu'on appelait l'envieux dans Babylone, voulut perdre Zadig parce qu'on l'appelait l'heureux. L'occasion de faire du mal se trouve cent fois par jour, et celle de faire du bien, une fois dans l'année, comme dit Zoroastre.

L'envieux alla chez Zadig, qui se promenait dans ses jardins avec deux amis et une dame à laquelle il disait souvent des choses galantes, sans autre intention que celle de les dire. La conversation roulait sur une guerre que le roi venait de terminer heureusement contre le prince d'Hyrcanie, son vassal. Zadig, qui avait signalé son courage dans cette courte guerre, louait beaucoup le roi et encore plus la dame. Il prit ses tablettes, et écrivit quatre vers qu'il fit sur-le-champ, et qu'il donna à lire à cette belle personne.

Ses amis le prièrent de leur en faire part : la modestie,

ou plutôt un amour-propre bien entendu, l'en empêcha.
Il savait que des vers impromptus ne sont jamais bons
que pour celle en l'honneur de qui ils sont faits : il brisa
en deux la feuille des tablettes sur laquelle il venait
d'écrire, et jeta les deux moitiés dans un buisson de
roses, où on les chercha inutilement. Une petite pluie
survint ; on regagna la maison. L'envieux, qui resta dans
le jardin, chercha tant, qu'il trouva un morceau de la
feuille. Elle avait été tellement rompue que chaque
moitié de vers qui remplissait la ligne faisait un sens, et
même un vers d'une plus petite mesure ; mais, par un
hasard encore plus étrange, ces petits vers se trouvaient
former un sens qui contenait les injures les plus horribles
contre le roi ; on y lisait :

> Par les plus grands forfaits
> Sur le trône affermi
> Dans la publique paix
> C'est le seul ennemi.

L'envieux fut heureux pour la première fois de sa vie.
Il avait entre les mains de quoi perdre un homme
vertueux et aimable. Plein de cette cruelle joie, il fit
parvenir jusqu'au roi cette satire écrite de la main de
Zadig : on le fit mettre en prison, lui, ses deux amis, et la
dame. Son procès lui fut bientôt fait, sans qu'on daignât
l'entendre. Lorsqu'il vint recevoir sa sentence, l'envieux
se trouva sur son passage et lui dit tout haut que ses vers
ne valaient rien. Zadig ne se piquait pas d'être bon
poète ; mais il était au désespoir d'être condamné
comme criminel de lèse-majesté, et de voir qu'on retînt
en prison une belle dame et deux amis pour un crime
qu'il n'avait pas fait. On ne lui permit pas de parler,
parce que ses tablettes parlaient : telle était la loi de
Babylone. On le fit donc aller au supplice à travers une
foule de curieux dont aucun n'osait le plaindre, et qui se
précipitaient pour examiner son visage et pour voir s'il

mourrait avec bonne grâce. Ses parents seulement étaient affligés, car ils n'héritaient pas. Les trois quarts de son bien étaient confisqués au profit du roi, et l'autre quart au profit de l'envieux.

Dans le temps qu'il se préparait à la mort, le perroquet du roi s'envola de son balcon, et s'abattit dans le jardin de Zadig sur un buisson de roses. Une pêche y avait été portée d'un arbre voisin par le vent ; elle était tombée sur un morceau de tablettes à écrire auquel elle s'était collée. L'oiseau enleva la pêche et la tablette, et les porta sur les genoux du monarque. Le prince, curieux, y lut des mots qui ne formaient aucun sens, et qui paraissaient des fins de vers. Il aimait la poésie, et il y a toujours de la ressource avec les princes qui aiment les vers : l'aventure de son perroquet le fit rêver. La reine, qui se souvenait de ce qui avait été écrit sur une pièce de la tablette de Zadig, se la fit apporter. On confronta les deux morceaux, qui s'ajustaient ensemble parfaitement ; on lut alors les vers tels que Zadig les avait faits :

> Par les plus grands forfaits j'ai vu troubler la terre.
> Sur le trône affermi le roi sait tout dompter
> Dans la publique paix l'amour seul fait la guerre :
> C'est le seul ennemi qui soit à redouter.

Le roi ordonna aussitôt qu'on fît venir Zadig devant lui, et qu'on fît sortir de prison ses deux amis et la belle dame. Zadig se jeta le visage contre terre, aux pieds du roi et de la reine : il leur demanda très humblement pardon d'avoir fait de mauvais vers ; il parla avec tant de grâce, d'esprit, et de raison, que le roi et la reine voulurent le revoir. Il revint, et plut encore davantage. On lui donna tous les biens de l'envieux, qui l'avait injustement accusé : mais Zadig les rendit tous, et l'envieux ne fut touché que du plaisir de ne pas perdre son bien. L'estime du roi s'accrut de jour en jour pour

Zadig. Il le mettait de tous ses plaisirs, et le consultait dans toutes ses affaires. La reine le regarda dès lors avec une complaisance qui pouvait devenir dangereuse pour elle, pour le roi son auguste époux, pour Zadig, et pour le royaume. Zadig commençait à croire qu'il n'est pas difficile d'être heureux.

LES GÉNÉREUX

Le temps arriva où l'on célébrait une grande fête qui revenait tous les cinq ans. C'était la coutume à Babylone de déclarer solennellement au bout de cinq années, celui des citoyens qui avait fait l'action la plus généreuse. Les grands et les mages étaient les juges. Le premier satrape, chargé du soin de la ville, exposait les plus belles actions qui s'étaient passées sous son gouvernement. On allait aux voix : le roi prononçait le jugement. On venait à cette solennité des extrémités de la terre. Le vainqueur recevait des mains du monarque une coupe d'or garnie de pierreries, et le roi lui disait ces paroles : « Recevez ce prix de la générosité, et puissent les dieux me donner beaucoup de sujets qui vous ressemblent ! »

Ce jour mémorable venu, le roi parut sur son trône, environné des grands, des mages, et des députés de toutes les nations, qui venaient à ces jeux où la gloire s'acquérait, non par la légèreté des chevaux, non par la force du corps, mais par la vertu. Le premier satrape rapporta à haute voix les actions qui pouvaient mériter à leurs auteurs ce prix inestimable. Il ne parla point de la grandeur d'âme avec laquelle Zadig avait rendu à l'envieux toute sa fortune : ce n'était pas une action qui méritât de disputer le prix.

Il présenta d'abord un juge qui, ayant fait perdre un procès considérable à un citoyen, par une méprise dont il n'était pas même responsable, lui avait donné tout son bien, qui était la valeur de ce que l'autre avait perdu.

Il produisit ensuite un jeune homme qui, étant éperdument épris d'une fille qu'il allait épouser, l'avait cédée à un ami près d'expirer d'amour pour elle, et qui avait encore payé la dot en cédant la fille.

Ensuite il fit paraître un soldat qui, dans la guerre d'Hyrcanie, avait donné encore un plus grand exemple de générosité. Des soldats ennemis lui enlevaient sa maîtresse, et il la défendait contre eux : on vint lui dire que d'autres Hyrcaniens enlevaient sa mère à quelques pas de là ; il quitta en pleurant sa maîtresse, et courut délivrer sa mère ; il retourna ensuite vers celle qu'il aimait, et la trouva expirante. Il voulut se tuer : sa mère lui remontra qu'elle n'avait que lui pour tout secours, et il eut le courage de souffrir la vie.

Les juges penchaient pour ce soldat. Le roi prit la parole, et dit : « Son action et celle des autres sont belles, mais elles ne m'étonnent point ; hier, Zadig en a fait une qui m'a étonné. J'avais disgracié depuis quelques jours mon ministre et mon favori Coreb. Je me plaignais de lui avec violence, et tous mes courtisans m'assuraient que j'étais trop doux : c'était à qui me dirait le plus de mal de Coreb. Je demandai à Zadig ce qu'il en pensait, et il osa en dire du bien. J'avoue que j'ai vu, dans nos histoires, des exemples qu'on a payé de son bien une erreur, qu'on a cédé sa maîtresse, qu'on a préféré une mère à l'objet de son amour ; mais je n'ai jamais lu qu'un courtisan ait parlé avantageusement d'un ministre disgracié contre qui son souverain était en colère. Je donne vingt mille pièces d'or à chacun de ceux dont on vient de réciter les actions généreuses ; mais je donne la coupe à Zadig.

— Sire, lui dit-il, c'est Votre Majesté seule qui mérite la coupe, c'est elle qui a fait l'action la plus inouïe, puisque, étant roi, vous ne vous êtes point fâché contre votre esclave, lorsqu'il contredisait votre passion. »

On admira le roi et Zadig. Le juge qui avait donné son

bien, l'amant qui avait marié sa maîtresse à son ami, le soldat qui avait préféré le salut de sa mère à celui de sa maîtresse, reçurent les présents du monarque : ils virent leurs noms écrits dans le livre des généreux. Zadig eut la coupe. Le roi acquit la réputation d'un bon prince, qu'il ne garda pas longtemps. Ce jour fut consacré par des fêtes plus longues que la loi ne le portait. La mémoire s'en conserve encore dans l'Asie. Zadig disait : « Je suis donc enfin heureux ! » Mais il se trompait.

LE MINISTRE

Le roi avait perdu son premier ministre. Il choisit Zadig pour remplir cette place. Toutes les belles dames de Babylone applaudirent à ce choix, car depuis la fondation de l'empire il n'y avait jamais eu de ministre si jeune. Tous les courtisans furent fâchés ; l'envieux en eut un crachement de sang, et le nez lui enfla prodigieusement. Zadig, ayant remercié le roi et la reine, alla remercier aussi le perroquet : « Bel oiseau, lui dit-il, c'est vous qui m'avez sauvé la vie, et qui m'avez fait premier ministre : la chienne et le cheval de Leurs Majestés m'avaient fait beaucoup de mal, mais vous m'avez fait du bien. Voilà donc de quoi dépendent les destins des hommes ! Mais, ajouta-t-il, un bonheur si étrange sera peut-être bientôt évanoui. » Le perroquet répondit : « Oui. » Ce mot frappa Zadig. Cependant, comme il était bon physicien, et qu'il ne croyait pas que les perroquets fussent prophètes, il se rassura bientôt et se mit à exercer son ministère de son mieux.

Il fit sentir à tout le monde le pouvoir sacré des lois, et ne fit sentir à personne le poids de sa dignité. Il ne gêna point les voix du divan, et chaque vizir pouvait avoir un avis sans lui déplaire. Quand il jugeait une affaire, ce n'était pas lui qui jugeait, c'était la loi ; mais quand elle était trop sévère, il la tempérait ; et quand on manquait

de lois, son équité en faisait qu'on aurait prises pour celles de Zoroastre.

C'est de lui que les nations tiennent ce grand principe : qu'il vaut mieux hasarder de sauver un coupable que de condamner un innocent. Il croyait que les lois étaient faites pour secourir les citoyens autant que pour les intimider. Son principal talent était de démêler la vérité, que tous les hommes cherchent à obscurcir. Dès les premiers jours de son administration il mit ce grand talent en usage. Un fameux négociant de Babylone était mort aux Indes ; il avait fait ses héritiers ses deux fils par portions égales, après avoir marié leur sœur, et il laissait un présent de trente mille pièces d'or à celui de ses deux fils qui serait jugé l'aimer davantage. L'aîné lui bâtit un tombeau, le second augmenta d'une partie de son héritage la dot de sa sœur ; chacun disait : « C'est l'aîné qui aime le mieux son père, le cadet aime mieux sa sœur ; c'est à l'aîné qu'appartiennent les trente mille pièces. »

Zadig les fit venir tous deux l'un après l'autre. Il dit à l'aîné : « Votre père n'est point mort, il est guéri de sa dernière maladie, il revient à Babylone. — Dieu soit loué, répondit le jeune homme ; mais voilà un tombeau qui m'a coûté bien cher ! » Zadig dit ensuite la même chose au cadet. « Dieu soit loué, répondit-il ; je vais rendre à mon père tout ce que j'ai ; mais je voudrais qu'il laissât à ma sœur ce que je lui ai donné. — Vous ne rendrez rien, dit Zadig, et vous aurez les trente mille pièces : c'est vous qui aimez le mieux votre père. »

Une fille fort riche avait fait une promesse de mariage à deux mages, et, après avoir reçu quelques mois des instructions de l'un et de l'autre, elle se trouva grosse. Ils voulaient tous deux l'épouser. « Je prendrai pour mon mari, dit-elle, celui des deux qui m'a mise en état de donner un citoyen à l'empire. — C'est moi qui ai fait cette bonne œuvre, dit l'un. — C'est moi qui ai eu cet avantage, dit l'autre. — Eh bien ! répondit-elle, je

reconnais pour père de l'enfant celui des deux qui lui
pourra donner la meilleure éducation. » Elle accoucha
d'un fils. Chacun des mages veut l'élever. La cause est
portée devant Zadig. Il fait venir les deux
mages.« Qu'enseigneras-tu à ton pupille ? dit-il au pre-
mier. — Je lui apprendrai, dit le docteur, les huit parties
d'oraison, la dialectique, l'astrologie, la démonomanie ;
ce que c'est que la substance et l'accident, l'abstrait et le
concret, les monades et l'harmonie préétablie. — Moi,
dit le second, je tâcherai de le rendre juste et digne
d'avoir des amis. » Zadig prononça : « Que tu sois son
père ou non, tu épouseras sa mère. »

LES DISPUTES ET LES AUDIENCES

C'est ainsi qu'il montrait tous les jours la subtilité de
son génie et la bonté de son âme ; on l'admirait, et
cependant on l'aimait. Il passait pour le plus fortuné de
tous les hommes, tout l'empire était rempli de son nom ;
toutes les femmes le lorgnaient ; tous les citoyens célé-
braient sa justice ; les savants le regardaient comme leur
oracle ; les prêtres même avouaient qu'il en savait plus
que le vieux archimage Yébor. On était bien loin alors
de lui faire des procès sur les griffons ; on ne croyait que
ce qui lui semblait croyable.

Il y avait une grande querelle dans Babylone, qui
durait depuis quinze cents années, et qui partageait
l'empire en deux sectes opiniâtres : l'une prétendait
qu'il ne fallait jamais entrer dans le temple de Mithra
que du pied gauche ; l'autre avait cette coutume en
abomination, et n'entrait jamais que du pied droit. On
attendait le jour de la fête solennelle du feu sacré pour
savoir quelle secte serait favorisée par Zadig. L'univers
avait les yeux sur ses deux pieds, et toute la ville était en
agitation et en suspens. Zadig entra dans le temple en
sautant à pieds joints, et il prouva ensuite, par un

discours éloquent, que le Dieu du ciel et de la terre, qui n'a acception de personne, ne fait pas plus de cas de la jambe gauche que de la jambe droite.

L'envieux et sa femme prétendirent que dans son discours il n'y avait pas assez de figures, qu'il n'avait pas fait assez danser les montagnes et les collines. « Il est sec et sans génie, disaient-ils ; on ne voit chez lui ni la mer s'enfuir, ni les étoiles tomber, ni le soleil se fondre comme de la cire : il n'a point le bon style oriental. » Zadig se contentait d'avoir le style de la raison. Tout le monde fut pour lui, non pas parce qu'il était dans le bon chemin, non pas parce qu'il était raisonnable, non pas parce qu'il était aimable, mais parce qu'il était premier vizir.

Il termina aussi heureusement le grand procès entre les mages blancs et les mages noirs. Les blancs soutenaient que c'était une impiété de se tourner, en priant Dieu, vers l'orient d'hiver ; les noirs assuraient que Dieu avait en horreur les prières des hommes qui se tournaient vers le couchant d'été. Zadig ordonna qu'on se tournât comme on voudrait.

Il trouva ainsi le secret d'expédier, le matin, les affaires particulières et les générales ; le reste du jour, il s'occupait des embellissements de Babylone : il faisait représenter des tragédies où l'on pleurait, et des comédies où l'on riait, ce qui était passé de mode depuis longtemps, et ce qu'il fit renaître parce qu'il avait du goût. Il ne prétendait pas en savoir plus que les artistes ; il les récompensait par des bienfaits et des distinctions, et n'était point jaloux en secret de leurs talents. Le soir, il amusait beaucoup le roi, et surtout la reine. Le roi disait : « Le grand ministre ! » La reine disait : « L'aimable ministre ! » et tous deux ajoutaient : « C'eût été grand dommage qu'il eût été pendu. »

Jamais homme en place ne fut obligé de donner tant d'audiences aux dames. La plupart venaient lui parler

des affaires qu'elles n'avaient point, pour en avoir une
avec lui. La femme de l'envieux s'y présenta des pre-
mières ; elle lui jura par Mithra, par Zenda-Vesta, et par
le feu sacré, qu'elle avait détesté la conduite de son
mari ; elle lui confia ensuite que ce mari était un jaloux,
un brutal ; elle lui fit entendre que les dieux le punis-
saient en lui refusant les précieux effets de ce feu sacré
par lequel seul l'homme est semblable aux immortels :
elle finit par laisser tomber sa jarretière ; Zadig la
ramassa avec sa politesse ordinaire ; mais il ne la ratta-
cha point au genou de la dame ; et cette petite faute, si
c'en est une, fut la cause des plus horribles infortunes.
Zadig n'y pensa pas, et la femme de l'envieux y pensa
beaucoup.

D'autres dames se présentaient tous les jours. Les
annales secrètes de Babylone prétendent qu'il succomba
une fois, mais qu'il fut tout étonné de jouir sans volupté,
et d'embrasser son amante avec distraction. Celle à qui il
donna, sans presque s'en apercevoir, des marques de sa
protection, était une femme de chambre de la reine
Astarté. Cette tendre Babylonienne se disait à elle-
même pour se consoler : « Il faut que cet homme-là ait
prodigieusement d'affaires dans la tête, puisqu'il y songe
encore même en faisant l'amour. » Il échappa à Zadig,
dans les instants où plusieurs personnes ne disent mot, et
où d'autres ne prononcent que des paroles sacrées, de
s'écrier tout d'un coup : « La reine ! » La Babylonienne
crut qu'enfin il était revenu à lui dans un bon moment, et
qu'il lui disait : « Ma reine. » Mais Zadig, toujours très
distrait, prononça le nom d'Astarté. La dame, qui dans
ces heureuses circonstances interprétait tout à son avan-
tage, s'imagina que cela voulait dire : « Vous êtes plus
belle que la reine Astarté. » Elle sortit du sérail de Zadig
avec de très beaux présents. Elle alla conter son aven-
ture à l'envieuse, qui était son amie intime ; celle-ci fut
cruellement piquée de la préférence. « Il n'a pas daigné

seulement, dit-elle, me rattacher cette jarretière que voici, et dont je ne veux plus me servir. — Oh ! oh ! dit la fortunée à l'envieuse, vous portez les mêmes jarretières que la reine ! Vous les prenez donc chez la même faiseuse ? » L'envieuse rêva profondément, ne répondit rien, et alla consulter son mari l'envieux.

Cependant Zadig s'apercevait qu'il avait toujours des distractions quand il donnait des audiences et quand il jugeait ; il ne savait à quoi les attribuer : c'était là sa seule peine.

Il eut un songe : il lui semblait qu'il était couché d'abord sur des herbes sèches, parmi lesquelles il y en avait quelques-unes de piquantes qui l'incommodaient ; et qu'ensuite il reposait mollement sur un lit de roses, dont il sortait un serpent qui le blessait au cœur de sa langue acérée et envenimée. « Hélas ! disait-il, j'ai été longtemps couché sur ces herbes sèches et piquantes, je suis maintenant sur le lit de roses, mais quel sera le serpent ? »

LA JALOUSIE

Le malheur de Zadig vint de son bonheur même, et surtout de son mérite. Il avait tous les jours des entretiens avec le roi et avec Astarté, son auguste épouse. Les charmes de sa conversation redoublaient encore par cette envie de plaire qui est à l'esprit ce que la parure est à la beauté ; sa jeunesse et ses grâces firent insensiblement sur Astarté une impression dont elle ne s'aperçut pas d'abord. Sa passion croissait dans le sein de l'innocence. Astarté se livrait sans scrupule et sans crainte au plaisir de voir et d'entendre un homme cher à son époux et à l'État ; elle ne cessait de le vanter au roi ; elle en parlait à ses femmes, qui enchérissaient encore sur ses louanges ; tout servait à enfoncer dans son cœur le trait qu'elle ne sentait pas. Elle faisait des présents à Zadig,

dans lesquels il entrait plus de galanterie qu'elle ne pensait ; elle croyait ne lui parler qu'en reine contente de ses services, et quelquefois ses expressions étaient d'une femme sensible.

Astarté était beaucoup plus belle que cette Sémire qui haïssait tant les borgnes, et que cette autre femme qui avait voulu couper le nez à son époux. La familiarité d'Astarté, ses discours tendres, dont elle commençait à rougir, ses regards, qu'elle voulait détourner, et qui se fixaient sur les siens, allumèrent dans le cœur de Zadig un feu dont il s'étonna. Il combattit ; il appela à son secours la philosophie, qui l'avait toujours secouru ; il n'en tira que des lumières, et n'en reçut aucun soulagement. Le devoir, la reconnaissance, la majesté souveraine violée, se présentaient à ses yeux comme des dieux vengeurs ; il combattait, il triomphait ; mais cette victoire, qu'il fallait remporter à tout moment, lui coûtait des gémissements et des larmes. Il n'osait plus parler à la reine avec cette douce liberté qui avait eu tant de charmes pour tous deux : ses yeux se couvraient d'un nuage ; ses discours étaient contraints et sans suite : il baissait la vue ; et quand, malgré lui, ses regards se tournaient vers Astarté, ils rencontraient ceux de la reine mouillés de pleurs, dont il partait des traits de flamme ; ils semblaient se dire l'un à l'autre : « Nous nous adorons, et nous craignons de nous aimer ; nous brûlons tous deux d'un feu que nous condamnons. »

Zadig sortait d'auprès d'elle égaré, éperdu, le cœur surchargé d'un fardeau qu'il ne pouvait plus porter : dans la violence de ses agitations, il laissa pénétrer son secret à son ami Cador, comme un homme qui, ayant soutenu longtemps les atteintes d'une vive douleur, fait enfin connaître son mal par un cri qu'un redoublement aigu lui arrache, et par la sueur froide qui coule sur son front.

Cador lui dit : « J'ai déjà démêlé les sentiments que

vous vouliez vous cacher à vous-même ; les passions ont
des signes auxquels on ne peut se méprendre. Jugez,
mon cher Zadig, puisque j'ai lu dans votre cœur, si le roi
n'y découvrira pas un sentiment qui l'offense. Il n'a
d'autre défaut que celui d'être le plus jaloux des
hommes. Vous résistez à votre passion avec plus de
force que la reine ne combat la sienne, parce que vous
êtes philosophe, et parce que vous êtes Zadig. Astarté
est femme ; elle laisse parler ses regards avec d'autant
plus d'imprudence qu'elle ne se croit pas encore cou-
pable. Malheureusement, rassurée sur son innocence,
elle néglige des dehors nécessaires. Je tremblerai pour
elle tant qu'elle n'aura rien à se reprocher. Si vous étiez
d'accord l'un et l'autre, vous sauriez tromper tous les
yeux : une passion naissante et combattue éclate ; un
amour satisfait sait se cacher. » Zadig frémit à la propo-
sition de trahir le roi, son bienfaiteur ; et jamais il ne fut
plus fidèle à son prince que quand il fut coupable envers
lui d'un crime involontaire. Cependant la reine pronon-
çait si souvent le nom de Zadig, son front se couvrait de
tant de rougeur en le prononçant, elle était tantôt si
animée, tantôt si interdite, quand elle lui parlait en
présence du roi ; une rêverie si profonde s'emparait
d'elle quand il était sorti, que le roi fut troublé. Il crut
tout ce qu'il voyait, et imagina tout ce qu'il ne voyait
point. Il remarqua surtout que les babouches de sa
femme étaient bleues, et que les babouches de Zadig
étaient bleues, que les rubans de sa femme étaient
jaunes, et que le bonnet de Zadig était jaune ; c'étaient
là de terribles indices pour un prince délicat. Les soup-
çons se tournèrent en certitude dans son esprit aigri.

Tous les esclaves des rois et des reines sont autant
d'espions de leurs cœurs. On pénétra bientôt qu'Astarté
était tendre, et que Moabdar était jaloux. L'envieux
engagea l'envieuse à envoyer au roi sa jarretière, qui
ressemblait à celle de la reine. Pour surcroît de malheur,

cette jarretière était bleue. Le monarque ne songea plus qu'à la manière de se venger. Il résolut une nuit d'empoisonner la reine, et de faire mourir Zadig par le cordeau au point du jour. L'ordre en fut donné à un impitoyable eunuque, exécuteur de ses vengeances. Il y avait alors dans la chambre du roi un petit nain qui était muet, mais qui n'était pas sourd. On le souffrait toujours : il était témoin de ce qui se passait de plus secret, comme un animal domestique. Ce petit muet était très attaché à la reine et à Zadig. Il entendit, avec autant de surprise que d'horreur, donner l'ordre de leur mort. Mais comment faire pour prévenir cet ordre effroyable qui allait s'exécuter dans peu d'heures ? Il ne savait pas écrire ; mais il avait appris à peindre, et savait surtout faire ressembler. Il passa une partie de la nuit à crayonner ce qu'il voulait faire entendre à la reine. Son dessin représentait le roi agité de fureur, dans un coin du tableau, donnant des ordres à son eunuque ; un cordeau bleu et un vase sur une table, avec des jarretières bleues et des rubans jaunes ; la reine, dans le milieu du tableau, expirante entre les bras de ses femmes ; et Zadig étranglé à ses pieds. L'horizon représentait un soleil levant pour marquer que cette horrible exécution devait se faire aux premiers rayons de l'aurore. Dès qu'il eut fini cet ouvrage, il courut chez une femme d'Astarté, la réveilla, et lui fit entendre qu'il fallait dans l'instant même porter ce tableau à la reine.

Cependant, au milieu de la nuit, on vient frapper à la porte de Zadig ; on le réveille ; on lui donne un billet de la reine ; il doute si c'est un songe ; il ouvre la lettre d'une main tremblante. Quelle fut sa surprise, et qui pourrait exprimer la consternation et le désespoir dont il fut accablé quand il lut ces paroles : « Fuyez, dans l'instant même, ou l'on va vous arracher la vie ! Fuyez, Zadig ; je vous l'ordonne au nom de notre amour et de

mes rubans jaunes. Je n'étais point coupable ; mais je sens que je vais mourir criminelle. »

Zadig eut à peine la force de parler. Il ordonna qu'on fît venir Cador ; et, sans lui rien dire, il lui donna ce billet. Cador le força d'obéir, et de prendre sur-le-champ la route de Memphis. « Si vous osez aller trouver la reine, lui dit-il, vous hâtez sa mort ; si vous parlez au roi, vous la perdez encore. Je me charge de sa destinée ; suivez la vôtre. Je répandrai le bruit que vous avez pris la route des Indes. Je viendrai bientôt vous trouver, et je vous apprendrai ce qui se sera passé à Babylone. »

Cador, dans le moment même, fit placer deux dromadaires des plus légers à la course vers une porte secrète du palais ; il y fit monter Zadig, qu'il fallut porter, et qui était près de rendre l'âme. Un seul domestique l'accompagna ; et bientôt Cador, plongé dans l'étonnement et dans la douleur, perdit son ami de vue.

Cet illustre fugitif, arrivé sur le bord d'une colline dont on voyait Babylone, tourna la vue sur le palais de la reine, et s'évanouit ; il ne reprit ses sens que pour verser des larmes et pour souhaiter la mort. Enfin, après s'être occupé de la destinée déplorable de la plus aimable des femmes et de la première reine du monde, il fit un moment de retour sur lui-même, et s'écria : « Qu'est-ce donc que la vie humaine ? O vertu ! à quoi m'avez-vous servi ? Deux femmes m'ont indignement trompé ; la troisième, qui n'est point coupable, et qui est plus belle que les autres, va mourir ! Tout ce que j'ai fait de bien a toujours été pour moi une source de malédictions, et je n'ai été élevé au comble de la grandeur que pour tomber dans le plus horrible précipice de l'infortune. Si j'eusse été méchant comme tant d'autres, je serais heureux comme eux. » Accablé de ces réflexions funestes, les yeux chargés du voile de la douleur, la pâleur de la mort sur le visage, et l'âme abîmée dans l'excès d'un sombre désespoir, il continuait son voyage vers l'Égypte.

LA FEMME BATTUE

Zadig dirigeait sa route sur les étoiles. La constellation d'Orion et le brillant astre de Sirius le guidaient vers le pôle de Canope. Il admirait ces vastes globes de lumière qui ne paraissent que de faibles étincelles à nos yeux, tandis que la terre, qui n'est en effet qu'un point imperceptible dans la nature, paraît à notre cupidité quelque chose de si grand et de si noble. Il se figurait alors les hommes tels qu'ils sont en effet, des insectes se dévorant les uns les autres sur un petit atome de boue. Cette image vraie semblait anéantir ses malheurs, en lui retraçant le néant de son être et celui de Babylone. Son âme s'élançait jusque dans l'infini, et contemplait, détachée de ses sens, l'ordre immuable de l'univers. Mais lorsque ensuite, rendu à lui-même et rentrant dans son cœur, il pensait qu'Astarté était peut-être morte pour lui, l'univers disparaissait à ses yeux, et il ne voyait dans la nature entière qu'Astarté mourante et Zadig infortuné.

Comme il se livrait à ce flux et à ce reflux de philosophie sublime et de douleur accablante, il avançait vers les frontières de l'Égypte ; et déjà son domestique fidèle était dans la première bourgade, où il lui cherchait un logement. Zadig cependant se promenait vers les jardins qui bordaient ce village. Il vit, non loin du grand chemin, une femme éplorée qui appelait le ciel et la terre à son secours, et un homme furieux qui la suivait. Elle était déjà atteinte par lui, elle embrassait ses genoux. Cet homme l'accablait de coups et de reproches. Il jugea, à la violence de l'Égyptien et aux pardons réitérés que lui demandait la dame, que l'un était un jaloux, et l'autre une infidèle ; mais quand il eut considéré cette femme, qui était d'une beauté touchante, et qui même ressemblait un peu à la malheureuse Astarté, il se sentit pénétré de compassion pour elle, et d'horreur pour l'Égyptien.

« Secourez-moi, s'écria-t-elle à Zadig avec des sanglots ;
tirez-moi des mains du plus barbare des hommes, sau-
vez-moi la vie ! »

A ces cris, Zadig courut se jeter entre elle et ce
barbare. Il avait quelque connaissance de la langue
égyptienne. Il lui dit en cette langue : « Si vous avez
quelque humanité, je vous conjure de respecter la
beauté et la faiblesse. Pouvez-vous outrager ainsi un
chef-d'œuvre de la nature, qui est à vos pieds, et qui n'a
pour sa défense que des larmes ? — Ah ! ah ! lui dit cet
emporté, tu l'aimes donc aussi ! et c'est de toi qu'il faut
que je me venge. » En disant ces paroles, il laisse la
dame, qu'il tenait d'une main par les cheveux, et,
prenant sa lance, il veut en percer l'étranger. Celui-ci,
qui était de sang-froid, évita aisément le coup d'un
furieux. Il se saisit de la lance près du fer dont elle est
armée. L'un veut la retirer, l'autre l'arracher. Elle se
brise entre leurs mains. L'Égyptien tire son épée ; Zadig
s'arme de la sienne. Ils s'attaquent l'un l'autre. Celui-ci
porte cent coups précipités ; celui-là les pare avec
adresse. La dame, assise sur un gazon, rajuste sa coiffure
et les regarde. L'Égyptien était plus robuste que son
adversaire, Zadig était plus adroit. Celui-ci se battait en
homme dont la tête conduisait le bras, et celui-là comme
un emporté dont une colère aveugle guidait les mouve-
ments au hasard. Zadig passe à lui, et le désarme ; et
tandis que l'Égyptien, devenu plus furieux, veut se jeter
sur lui, il le saisit, le presse, le fait tomber en lui tenant
l'épée sur la poitrine ; il lui offre de lui donner la vie.
L'Égyptien, hors de lui, tire son poignard ; il en blesse
Zadig dans le temps même que le vainqueur lui pardon-
nait. Zadig, indigné, lui plonge son épée dans le sein.
L'Égyptien jette un cri horrible, et meurt en se débat-
tant. Zadig alors s'avança vers la dame, et lui dit d'une
voix soumise : « Il m'a forcé de le tuer : je vous ai
vengée ; vous êtes délivrée de l'homme le plus violent

que j'aie jamais vu. Que voulez-vous maintenant de moi, madame ? — Que tu meures, scélérat, lui répondit-elle ; que tu meures ! tu as tué mon amant ; je voudrais pouvoir déchirer ton cœur. — En vérité, madame, vous aviez là un étrange homme pour amant, lui répondit Zadigj il vous battait de toutes ses forces et il voulait m'arracher la vie parce que vous m'avez conjuré de vous secourir. — Je voudrais qu'il me battît encore, reprit la dame en poussant des cris. Je le méritais bien, je lui avais donné de la jalousie. Plût au ciel qu'il me battît, et que tu fusses à sa place ! » Zadig, plus surpris et plus en colère qu'il ne l'avait été de sa vie, lui dit : « Madame, toute belle que vous êtes, vous mériteriez que je vous battisse à mon tour, tant vous êtes extravagante ; mais je n'en prendrai pas la peine. Là-dessus il remonta sur son chameau, et avança vers le bourg. A peine avait-il fait quelques pas qu'il se retourne au bruit que faisaient quatre courriers de Babylone. Ils venaient à toute bride. L'un d'eux, en voyant cette femme, s'écria : « C'est elle-même ! Elle ressemble au portrait qu'on nous en a fait. » Ils ne s'embarrassèrent pas du mort, et se saisirent incontinent de la dame. Elle ne cessait de crier à Zadig : « Secourez-moi encore une fois, étranger généreux ! je vous demande pardon de m'être plainte de vous : secourez-moi, et je suis à vous jusqu'au tombeau ! » L'envie avait passé à Zadig de se battre désormais pour elle. « A d'autres ! répond-il ; vous ne m'y attraperez plus. »

D'ailleurs il était blessé, son sang coulait, il avait besoin de secours ; et la vue des quatre Babyloniens, probablement envoyés par le roi Moabdar, le remplissait d'inquiétude. Il s'avance en hâte vers le village, n'imaginant pas pourquoi quatre courriers de Babylone venaient prendre cette Égyptienne, mais encore plus étonné du caractère de cette dame.

L'ESCLAVAGE

Comme il entrait dans la bourgade égyptienne, il se vit entouré par le peuple. Chacun criait : « Voilà celui qui a enlevé la belle Missouf, et qui vient d'assassiner Clétofis ! — Messieurs, dit-il, Dieu me préserve d'enlever jamais votre belle Missouf ! elle est trop capricieuse ; et, à l'égard de Clétofis, je ne l'ai point assassiné ; je me suis défendu seulement contre lui. Il voulait me tuer, parce que je lui avais demandé très humblement grâce pour la belle Missouf, qu'il battait impitoyablement. Je suis un étranger qui vient chercher un asile dans l'Égypte ; et il n'y a pas d'apparence qu'en venant demander votre protection j'aie commencé par enlever une femme, et par assassiner un homme. »

Les Égyptiens étaient alors justes et humains. Le peuple conduisit Zadig à la maison de ville. On commença par le faire panser de sa blessure, et ensuite on l'interrogea, lui et son domestique séparément, pour savoir la vérité. On reconnut que Zadig n'était point un assassin ; mais il était coupable du sang d'un homme : la loi le condamnait à être esclave. On vendit au profit de la bourgade ses deux chameaux ; on distribua aux habitants tout l'or qu'il avait apporté ; sa personne fut exposée en vente dans la place publique, ainsi que celle de son compagnon de voyage. Un marchand arabe, nommé Sétoc, y mit l'enchère ; mais le valet, plus propre à la fatigue, fut vendu bien plus chèrement que le maître. On ne faisait pas de comparaison entre ces deux hommes. Zadig fut donc esclave subordonné à son valet : on les attacha ensemble avec une chaîne qu'on leur passa aux pieds, et en cet état ils suivirent le marchand arabe dans sa maison. Zadig, en chemin, consolait son domestique, et l'exhortait à la patience ; mais, selon sa coutume, il faisait des réflexions sur la vie humaine. « Je vois, lui disait-il, que les malheurs de ma

destinée se répandent sur la tienne. Tout m'a tourné jusqu'ici d'une façon bien étrange. J'ai été condamné à l'amende pour avoir vu passer une chienne ; j'ai pensé être empalé pour un griffon ; j'ai été envoyé au supplice parce que j'avais fait des vers à la louange du roi ; j'ai été sur le point d'être étranglé parce que la reine avait des rubans jaunes, et me voici esclave avec toi parce qu'un brutal a battu sa maîtresse. Allons, ne perdons point courage ; tout ceci finira peut-être ; il faut bien que les marchands arabes aient des esclaves ; et pourquoi ne le serais-je pas comme un autre, puisque je suis un homme comme un autre ? Ce marchand ne sera pas impitoyable ; il faut qu'il traite bien ses esclaves, s'il en veut tirer des services. » Il parlait ainsi, et dans le fond de son cœur il était occupé du sort de la reine de Babylone.

Sétoc, le marchand, partit deux jours après pour l'Arabie déserte avec ses esclaves et ses chameaux. Sa tribu habitait vers le désert d'Horeb. Le chemin fut long et pénible. Sétoc, dans la route, faisait bien plus de cas du valet que du maître, parce que le premier chargeait bien mieux les chameaux ; et toutes les petites distinctions furent pour lui.

Un chameau mourut à deux journées d'Horeb : on répartit sa charge sur le dos de chacun des serviteurs ; Zadig en eut sa part. Sétoc se mit à rire en voyant tous ses esclaves marcher courbés. Zadig prit la liberté de lui en expliquer la raison, et lui apprit les lois de l'équilibre. le marchand, étonné, commença à le regarder d'un autre œil. Zadig, voyant qu'il avait excité sa curiosité, la redoubla en lui apprenant beaucoup de choses qui n'étaient point étrangères à son commerce ; les pesanteurs spécifiques des métaux et des denrées sous un volume égal ; les propriétés de plusieurs animaux utiles ; le moyen de rendre tels ceux qui ne l'étaient pas ; enfin il lui parut un sage. Sétoc lui donna la préférence sur son camarade, qu'il avait tant estimé. Il le traita bien, et n'eut pas sujet de s'en repentir.

Arrivé dans sa tribu, Sétoc commença par redemander cinq cents onces d'argent à un Hébreu auquel il les avait prêtées en présence de deux témoins ; mais ces deux témoins étaient morts, et l'Hébreu, ne pouvant être convaincu, s'appropriait l'argent du marchand, en remerciant Dieu de ce qu'il lui avait donné le moyen de tromper un Arabe. Sétoc confia sa peine à Zadig, qui était devenu son conseil. « En quel endroit, demanda Zadig, prêtâtes-vous vos cinq cents onces à cet infidèle ? — Sur une large pierre, répondit le marchand, qui est auprès du mont Horeb. — Quel est le caractère de votre débiteur ? dit Zadig. — Celui d'un fripon, reprit Sétoc. — Mais je vous demande si c'est un homme vif ou flegmatique, avisé ou imprudent. — C'est de tous les mauvais payeurs, dit Sétoc, le plus vif que je connaisse. — Eh bien ! insista Zadig, permettez que je plaide votre cause devant le juge. » En effet il cita l'Hébreu au tribunal, et il parla ainsi au juge : « Oreiller du trône d'équité, je viens redemander à cet homme, au nom de mon maître, cinq cents onces d'argent qu'il ne veut pas rendre. — Avez-vous des témoins ? dit le juge. — Non, ils sont morts ; mais il reste une large pierre sur laquelle l'argent fut compté ; et s'il plaît à Votre Grandeur d'ordonner qu'on aille chercher la pierre, j'espère qu'elle portera témoignage ; nous resterons ici ? l'Hébreu et moi, en attendant que la pierre vienne ; je l'enverrai chercher aux dépens de Sétoc, mon maître. — Très volontiers », répondit le juge ; et il se mit à expédier d'autres affaires.

A la fin de l'audience : « Eh bien ! dit-il à Zadig, votre pierre n'est pas encore venue ? » L'Hébreu, en riant, répondit : « Votre Grandeur resterait ici jusqu'à demain que la pierre ne serait pas encore arrivée ; elle est à plus de six milles d'ici, et il faudrait quinze hommes pour la remuer. — Eh bien ! s'écria Zadig, je vous avais bien dit que la pierre porterait témoignage ; puisque cet homme

sait où elle est, il avoue donc que c'est sur elle que l'argent fut compté. » L'Hébreu, déconcerté, fut bientôt contraint de tout avouer. Le juge ordonna qu'il serait lié à la pierre, sans boire ni manger, jusqu'à ce qu'il eût rendu les cinq cents onces, qui furent bientôt payées.

L'esclave Zadig et la pierre furent en grande recommandation dans l'Arabie.

LE BUCHER

Sétoc, enchanté, fit de son esclave son ami intime. Il ne pouvait pas plus se passer de lui qu'avait fait le roi de Babylone ; et Zadig fut heureux que Sétoc n'eût point de femme. Il découvrait dans son maître un naturel porté au bien, beaucoup de droiture et de bon sens. Il fut fâché de voir qu'il adorait l'armée céleste, c'est-à-dire le soleil, la lune, et les étoiles, selon l'ancien usage d'Arabie. Il lui en parlait quelquefois avec beaucoup de discrétion. Enfin il lui dit que c'étaient des corps comme les autres, qui ne méritaient pas plus son hommage qu'un arbre ou un rocher. « Mais, disait Sétoc, ce sont des êtres éternels dont nous tirons tous nos avantages ; ils animent la nature ; ils règlent les saisons ; ils sont d'ailleurs si loin de nous qu'on ne peut pas s'empêcher de les révérer. — Vous recevez plus d'avantages, répondit Zadig, des eaux de la mer Rouge, qui porte vos marchandises aux Indes. Pourquoi ne serait-elle pas aussi ancienne que les étoiles ? Et si vous adorez ce qui est éloigné de vous, vous devez adorer la terre des Gangarides, qui est aux extrémités du monde. — Non, disait Sétoc, les étoiles sont trop brillantes pour que je ne les adore pas. » Le soir venu, Zadig alluma un grand nombre de flambeaux dans la tente où il devait souper avec Sétoc ; et dès que son patron parut, il se jeta à genoux devant ces cires allumées, et leur dit : « Éternelles et brillantes clartés, soyez-moi toujours propices ! » Ayant proféré ces

paroles, il se mit à table sans regarder Sétoc. « Que faites-vous donc ? lui dit Sétoc étonné. — Je fais comme vous, répondit Zadig ; j'adore ces chandelles, et je néglige leur maître et le mien. » Sétoc comprit le sens profond de cet apologue. La sagesse de son esclave entra dans son âme ; il ne prodigua plus son encens aux créatures, et adora l'Être éternel qui les a faites.

Il y avait alors dans l'Arabie une coutume affreuse, venue originairement de Scythie, et qui, s'étant établie dans les Indes par le crédit des bracmanes, menaçait d'envahir tout l'Orient. Lorsqu'un homme marié était mort, et que sa femme bien-aimée voulait être sainte, elle se brûlait en public sur le corps de son mari. C'était une fête solennelle qui s'appelait *le bûcher du veuvage*. La tribu dans laquelle il y avait eu le plus de femmes brûlées était la plus considérée. Un Arabe de la tribu de Sétoc étant mort, sa veuve, nommée Almona, qui était fort dévote, fit savoir le jour et l'heure ou elle se jetterait dans le feu au son des tambours et des trompettes. Zadig remontra à Sétoc combien cette horrible coutume était contraire au bien du genre humain ; qu'on laissait brûler tous les jours de jeunes veuves qui pouvaient donner des enfants à l'État, ou du moins élever les leurs ; et il le fit convenir qu'il fallait, si on pouvait, abolir un usage si barbare. Sétoc répondit : « Il y a plus de mille ans que les femmes sont en possession de se brûler. Qui de nous osera changer une loi que le temps a consacrée ? Y a-t-il rien de plus respectable qu'un ancien abus ? — La raison est plus ancienne, reprit Zadig. Parlez aux chefs des tribus, et je vais trouver la jeune veuve. »

Il se fit présenter à elle ; et après s'être insinué dans son esprit par des louanges sur sa beauté, après lui avoir dit combien c'était dommage de mettre au feu tant de charmes, il la loua encore sur sa constance et sur son courage. « Vous aimiez donc prodigieusement votre mari ? lui dit-il. — Moi ? point du tout, répondit la dame

arabe. C'était un brutal, un jaloux, un homme insupportable ; mais je suis fermement résolue de me jeter sur son bûcher. — Il faut, dit Zadig, qu'il y ait apparemment un plaisir bien délicieux à être brûlée vive. — Ah ! cela fait frémir la nature, dit la dame ; mais il faut en passer par là. Je suis dévote ; je serais perdue de réputation, et tout le monde se moquerait de moi si je ne me brûlais pas. » Zadig, l'ayant fait convenir qu'elle se brûlait pour les autres et par vanité, lui parla longtemps d'une manière à lui faire aimer un peu la vie, et parvint même à lui inspirer quelque bienveillance pour celui qui lui parlait. « Que feriez-vous enfin, lui dit-il, si la vanité de vous brûler ne vous tenait pas ? — Hélas ! dit la dame, je crois que je vous prierais de m'épouser. »

Zadig était trop rempli de l'idée d'Astarté pour ne pas éluder cette déclaration ; mais il alla dans l'instant trouver les chefs des tribus, leur dit ce qui s'était passé, et leur conseilla de faire une loi par laquelle il ne serait permis à une veuve de se brûler qu'après avoir entretenu un jeune homme, tête à tête pendant une heure entière. Depuis ce temps, aucune dame ne se brûla en Arabie. On eut au seul Zadig l'obligation d'avoir détruit en un jour une coutume si cruelle, qui durait depuis tant de siècles. Il était donc le bienfaiteur de l'Arabie.

LE SOUPER

Sétoc, qui ne pouvait se séparer de cet homme en qui habitait la sagesse, le mena à la grande foire de Balzora, où devaient se rendre les plus grands négociants de la terre habitable. Ce fut pour Zadig une consolation sensible de voir tant d'hommes de diverses contrées réunis dans la même place. Il lui paraissait que l'univers était une grande famille qui se rassemblait à Balzora. Il se trouva à table, dès le second jour, avec un Égyptien, un Indien gangaride, un habitant du Cathay, un Grec,

un Celte, et plusieurs autres étrangers qui, dans leurs fréquents voyages vers le golfe Arabique, avaient appris assez d'arabe pour se faire entendre. L'Égyptien paraissait fort en colère. « Quel abominable pays que Balzora ! disait-il j'on m'y refuse mille onces d'or sur le meilleur effet du monde. — Comment donc, dit Sétoc ; sur quel effet vous a-t-on refusé cette somme ? — Sur le corps de ma tante, répondit l'Égyptien ; c'était la plus brave femme d'Égypte. Elle m'accompagnait toujours ; elle est morte en chemin : j'en ai fait une des plus belles momies que nous ayons ; et je trouverais dans mon pays tout ce que je voudrais en la mettant en gage. Il est bien étrange qu'on ne veuille pas seulement me donner ici mille onces d'or sur un effet si solide. » Tout en se courrouçant, il était près de manger d'une excellente poule bouillie, quand l'Indien, le prenant par la main, s'écria avec douleur : « Ah ! qu'allez-vous faire ? — Manger de cette poule, dit l'homme à la momie. — Gardez-vous-en bien, dit le Gangaride ; il se pourrait faire que l'âme de la défunte fût passée dans le corps de cette poule, et vous ne voudriez pas vous exposer à manger votre tante. Faire cuire des poules, c'est outrager manifestement la nature. — Que voulez-vous dire avec votre nature et vos poules ? reprit le colérique Égyptien ; nous adorons un bœuf, et nous en mangeons bien. — Vous adorez un bœuf ! est-il possible ? dit l'homme du Gange. — Il n'y a rien de si possible, repartit l'autre ; il y a cent trente-cinq mille ans que nous en usons ainsi, et personne parmi nous n'y trouve à redire. — Ah ! cent trente-cinq mille ans ! dit l'Indien, ce compte est un peu exagéré ; il n'y en a que quatre-vingt mille que l'Inde est peuplée, et assurément nous sommes vos anciens, et Brama nous avait défendu de manger des bœufs avant que vous vous fussiez avisés de les mettre sur les autels et à la broche. — Voilà un plaisant animal que votre Brama, pour le comparer à Apis ! dit l'Égyp-

tien ; qu'a donc fait votre Brama de si beau ? » Le
bramin répondit : « C'est lui qui a appris aux hommes à
lire et à écrire, et à qui toute la terre doit le jeu des
échecs. — Vous vous trompez, dit un Chaldéen qui était
auprès de lui ; c'est le poisson Oannès à qui on doit de si
grands bienfaits, et il est juste de ne rendre qu'à lui ses
hommages. Tout le monde vous dira que c'était un être
divin, qu'il avait la queue dorée, avec une belle tête
d'homme, et qu'il sortait de l'eau pour venir prêcher à
terre trois heures par jour. Il eut plusieurs enfants qui
furent rois, comme chacun sait. J'ai son portrait chez
moi, que je révère comme je le dois. On peut manger du
bœuf tant qu'on veut ; mais c'est assurément une très
grande impiété de faire cuire du poisson ; d'ailleurs vous
êtes tous deux d'une origine trop peu noble et trop
récente pour ne rien disputer. La nation égyptienne ne
compte que cent trente-cinq mille ans, et les Indiens ne
se vantent que de quatre-vingt mille, tandis que nous
avons des almanachs de quatre mille siècles. Croyez-
moi, renoncez à vos folies, et je vous donnerai à chacun
un beau portrait d'Oannès. »

L'homme de Cambalu, prenant la parole, dit : « Je
respecte fort les Égyptiens, les Chaldéens, les Grecs, les
Celtes, Brama, le bœuf Apis, le beau poisson Oannès ;
mais peut-être que le Li ou le Tien[a], comme on voudra
l'appeler, vaut bien les bœufs et les poissons. Je ne dirai
rien de mon pays ; il est aussi grand que la terre
d'Égypte, la Chaldée et les Indes ensemble. Je ne
dispute pas d'antiquité, parce qu'il suffit d'être heureux,
et que c'est fort peu de chose d'être ancien ; mais, s'il
fallait parler d'almanachs, je dirais que toute l'Asie
prend les nôtres, et que nous en avions de fort bons
avant qu'on sût l'arithmétique en Chaldée.

— Vous êtes de grands ignorants tous tant que vous

a. Mots chinois qui signifient proprement : *Li*, la lumière naturelle, la
raison ; et *Tien*, le ciel ; et qui signifient aussi Dieu.

êtes ! s'écria le Grec ; est-ce que vous ne savez pas que le
chaos est le père de tout, et que la forme et la matière
ont mis le monde dans l'état où il est ? » Ce Grec parla
longtemps mais il fut enfin interrompu par le Celte, qui,
ayant beaucoup bu pendant qu'on disputait, se crut alors
plus savant que tous les autres, et dit en jurant qu'il n'y
avait que Teutath et le gui de chêne qui valussent la
peine qu'on en parlât ; que, pour lui, il avait toujours du
gui dans sa poche ; que les Scythes, ses ancêtres, étaient
les seules gens de bien qui eussent jamais été au monde ;
qu'ils avaient, à la vérité, quelquefois mangé des
hommes, mais que cela n'empêchait pas qu'on ne dût
avoir beaucoup de respect pour sa nation ; et qu'enfin, si
quelqu'un parlait mal de Teutath, il lui apprendrait à
vivre. La querelle s'échauffa pour lors, et Sétoc vit le
moment où la table allait être ensanglantée. Zadig, qui
avait gardé le silence pendant toute la dispute, se leva
enfin : il s'adressa d'abord au Celte, comme au plus
furieux ; il lui dit qu'il avait raison, et lui demanda du
gui ; il loua le Grec sur son éloquence, et adoucit tous les
esprits échauffés. Il ne dit que très peu de chose à
l'homme du Cathay, parce qu'il avait été le plus raison-
nable de tous. Ensuite il leur dit : « Mes amis, vous
alliez vous quereller pour rien, car vous êtes tous du
même avis. » A ce mot, ils se récrièrent tous. « N'est-il
pas vrai, dit-il au Celte, que vous n'adorez pas ce gui,
mais celui qui a fait le gui et le chêne ? — Assurément,
répondit le Celte. — Et vous, monsieur l'Égyptien, vous
révérez apparemment dans un certain bœuf celui qui
vous a donné les bœufs ? — Oui, dit l'Égyptien. — Le
poisson Oannès, continua-t-il, doit céder à celui qui a
fait la mer et les poissons. — D'accord, dit le Chaldéen. —

L'Indien, ajouta-t-il, et le Cathayen, reconnaissent
comme vous un premier principe ; je n'ai pas trop bien
compris les choses admirables que le Grec a dites, mais

je suis sûr qu'il admet aussi un Être supérieur, de qui la
forme et la matière dépendent. » Le Grec, qu'on admi-
rait, dit que Zadig avait très bien pris sa pensée., « Vous
êtes donc tous de même avis, répliqua Zadig, et il n'y a
pas là de quoi se quereller. » Tout le monde l'embrassa.
Sétoc, après avoir vendu fort cher ses denrées, recondui-
sit son ami Zadig dans sa tribu. Zadig apprit en arrivant
qu'on lui avait fait son procès en son absence, et qu'il
allait être brûlé à petit feu.

LES RENDEZ-VOUS

Pendant son voyage à Balzora, les prêtres des étoiles
avaient résolu de le punir. Les pierreries et les orne-
ments des jeunes veuves qu'ils envoyaient au bûcher leur
appartenaient de droit ; c'était bien le moins qu'ils
fissent brûler Zadig pour le mauvais tour qu'il leur avait
joué. Ils accusèrent donc Zadig d'avoir des sentiments
erronés sur l'armée céleste ; ils déposèrent contre lui, et
jurèrent qu'ils lui avaient entendu dire que les étoiles ne
se couchaient pas dans la mer. Ce blasphème effroyable
fit frémir les juges ; ils furent prêts de déchirer leurs
vêtements, quand ils ouïrent ces paroles impies, et ils
l'auraient fait, sans doute, si Zadig avait eu de quoi les
payer. Mais, dans l'excès de leur douleur, ils se conten-
tèrent de le condamner à être brûlé à petit feu. Sétoc,
désespéré, employa en vain son crédit pour sauver son
ami ; il fut bientôt obligé de se taire. La jeune veuve
Almona, qui avait pris beaucoup de goût à la vie, et qui
en avait obligation à Zadig, résolut de le tirer du bûcher,
dont il lui avait fait connaître l'abus. Elle roula son
dessein dans sa tête, sans en parler à personne. Zadig
devait être exécuté le lendemain ; elle n'avait que la nuit
pour le sauver : voici comme elle s'y prit en femme
charitable et prudente.

Elle se parfuma ; elle releva sa beauté par l'ajustement

le plus riche et le plus galant, et alla demander une audience secrète au chef des prêtres des étoiles. Quand elle fut devant ce vieillard vénérable, elle lui parla en ces termes : « Fils aîné de la grande Ourse, frère du Taureau, cousin du grand Chien (c'étaient les titres de ce pontife », je viens vous confier mes scrupules. J'ai bien peur d'avoir commis un péché énorme en ne me brûlant pas dans le bûcher de mon cher mari. En effet qu'avais-je à conserver ? une chair périssable, et qui est déjà toute flétrie. En disant ces paroles, elle tira de ses longues manches de soie ses bras nus, d'une forme admirable et d'une blancheur éblouissante. « Vous voyez, dit-elle, le peu que cela vaut ». Le pontife trouva dans son cœur que cela valait beaucoup. Ses yeux le dirent, et sa bouche le confirma : il jura qu'il n'avait vu de sa vie de si beaux bras. « Hélas ! lui dit la veuve, les bras peuvent être un peu moins mal que le reste ; mais vous m'avouerez que la gorge n'était pas digne de mes attentions. » Alors elle laissa voir le sein le plus charmant que la nature eût jamais formé. Un bouton de rose sur une pomme d'ivoire n'eût paru auprès que de la garance sur du buis, et les agneaux sortant du lavoir auraient semblé d'un jaune brun. Cette gorge, ses grands yeux noirs qui languissaient en brillant doucement d'un feu tendre, ses joues animées de la plus belle pourpre mêlée au blanc de lait le plus pur ; son nez, qui n'était pas comme la tour du mont Liban ; ses lèvres, qui étaient comme deux bordures de corail renfermant les plus belles perles de la mer d'Arabie, tout cela ensemble fit croire au vieillard qu'il avait vingt ans. Il fit en bégayant une déclaration tendre. Almona, le voyant enflammé, lui demanda la grâce de Zadig. « Hélas ! dit-il, ma belle dame, quand je vous accorderais sa grâce, mon indulgence ne servirait de rien ; il faut qu'elle soit signée de trois autres de mes confrères. — Signez toujours, dit Almona. — Volontiers, dit le prêtre, à

condition que vos faveurs seront le prix de ma facilité. — Vous me faites trop d'honneur, dit Almona ; ayez seulement pour agréable de venir dans ma chambre après que le soleil sera couché, et dès que la brillante étoile *Sheat* sera sur l'horizon, vous me trouverez sur un sofa couleur de rose, et vous en userez comme vous pourrez avec votre servante. » Elle sortit alors, emportant avec elle la signature, et laissa le vieillard plein d'amour et de défiance de ses forces. Il employa le reste du jour à se baigner ; il but une liqueur composée de la cannelle de Ceylan, et des précieuses épices de Tidor et de Ternate, et attendit avec impatience que l'étoile *Sheat* vînt à paraître.

Cependant la belle Almona alla trouver le second pontife. Celui-ci l'assura que le soleil, la lune, et tous les feux du firmament, n'étaient que des feux follets en comparaison de ses charmes. Elle lui demanda la même grâce, et on lui proposa d'en donner le prix. Elle se laissa vaincre, et donna rendez-vous au second pontife au lever de l'étoile *Algénib*. De là elle passa chez le troisième et chez le quatrième prêtre, prenant toujours une signature, et donnant un rendez-vous d'étoile en étoile. Alors elle fit avertir les juges de venir chez elle pour une affaire importante. Ils s'y rendirent : elle leur montra les quatre noms, et leur dit à quel prix les prêtres avaient vendu la grâce de Zadig. Chacun d'eux arriva à l'heure prescrite ; chacun fut bien étonné d'y trouver ses confrères, et plus encore d'y trouver les juges, devant qui leur honte fut manifestée. Zadig fut sauvé. Sétoc fut si charmé de l'habileté d'Almona, qu'il en fit sa femme.

Zadig partit après s'être jeté aux pieds de sa belle libératrice. Sétoc et lui se quittèrent en pleurant, en se jurant une amitié éternelle, et en se promettant que le premier des deux qui ferait une grande fortune en ferait part à l'autre.

Zadig marcha du côté de la Syrie, toujours pensant à

la malheureuse Astarté, et toujours réfléchissant sur le sort qui s'obstinait à se jouer de lui et à le persécuter. « Quoi ! disait-il, quatre cents onces d'or pour avoir vu passer une chienne ! condamné à être décapité pour quatre mauvais vers à la louange du roi ! prêt à être étranglé parce que la reine avait des babouches de la couleur de mon bonnet ! réduit en esclavage pour avoir secouru une femme qu'on battait ; et sur le point d'être brûlé pour avoir sauvé la vie à toutes les jeunes veuves arabes ! »

LE BRIGAND

En arrivant aux frontières qui séparent l'Arabie Pétrée de la Syrie. Comme il passait près d'un château assez fort, des Arabes armés en sortirent. Il se vit entouré ; on lui criait : « Tout ce que vous avez nous appartient, et votre personne appartient à notre maître. » Zadig, pour réponse, tira son épée ; son valet, qui avait du courage, en fit autant. Ils renversèrent morts les premiers Arabes qui mirent la main sur eux ; le nombre redoubla : ils ne s'étonnèrent point, et résolurent de périr en combattant. On voyait deux hommes se défendre contre une multitude ; un tel combat ne pouvait durer longtemps. Le maître du château, nommé Arbogad, ayant vu d'une fenêtre les prodiges de valeur que faisait Zadig, conçut de l'estime pour lui. Il descendit en hâte, et vint lui-même écarter ses gens, et délivrer les deux voyageurs. « Tout ce qui passe sur mes terres est à moi, dit-il, aussi bien que ce que je trouve sur les terres des autres ; mais vous me paraissez un si brave homme que je vous exempte de la loi commune. » Il le fit entrer dans son château, ordonnant à ses gens de le bien traiter ; et, le soir, Arbogad voulut souper avec Zadig.

Le seigneur du château était un de ces Arabes qu'on

appelle *voleurs ;* mais il faisait quelquefois de bonnes actions parmi une foule de mauvaises ; il volait avec une capacité furieuse, et donnait libéralement : intrépide dans l'action, assez doux dans le commerce, débauché à table, gai dans la débauche, et surtout plein de franchise. Zadig lui plut beaucoup ; sa conversation, qui s'anima, fit durer le repas ; enfin Arbogad lui dit : « Je vous conseille de vous enrôler sous moi, vous ne sauriez mieux faire ; ce métier-ci n'est pas mauvais ; vous pourrez un jour devenir ce que je suis. — Puis-je vous demander, dit Zadig, depuis quel temps vous exercez cette noble profession ?

— Dès ma plus tendre jeunesse, reprit le seigneur. J'étais valet d'un Arabe assez habile ; ma situation m'était insupportable. J'étais au désespoir de voir que, dans toute la terre qui appartient également aux hommes, la destinée ne m'eût pas réservé ma portion. Je confiai mes peines à un vieil Arabe, qui me dit : "Mon fils, ne désespérez pas ; il y avait autrefois un grain de sable qui se lamentait d'être un atome ignoré dans les déserts ; au bout de quelques années il devint diamant, et il est à présent le plus bel ornement de la couronne du roi des Indes." Ce discours me fit impression ; j'étais le grain de sable, je résolus de devenir diamant. Je commençai par voler deux chevaux ; je m'associai des camarades ; je me mis en état de voler de petites caravanes : ainsi je fis cesser peu à peu la disproportion qui était d'abord entre les hommes et moi. J'eus ma part aux biens de ce monde, et je fus même dédommagé avec usure : on me considéra beaucoup : je devins seigneur brigand ; j'acquis ce château par voie de fait. Le satrape de Syrie voulut m'en déposséder ; mais j'étais déjà trop riche pour avoir rien à craindre ; je donnai de l'argent au satrape, moyennant quoi je conservai ce château, et j'agrandis mes domaines ; il me nomma même trésorier des tributs que l'Arabie Pétrée payait au roi des rois. Je

fis ma charge de receveur, et point du tout celle de payeur.

« Le grand desterham de Babylone envoya ici, au nom du roi Moabdar, un petit satrape pour me faire étrangler. Cet homme arriva avec son ordre : j'étais instruit de tout ; je fis étrangler en sa présence les quatre personnes qu'il avait amenées avec lui pour serrer le lacet ; après quoi je lui demandai ce que pouvait lui valoir la commission de m'étrangler. Il me répondit que ses honoraires pouvaient aller à trois cents pièces d'or. Je lui fis voir clair qu'il y aurait plus à gagner avec moi. Je le fis sous-brigand ; il est aujourd'hui un de mes meilleurs officiers, et des plus riches. Si vous m'en croyez, vous réussirez comme lui. Jamais la saison de voler n'a été meilleure, depuis que Moabdar est tué, et que tout est en confusion dans Babylone.

— Moabdar est tué ! dit Zadig ; et qu'est devenue la reine Astarté ? — Je n'en sais rien, reprit Arbogad ; tout ce que je sais, c'est que Moabdar est devenu fou, qu'il a été tué, que Babylone est un grand coupe-gorge, que tout l'empire est désolé, qu'il y a de beaux coups à faire encore, et que pour ma part, j'en ai fait d'admirables. — Mais la reine, dit Zadig ; de grâce, ne savez-vous rien de la destinée de la reine ? — On m'a parlé d'un prince d'Hyrcanie, reprit-il ; elle est probablement parmi ses concubines, si elle n'a pas été tuée dans le tumulte ; mais je suis plus curieux de butin que de nouvelles. J'ai pris plusieurs femmes dans mes courses, je n'en garde aucune ; je les vends cher quand elles sont belles, sans m'informer de ce qu'elles sont. On n'achète point le rang ; une reine qui serait laide ne trouverait pas marchand : peut-être ai-je vendu la reine Astarté, peut-être est-elle morte ; mais peu m'importe, et je pense que vous ne devez pas vous en soucier plus que moi. » En parlant ainsi il buvait avec tant de courage, il confondait tellement toutes les idées, que Zadig n'en put tirer aucun éclaircissement.

Il restait interdit, accablé, immobile. Arbogad buvait toujours, faisait des contes, répétait sans cesse qu'il était le plus heureux de tous les hommes, exhortant Zadig à se rendre aussi heureux que lui. Enfin, doucement assoupi par les fumées du vin, il alla dormir d'un sommeil tranquille. Zadig passa la nuit dans l'agitation la plus violente. « Quoi, disait-il, le roi est devenu fou ! il est tué ! Je ne puis m'empêcher de le plaindre. L'empire est déchiré, et ce brigand est heureux : ô fortune ! ô destinée ! un voleur est heureux, et ce que la nature a fait de plus aimable a péri peut-être d'une manière affreuse, ou vit dans un état pire que la mort. O Astarté ! qu'êtes-vous devenue ? »

Dès le point du jour il interrogea tous ceux qu'il rencontrait dans le château ; mais tout le monde était occupé, personne ne lui répondit : on avait fait pendant la nuit de nouvelles conquêtes, on partageait les dépouilles. Tout ce qu'il put obtenir dans cette confusion tumultueuse, ce fut la permission de partir. Il en profita sans tarder, plus abîmé que jamais dans ses réflexions douloureuses.

Zadig marchait inquiet, agité, l'esprit tout occupé de la malheureuse Astarté, du roi de Babylone, de son fidèle Cador, de l'heureux brigand Arbogad, de cette femme si capricieuse que des Babyloniens avaient enlevée sur les confins de l'Égypte, enfin de tous les contretemps et de toutes les infortunes qu'il avait éprouvés.

LE PÊCHEUR

A quelques lieues du château d'Arbogad, il se trouva sur le bord d'une petite rivière, toujours déplorant sa destinée, et se regardant comme le modèle du malheur. Il vit un pêcheur couché sur la rive, tenant à peine d'une main languissante son filet, qu'il semblait abandonner, et levant les yeux vers le ciel.

« Je suis certainement le plus malheureux de tous les hommes, disait le pêcheur. J'ai été, de l'aveu de tout le monde, le plus célèbre marchand de fromages à la crème dans Babylone, et j'ai été ruiné. J'avais la plus jolie femme qu'homme de ma sorte pût posséder, et j'en ai été trahi. Il me restait une chétive maison, je l'ai vue pillée et détruite. Réfugié dans une cabane, je n'ai de ressource que ma pêche, et je ne prends pas un poisson. O mon filet ! je ne te jetterai plus dans l'eau, c'est à moi de m'y jeter. » En disant ces mots il se lève, et s'avance dans l'attitude d'un homme qui allait se précipiter et finir sa vie.

Eh quoi ! se dit Zadig à lui-même, il y a donc des hommes aussi malheureux que moi !) L'ardeur de sauver la vie au pêcheur fut aussi prompte que cette réflexion. Il court à lui, il l'arrête, il l'interroge d'un air attendri et consolant. On prétend qu'on en est moins malheureux quand on ne l'est pas seul ; mais, selon Zoroastre, ce n'est pas par malignité, c'est par besoin. On se sent alors entraîné vers un infortuné comme vers son semblable. La joie d'un homme heureux serait une insulte ; mais deux malheureux sont comme deux arbrisseaux faibles qui, appuyant l'un sur l'autre, se fortifient contre l'orage.

Pourquoi succombez-vous à vos malheurs ? dit Zadig au pêcheur. — C'est, répondit-il, parce que je n'y vois pas de ressource. J'ai été le plus considéré du village de Derlback auprès de Babylone, et je faisais, avec l'aide de ma femme, les meilleurs fromages à la crème de l'empire. La reine Astarté et le fameux ministre Zadig les aimaient passionnément. J'avais fourni à leurs maisons six cents fromages. J'allai un jour à la ville pour être payé ; j'appris en arrivant dans Babylone que la reine et Zadig avaient disparu. Je courus chez le seigneur Zadig, que je n'avais jamais vu ; je trouvai les archers du grand desterham, qui, munis d'un papier royal, pillaient sa

maison loyalement et avec ordre. Je volai aux cuisines de la reine ; quelques-uns des seigneurs de la bouche me dirent qu'elle était morte ; d'autres dirent qu'elle était en prison ; d'autres prétendirent qu'elle avait pris la fuite ; mais tous m'assurèrent qu'on ne me payerait point mes fromages. J'allai avec ma femme chez le seigneur Orcan, qui était une de mes pratiques : nous lui demandâmes sa protection dans notre disgrâce. Il l'accorda à ma femme, et me la refusa. Elle était plus blanche que ces fromages à la crème qui commencèrent mon malheur ; et l'éclat de la pourpre de Tyr n'était pas plus brillant que l'incarnat qui animait cette blancheur. C'est ce qui fit qu'Orcan la retint, et me chassa de sa maison. J'écrivis à ma chère femme la lettre d'un désespéré. Elle dit au porteur : « Ah, ah ! oui ! je sais quel est l'homme qui m'écrit, j'en ai entendu parler : on dit qu'il fait des fromages à la crème excellents ; qu'on m'en apporte, et qu'on les lui paye. »

« Dans mon malheur, je voulus m'adresser à la justice. Il me restait six onces d'or : il fallut en donner deux onces à l'homme de loi que je consultai, deux au procureur qui entreprit mon affaire, deux au secrétaire du premier juge. Quand tout cela fut fait, mon procès n'était pas encore commencé, et j'avais déjà dépensé plus d'argent que mes fromages et ma femme ne valaient. Je retournai à mon village dans l'intention de vendre ma maison pour avoir ma femme.

« Ma maison valait bien soixante onces d'or ; mais on me voyait pauvre et pressé de vendre. Le premier à qui je m'adressai m'en offrit trente onces ; le second, vingt ; et le troisième, dix. J'étais prêt enfin de conclure, tant j'étais aveuglé, lorsqu'un prince d'Hyrcanie vint à Babylone, et ravagea tout sur son passage. Ma maison fut d'abord saccagée, et ensuite brûlée.

(Ayant ainsi perdu mon argent, ma femme et ma maison, je me suis retiré dans ce pays où vous me voyez ;

j'ai tâché de subsister du métier de pêcheur. Les poissons se moquent de moi comme les hommes : je ne prends rien, je meurs de faim ; et sans vous, auguste consolateur, j'allais mourir dans la rivière. »

Le pêcheur ne fit point ce récit tout de suite ; car à tout moment Zadig, ému et transporté, lui disait : « Quoi ! vous ne savez rien de la destinée de la reine ? —

Non, seigneur, répondait le pêcheur ; mais je sais que la reine et Zadig ne m'ont point payé mes fromages à la crème, qu'on a pris ma femme, et que je suis au désespoir.

— Je me flatte, dit Zadig, que vous ne perdrez pas tout votre argent. J'ai entendu parler de ce Zadig ; il est honnête homme ; et s'il retourne à Babylone, comme il l'espère, il vous donnera plus qu'il ne vous doit ; mais pour votre femme, qui n'est pas si honnête, je vous conseille de ne pas chercher à la reprendre. Croyez-moi, allez à Babylone ; j'y serai avant vous, parce que je suis à cheval et que vous êtes à pied. Adressez-vous à l'illustre Cador ; dites-lui que vous avez rencontré son ami ; attendez-moi chez lui. Allez ; peut-être ne serez-vous pas toujours malheureux.

« puissant Orosmade ! continua-t-il, vous vous servez de moi pour consoler cet homme ; de qui vous servirez-vous pour me consoler ? » En parlant ainsi il donnait au pêcheur la moitié de tout l'argent qu'il avait apporté d'Arabie, et le pêcheur, confondu et ravi, baisait les pieds de l'ami de Cador, et disait : « Vous êtes un ange sauveur. »

Cependant Zadig demandait toujours des nouvelles, et versait des larmes. « Quoi ! seigneur, s'écria le pêcheur, vous seriez donc aussi malheureux, vous qui faites du bien ? — Plus malheureux que toi cent fois, répondait Zadig. — Mais comment se peut-il faire, disait le bonhomme, que celui qui donne soit plus à plaindre que celui qui reçoit ? — C'est que ton plus grand mal-

heur, reprit Zadig, était le besoin, et que je suis infor-
tuné par le cœur. — Orcan vous aurait-il pris votre
femme ? dit le pêcheur. » Ce mot rappela dans l'esprit
de Zadig toutes ses aventures ; il répétait la liste de ses
infortunes, à commencer depuis la chienne de la reine
jusqu'à son arrivée chez le brigand Arbogad. « Ah !
dit-il au pêcheur, Orcan mérite d'être puni. Mais d'ordi-
naire ce sont ces gens-là qui sont les favoris de la
destinée. Quoi qu'il en soit, va chez le seigneur Cador,
et attends-moi. » Ils se séparèrent : le pêcheur marcha
en remerciant son destin, et Zadig courut en accusant
toujours le sien.

LE BASILIC

Arrivé dans une belle prairie, il y vit plusieurs femmes
qui cherchaient quelque chose avec beaucoup d'applica-
tion. Il prit la liberté de s'approcher de l'une d'elles, et
de lui demander s'il pouvait avoir l'honneur de les aider
dans leurs recherches. « Gardez-vous-en bien, répondit
la Syrienne ; ce que nous cherchons ne peut être touché
que par des femmes. — Voilà qui est bien étrange, dit
Zadig ; oserai-je vous prier de m'apprendre ce que c'est
qu'il n'est permis qu'aux femmes de toucher ? — C'est
un basilic, dit-elle. — Un basilic, madame ! et pour
quelle raison, s'il vous plaît, cherchez-vous un basilic ?
— C'est pour notre seigneur et maître Ogul, dont vous
voyez le château sur le bord de cette rivière, au bout de
la prairie. Nous sommes ses très humbles esclaves ; le
seigneur Ogul est malade ; son médecin lui a ordonné de
manger un basilic cuit dans l'eau rose ; et comme c'est un
animal fort rare, et qui ne se laisse jamais prendre que
par des femmes, le seigneur Ogul a promis de choisir
pour sa femme bien-aimée celle de nous qui lui apporte-
rait un basilic : laissez-moi chercher, s'il vous plaît, car
vous voyez ce qu'il m'en coûterait si j'étais prévenue par
mes compagnes. »

Zadig laissa cette Syrienne et les autres chercher leur basilic, et continua de marcher dans la prairie. Quand il fut au bord d'un petit ruisseau, il y trouva une autre dame couchée sur le gazon, et qui ne cherchait rien. Sa taille paraissait majestueuse, mais son visage était couvert d'un voile. Elle était penchée vers le ruisseau ; de profonds soupirs sortaient de sa bouche. Elle tenait en main une petite baguette, avec laquelle elle traçait des caractères sur un sable fin qui se trouvait entre le gazon et le ruisseau. Zadig eut la curiosité de voir ce que cette femme écrivait ; il s'approcha, il vit la lettre Z, puis un A : il fut étonné ; puis parut un D : il tressaillit. Jamais surprise ne fut égale à la sienne quand il vit les deux dernières lettres de son nom. Il demeura quelque temps immobile ; enfin, rompant le silence d'une voix entrecoupée : « O généreuse dame ! pardonnez à un étranger, à un infortuné, d'oser vous demander par quelle aventure étonnante je trouve ici le nom de ZADIZ tracé de votre main divine ? » A cette voix, à ces paroles, la dame releva son voile d'une main tremblante, regarda Zadig, jeta un cri d'attendrissement, de surprise et de joie, et succombant sous tous les mouvements divers qui assaillaient à la fois son âme, elle tomba évanouie entre ses bras. C'était Astarté elle-même, c'était la reine de Babylone, c'était celle que Zadig adorait, et qu'il se reprochait d'adorer, c'était celle dont il avait tant pleuré et tant craint la destinée. Il fut un moment privé de l'usage de ses sens ; et quand il eut attaché ses regards sur les yeux d'Astarté, qui se rouvraient avec une langueur mêlée de confusion et de tendresse : « O puissances immortelles ! s'écria-t-il, qui présidez aux destins des faibles humains, me rendez-vous Astarté ? En quel temps, en quels lieux, en quel état la revois-je ? » Il se jeta à genoux devant Astarté, et il attacha son front à la poussière de ses pieds. La reine de Babylone le relève, et le fait asseoir auprès d'elle sur le bord de ce ruisseau ;

elle essuyait à plusieurs reprises ses yeux, dont les larmes recommençaient toujours à couler. Elle reprenait vingt fois des discours que ses gémissements interrompaient ; elle l'interrogeait sur le hasard qui les rassemblait, et prévenait soudain ses réponses par d'autres questions. Elle entamait le récit de ses malheurs, et voulait savoir ceux de Zadig. Enfin tous deux ayant un peu apaisé le tumulte de leurs âmes, Zadig lui conta en peu de mots par quelle aventure il se trouvait dans cette prairie. « Mais, ô malheureuse et respectable reine ! comment vous retrouvé-je en ce lieu écarté, vêtue en esclave, et accompagnée d'autres femmes esclaves qui cherchent un basilic pour le faire cuire dans de l'eau rose par ordonnance du médecin.

— Pendant qu'elles cherchent leur basilic, dit la belle Astarté, je vais vous apprendre tout ce que j'ai souffert, et tout ce que je pardonne au ciel depuis que je vous revois. Vous savez que le roi mon mari trouva mauvais que vous fussiez le plus aimable de tous les hommes ; et ce fut pour cette raison qu'il prit une nuit la résolution de vous faire étrangler et de m'empoisonner. Vous savez comme le ciel permit que mon petit muet m'avertît de l'ordre de sa Sublime Majesté. A peine le fidèle Cador vous eut-il forcé de m'obéir et de partir, qu'il osa entrer chez moi au milieu de la nuit par une issue secrète. Il m'enleva, et me conduisit dans le temple d'Orosmade, où le mage, son frère, m'enferma dans une statue colossale dont la base touche aux fondements du temple, et dont la tête atteint la voûte. Je fus là comme ensevelie, mais servie par le mage, et ne manquant d'aucune chose nécessaire. Cependant, au point du jour, l'apothicaire de Sa Majesté entra dans ma chambre avec une potion mêlée de jusquiame, d'opium, de ciguë, d'ellébore noir et d'aconit ; et un autre officier alla chez vous avec un lacet de soie bleue. On ne trouva personne. Cador, pour mieux tromper le roi, feignit de venir nous

accuser tous deux. Il dit que vous aviez pris la route des Indes, et moi celle de Memphis : on envoya des satellites après vous et après moi.

« Les courriers qui me cherchaient ne me connaissaient pas. Je n'avais presque jamais montré mon visage qu'à vous seul, en présence et par ordre de mon époux. Ils coururent à ma poursuite, sur le portrait qu'on leur faisait de ma personne : une femme de la même taille que moi, et qui peut-être avait plus de charmes, s'offrit à leurs regards sur les frontières de l'Égypte. Elle était éplorée, errante. Ils ne doutèrent pas que cette femme ne fût la reine de Babylone ; ils la menèrent à Moabdar. Leur méprise fit entrer d'abord le roi dans une violente colère ; mais bientôt, ayant considère de plus près cette femme, il la trouva très belle, et fut consolé. On l'appelait Missouf. On m'a dit depuis que ce nom signifie en langue égyptienne *la belle capricieuse*. Elle l'était en effet ; mais elle avait autant d'art que de caprice. Elle plut à Moabdar. Elle le subjugua au point de se faire déclarer sa femme. Alors son caractère se développa tout entier : elle se livra sans crainte à toutes les folies de son imagination. Elle voulut obliger le chef des mages, qui était vieux et goutteux, de danser devant elle ; et sur le refus du mage, elle le persécuta violemment. Elle ordonna à son grand-écuyer de lui faire une tourte de confitures. Le grand-écuyer eut beau lui représenter qu'il n'était point pâtissier, il fallut qu'il fît la tourte ; et on le chassa, parce qu'elle était trop brûlée. Elle donna la charge de grand-écuyer à son nain, et la place de chancelier à un page. C'est ainsi qu'elle gouverna Babylone. Tout le monde me regrettait. Le roi, qui avait été assez honnête homme jusqu'au moment où il avait voulu m'empoisonner et vous faire étrangler, semblait avoir noyé ses vertus dans l'amour prodigieux qu'il avait pour la belle capricieuse. Il vint au temple le grand jour du feu sacré. Je le vis implorer les dieux pour Missouf au pied

de la statue où j'étais renfermée. J'élevai la voix ; je lui criai : « Les dieux refusent les vœux d'un roi devenu tyran, qui a voulu faire mourir une femme raisonnable pour épouser une extravagante. » Moabdar fut confondu de ces paroles au point que sa tête se troubla. L'oracle que j'avais rendu, et la tyrannie de Missouf, suffisaient pour lui faire perdre le jugement. Il devint fou en peu de jours.

« Sa folie, qui parut un châtiment du ciel, fut le signal de la révolte. On se souleva, on courut aux armes. Babylone, si longtemps plongée dans une mollesse oisive, devint le théâtre d'une guerre civile affreuse. On me tira du creux de ma statue, et on me mit à la tête d'un parti. Cador courut à Memphis, pour vous ramener à Babylone. Le prince d'Hyrcanie, apprenant ces funestes nouvelles, revint avec son armée faire un troisième parti dans la Chaldée. Il attaqua le roi, qui courut au-devant de lui avec son extravagante Égyptienne. Moabdar mourut percé de coups. Missouf tomba aux mains du vainqueur. Mon malheur voulut que je fusse prise moi-même par un parti hyrcanien, et qu'on me menât devant le prince précisément dans le temps qu'on lui amenait Missouf. Vous serez flatte, sans doute, en apprenant que le prince me trouva plus belle que l'Égyptienne ; mais vous serez tâche d'apprendre qu'il me destina à son sérail. Il me dit fort résolument que, dès qu'il aurait fini une expédition militaire qu'il allait exécuter, il viendrait à moi. Jugez de ma douleur. Mes liens avec Moabdar étaient rompus, je pouvais être à Zadig ; et je tombais dans les chaînes de ce barbare. Je lui répondis avec toute la fierté que me donnaient mon rang et mes sentiments. J'avais toujours entendu dire que le ciel attachait aux personnes de ma sorte un caractère de grandeur qui, d'un mot et d'un coup d'œil, faisait rentrer dans l'abaissement du plus profond respect les téméraires qui osaient s'en écarter. Je parlai en reine, mais je fus traitée

en demoiselle suivante. L'Hyrcanien, sans daigner seulement m'adresser la parole, dit à son eunuque noir que j'étais une impertinente, mais qu'il me trouvait jolie. Il lui ordonna d'avoir soin de moi et de me mettre au régime des favorites, afin de me rafraîchir le teint, et de me rendre plus digne de ses faveurs pour le jour où il aurait la commodité de m'en honorer. Je lui dis que je me tuerais : il répliqua, en riant, qu'on ne se tuait point, qu'il était fait à ces façons-là, et me quitta comme un homme qui vient de mettre un perroquet dans sa ménagerie. Quel état pour la première reine de l'univers, et, je dirai plus, pour un cœur qui était à Zadig ! »

A ces paroles il se jeta à ses genoux et les baigna de larmes. Astarté le releva tendrement, et elle continua ainsi : Je me voyais au pouvoir d'un barbare, et rivale d'une folle avec qui j'étais renfermée. Elle me raconta son aventure d'Égypte. Je jugeai par les traits dont elle vous peignait, par le temps, par le dromadaire sur lequel vous étiez monté, par toutes les circonstances, que c'était Zadig qui avait combattu pour elle. Je ne doutai pas que vous ne fussiez à Memphis ; je pris la résolution de m'y retirer. « Belle Missouf, lui dis-je, vous êtes beaucoup plus plaisante que moi, vous divertirez bien mieux que moi le prince d'Hyrcanie. Facilitez-moi les moyens de me sauver ; vous régnerez seule ; vous me rendrez heureuse, en vous débarrassant d'une rivale. » Missouf concerta avec moi les moyens de ma fuite. Je partis donc secrètement avec une esclave égyptienne.

« J'étais déjà près de l'Arabie, lorsqu'un fameux voleur, nommé Arbogad, m'enleva, et me vendit à des marchands qui m'ont amenée dans ce château, où demeure le seigneur Ogul. Il m'a achetée sans savoir qui j'étais. C'est un homme voluptueux qui ne cherche qu'à faire grande chère et qui croit que Dieu l'a mis au monde pour tenir table. Il est d'un embonpoint excessif, qui est toujours prêt à le suffoquer. Son médecin, qui n'a que

peu de crédit auprès de lui quand il digère bien, le
gouverne despotiquement quand il a trop mangé. Il lui a
persuadé qu'il le guérirait avec un basilic cuit dans de
l'eau rose. Le seigneur Ogul a promis sa main à celle de
ses esclaves qui lui apporterait un basilic. Vous voyez
que je les laisse s'empresser à mériter cet honneur, et je
n'ai jamais eu moins d'envie de trouver ce basilic que
depuis que le ciel a permis que je vous revisse. »

Alors Astarté et Zadig se dirent tout ce que des
sentiments longtemps retenus, tout ce que leurs mal-
heurs et leurs amours pouvaient inspirer aux cœurs les
plus nobles et les plus passionnés ; et les génies qui
président à l'amour portèrent leurs paroles jusqu'à la
sphère de Vénus.

Les femmes rentrèrent chez Ogul sans avoir rien
trouvé. Zadig se fit présenter à lui, et lui parla en ces
termes : « Que la santé immortelle descende du ciel
pour avoir soin de tous vos jours ! Je suis médecin, j'ai
accouru vers vous sur le bruit de votre maladie, et je
vous ai apporté un basilic cuit dans de l'eau rose. Ce
n'est pas que je prétende vous épouser : je ne vous
demande que la liberté d'une jeune esclave de Babylone
que vous avez depuis quelques jours ; et je consens de
rester en esclavage à sa place si je n'ai pas le bonheur de
guérir le magnifique seigneur Ogul. » La proposition fut
acceptée. Astarté partit pour Babylone avec le domes-
tique de Zadig, en lui promettant de lui envoyer inces-
samment un courrier pour l'instruire de tout ce qui se
serait passé. Leurs adieux furent aussi tendres que
l'avait été leur reconnaissance. Le moment où l'on se
retrouve, et celui où l'on se sépare, sont les deux plus
grandes époques de la vie, comme dit le grand livre du
Zend. Zadig aimait la reine autant qu'il le jurait, et la
reine aimait Zadig plus qu'elle ne lui disait.

Cependant Zadig parla ainsi à Ogul : « Seigneur, on
ne mange point mon basilic, toute sa vertu doit entrer

chez vous par les pores. Je l'ai mis dans un petit outre
bien enflé et couvert d'une peau fine : il faut que vous
poussiez cet outre de toute votre force, et que je vous le
renvoie à plusieurs reprises ; et en peu de jours de
régime vous verrez ce que peut mon art. » Ogul, dès le
premier jour, fut tout essoufflé, et crut qu'il mourrait de
fatigue. Le second, il fut moins fatigué, et dormit mieux.
En huit jours il recouvra toute la force, la santé, la
légèreté et la gaieté de ses plus brillantes années. « Vous
avez joué au ballon, et vous avez été sobre, lui dit
Zadig : apprenez qu'il n'y a point de basilic dans la
nature, qu'on se porte toujours bien avec de la sobriété
et de l'exercice, et que l'art de faire subsister ensemble
l'intempérance et la santé est un art aussi chimérique
que la pierre philosophale, l'astrologie judiciaire et la
théologie des mages. »

Le premier médecin d'Ogul, sentant combien cet
homme était dangereux pour la médecine, s'unit avec
l'apothicaire du corps pour envoyer Zadig chercher des
basilics dans l'autre monde. Ainsi, après avoir été tou-
jours puni pour avoir bien fait, il était près de périr pour
avoir guéri un seigneur gourmand. On l'invita à un
excellent dîner. Il devait être empoisonné au second
service ; mais il reçut un courrier de la belle Astarté au
premier. Il quitta la table, et partit. Quand on est aimé
d'une belle femme, dit le grand Zoroastre, on se tire
toujours d'affaire dans ce monde.

LES COMBATS

La reine avait été reçue à Babylone avec les transports
qu'on a toujours pour une belle princesse qui a été
malheureuse. Babylone alors paraissait être plus tran-
quille. Le prince d'Hyrcanie avait été tué dans un
combat. Les Babyloniens, vainqueurs, déclarèrent
qu'Astarté épouserait celui qu'on choisirait pour souve-

rain. On ne voulut point que la première place du
monde, qui serait celle de mari d'Astarté et de roi de
Babylone, dépendît des intrigues et des cabales. On jura
de reconnaître pour roi le plus vaillant et le plus sage.
Une grande lice, bordée d'amphithéâtres magnifique-
ment ornés, fut formée à quelques lieues de la ville. Les
combattants devaient s'y rendre armés de toutes pièces.
Chacun d'eux avait derrière les amphithéâtres un appar-
tement séparé, où il ne devait être vu ni connu de
personne. Il fallait courir quatre lances. Ceux qui
seraient assez heureux pour vaincre quatre chevaliers
devaient combattre ensuite les uns contre les autres ; de
façon que celui qui resterait le dernier maître du champ
serait proclamé le vainqueur des jeux. Il devait revenir
quatre jours après avec les mêmes armes, et expliquer
les énigmes proposées par les mages. S'il n'expliquait
point les énigmes, il n'était point roi, et il fallait
recommencer à courir des lances, jusqu'à ce qu'on
trouvât un homme qui fût vainqueur dans ces deux
combats : car on voulait absolument pour roi le plus
vaillant et le plus sage. La reine, pendant tout ce temps,
devait être étroitement gardée : on lui permettait seule-
ment d'assister aux jeux, couverte d'un voile ; mais on ne
souffrait pas qu'elle parlât à aucun des prétendants, afin
qu'il n'y eut ni faveur ni injustice.

Voilà ce qu'Astarté faisait savoir à son amant, espé-
rant qu'il montrerait pour elle plus de valeur et d'esprit
que personne. Il partit, et pria Vénus de fortifier son
courage et d'éclairer son esprit. Il arriva sur le rivage de
l'Euphrate la veille de ce grand jour.

Il fit inscrire sa devise parmi celles des combattants,
en cachant son visage et son nom, comme la loi l'ordon-
nait, et alla se reposer dans l'appartement qui lui échut
par le sort. Son ami Cador, qui était revenu à Babylone,
après l'avoir inutilement cherché en Égypte, fit porter
dans sa loge une armure complète que la reine lui

envoyait. Il lui fit amener aussi de sa part le plus beau cheval de Perse. Zadig reconnut Astarté à ces présents : son courage et son amour en prirent de nouvelles forces et de nouvelles espérances.

Le lendemain, la reine étant venue se placer sous un dais de pierreries, et les amphithéâtres étant remplis de toutes les dames et de tous les ordres de Babylone, les combattants parurent dans le cirque. Chacun d'eux vint mettre sa devise aux pieds du grand mage. On tira au sort les devises ; celle de Zadig fut la dernière. Le premier qui s'avança était un seigneur très riche, nommé Itobad, fort vain, peu courageux, très maladroit, et sans esprit.

Ses domestiques l'avaient persuadé qu'un homme comme lui devait être roi ; il leur avait répondu : « Un homme comme moi doit régner. » Ainsi on l'avait armé de pied en cap. Il portait une armure d'or émaillée de vert, un panache vert, une lance ornée de rubans verts. On s'aperçut d'abord, à la manière dont Itobad gouvernait son cheval, que ce n'était pas un homme comme lui à qui le ciel réservait le sceptre de Babylone. Le premier cavalier qui courut contre lui le désarçonna ; le second le renversa sur la croupe de son cheval, les deux jambes en l'air et les bras étendus. Itobad se remit, mais de si mauvaise grâce que tout l'amphithéâtre se mit à rire. Un troisième ne daigna pas se servir de sa lance ; mais, en lui faisant une passe, il le prit par la jambe droite, et lui faisant faire un demi-tour, il le fit tomber sur le sable : les écuyers des jeux accoururent à lui en riant, et le remirent en selle. Le quatrième combattant le prend par la jambe gauche, et le fait tomber de l'autre côté. On le conduisit avec des huées à sa loge, où il devait passer la nuit selon la loi ; et il disait en marchant à peine : « Quelle aventure pour un homme comme moi ! »

Les autres chevaliers s'acquittèrent mieux de leur devoir. Il y en eut qui vainquirent deux combattants de

suite ; quelques-uns allèrent jusqu'à trois. Il n'y eut que le prince Otame qui en vainquit quatre. Enfin Zadig combattit à son tour ; il désarçonna quatre cavaliers de suite avec toute la grâce possible. Il fallut donc voir qui serait vainqueur d'Otame ou de Zadig. Le premier portait des armes bleues et or, avec un panache de même ; celles de Zadig étaient blanches. Tous les vœux se partageaient entre le cavalier bleu et le cavalier blanc. La reine, à qui le cœur palpitait, faisait des prières au ciel pour la couleur blanche.

Les deux champions firent des passes et des voltes avec tant d'agilité, ils se donnèrent de si beaux coups de lance, ils étaient si fermes sur leurs arçons, que tout le monde, hors la reine, souhaitait qu'il y eût deux rois dans Babylone. Enfin, leurs chevaux étant lassés et leurs lances rompues, Zadig usa de cette adresse : il passe derrière le prince bleu, s'élance sur la croupe de son cheval, le prend par le milieu du corps, le jette à terre, se met en selle à sa place, et caracole autour d'Otame étendu sur la place. Tout l'amphithéâtre crie : « Victoire au cavalier blanc ! » Otame, indigné, se relève, tire son épée ; Zadig saute de cheval, le sabre à la main. Les voilà tous deux sur l'arène, livrant un nouveau combat où la force et l'agilité triomphent tour à tour. Les plumes de leur casque, les clous de leurs brassards, les mailles de leur armure sautent au loin sous mille coups précipités. Ils frappent de pointe et de taille, à droite, à gauche, sur la tête, sur la poitrine ; ils reculent, ils avancent, ils se mesurent, ils se rejoignent, ils se saisissent, ils se replient comme des serpents, ils s'attaquent comme des lions ; le feu jaillit à tout moment des coups qu'ils se portent. Enfin Zadig, ayant un moment repris ses esprits, s'arrête, fait une feinte, passe sur Otame, le fait tomber, le désarme, et Otame s'écrie : « O chevalier blanc ! c'est vous qui devez régner sur Babylone. » La reine était au comble de la joie. On reconduisit le chevalier bleu et le

chevalier blanc chacun à leur loge, ainsi que tous les autres, selon ce qui était porté par la loi. Des muets vinrent les servir et leur apporter à manger. On peut juger si le petit muet de la reine ne fut pas celui qui servit Zadig. Ensuite on les laissa dormir seuls jusqu'au lendemain matin, temps où le vainqueur devait apporter sa devise au grand mage, pour la confronter et se faire reconnaître.

Zadig dormit, quoique amoureux, tant il était fatigué. Itobad, qui était couché auprès de lui, ne dormit point. Il se leva pendant la nuit, entra dans sa loge, prit les armes blanches de Zadig avec sa devise, et mit son armure verte à la place. Le point du jour étant venu, il alla fièrement au grand mage déclarer qu'un homme comme lui était vainqueur. On ne s'y attendait pas ; mais il fut proclamé pendant que Zadig dormait encore. Astarté, surprise, et le désespoir dans le cœur, s'en retourna dans Babylone. Tout l'amphithéâtre était déjà presque vide lorsque Zadig s'éveilla ; il chercha ses armes, et ne trouva que cette armure verte. Il était obligé de s'en couvrir, n'ayant rien autre chose auprès de lui. Étonné et indigné, il les endosse avec fureur, il avance dans cet équipage.

Tout ce qui était encore sur l'amphithéâtre et dans le cirque le reçut avec des huées. On l'entourait ; on lui insultait en face. Jamais homme n'essuya des mortifications si humiliantes. La patience lui échappa ; il écarta à coups de sabre la populace qui osait l'outrager ; mais il ne savait quel parti prendre. Il ne pouvait voir la reine ; il ne pouvait réclamer l'armure blanche qu'elle lui avait envoyée : c'eût été la compromettre ; ainsi, tandis qu'elle était plongée dans la douleur, il était pénétré de fureur et d'inquiétude. Il se promenait sur les bords de l'Euphrate, persuadé que son étoile le destinait à être malheureux sans ressource, repassant dans son esprit toutes ses disgrâces depuis l'aventure de la femme qui

haïssait les borgnes, jusqu'à celle de son armure. « Voilà ce que c'est, disait-il, de m'être éveillé trop tard ; si j'avais moins dormi, je serais roi de Babylone, je posséderais Astarté. Les sciences, les mœurs, le courage, n'ont donc jamais servi qu'à mon infortune. » Il lui échappa enfin de murmurer contre la Providence, et il fut tenté de croire que tout était gouverné par une destinée cruelle qui opprimait les bons et qui faisait prospérer les chevaliers verts. Un de ses chagrins était de porter cette armure verte qui lui avait attiré tant de huées. Un marchand passa, il la lui vendit à vil prix, et prit du marchand une robe et un bonnet long. Dans cet équipage, il côtoyait l'Euphrate, rempli de désespoir et accusant en secret la Providence, qui le persécutait toujours.

L'ERMITE

Il rencontra en marchant un ermite, dont la barbe blanche et vénérable lui descendait jusqu'à la ceinture. Il tenait en main un livre qu'il lisait attentivement. Zadig s'arrêta, et lui fit une profonde inclination. L'ermite le salua d'un air si noble et si doux que Zadig eut la curiosité de l'entretenir. Il lui demanda quel livre il lisait. « C'est le livre des destinées, dit l'hermite ; voulez-vous en lire quelque chose ? » Il mit le livre dans les mains de Zadig, qui, tout instruit qu'il était dans plusieurs langues, ne put déchiffrer un seul caractère du livre. Cela redoubla encore sa curiosité. « Vous me paraissez bien chagrin, lui dit ce bon père. — Hélas ! que j'en ai sujet ! dit Zadig. — Si vous permettez que je vous accompagne, repartit le vieillard, peut-être vous serai-je utile : j'ai quelquefois répandu des sentiments de consolation dans l'âme des malheureux. » Zadig se sentit du respect pour l'air, pour la barbe, et pour le livre de l'ermite. Il lui trouva dans la conversation des lumières

supérieures. L'ermite parlait de la destinée, de la justice, de la morale, du souverain bien, de la faiblesse humaine, des vertus et des vices, avec une éloquence si vive et si touchante que Zadig se sentit entraîné vers lui par un charme invincible. Il le pria avec instance de ne le point quitter, jusqu'à ce qu'ils fussent de retour à Babylone. « Je vous demande moi-même cette grâce, lui dit le vieillard ; jurez-moi par Orosmade que vous ne vous séparerez point de moi d'ici à quelques jours, quelque chose que je fasse. » Zadig jura, et ils partirent ensemble.

Les deux voyageurs arrivèrent le soir à un château superbe. L'ermite demanda l'hospitalité pour lui et pour le jeune homme qui l'accompagnait. Le portier, qu'on aurait pris pour un grand seigneur, les introduisit avec une espèce de bonté dédaigneuse. On les présenta à un principal domestique, qui leur fit voir les appartements magnifiques du maître. Ils furent admis à sa table au bas bout, sans que le seigneur du château les honorât d'un regard ; mais ils furent servis comme les autres avec délicatesse et profusion. On leur donna ensuite à laver dans un bassin d'or garni d'émeraudes et de rubis. On les mena coucher dans un bel appartement, et le lendemain matin un domestique leur apporta à chacun une pièce d'or, après quoi on les congédia.

« Le maître de la maison, dit Zadig en chemin, me paraît être un homme généreux, quoique un peu fier ; il exerce noblement l'hospitalité. » En disant ces paroles, il aperçut qu'une espèce de poche très large que portait l'ermite paraissait tendue et enflée : il y vit le bassin d'or garni de pierreries, que celui-ci avait volé. Il n'osa d'abord en rien témoigner ; mais il était dans une étrange surprise.

Vers le midi, l'ermite se présenta à la porte d'une maison très petite, où logeait un riche avare ; il y demanda l'hospitalité pour quelques heures. Un vieux

valet mal habillé le reçut d'un ton rude, et fit entrer l'ermite et Zadig dans l'écurie, où on leur donna quelques olives pourries, de mauvais pain, et de la bière gâtée. L'ermite but et mangea d'un air aussi content que la veille ; puis s'adressant à ce vieux valet qui les observait tous deux pour voir s'ils ne volaient rien, et qui les pressait de partir, il lui donna les deux pièces d'or qu'il avait reçues le matin, et le remercia de toutes ses attentions. « Je vous prie, ajouta-t-il, faites-moi parler à votre maître. » Le valet, étonné, introduisit les deux voyageurs :

« Magnifique seigneur, dit l'ermite, je ne puis que vous rendre de très humbles grâces de la manière noble dont vous nous avez reçus : daignez accepter ce bassin d'or comme un faible gage de ma reconnaissance. » L'avare fut près de tomber à la renverse. L'ermite ne lui donna pas le temps de revenir de son saisissement ; il partit au plus vite avec son jeune voyageur. « Mon père, lui dit Zadig, qu'est-ce que tout ce que je vois ? Vous ne me paraissez ressembler en rien aux autres hommes : vous volez un bassin d'or garni de pierreries à un seigneur qui vous reçoit magnifiquement, et vous le donnez à un avare qui vous traite avec indignité. — Mon fils, répondit le vieillard, cet homme magnifique, qui ne reçoit les étrangers que par vanité, et pour faire admirer ses richesses, deviendra plus sage ; l'avare apprendra à exercer l'hospitalité : ne vous étonnez de rien, et suivez-moi. » Zadig ne savait encore s'il avait affaire au plus fou ou au plus sage de tous les hommes ; mais l'ermite parlait avec tant d'ascendant que Zadig, lié d'ailleurs par son serment, ne put s'empêcher de le suivre.

Ils arrivèrent le soir à une maison agréablement bâtie, mais simple, où rien ne sentait ni la prodigalité ni l'avarice. Le maître était un philosophe retiré du monde, qui cultivait en paix la sagesse et la vertu, et qui cependant ne s'ennuyait pas. Il s'était plu à bâtir cette retraite

dans laquelle il recevait les étrangers avec une noblesse qui n'avait rien de l'ostentation. Il alla lui-même au-devant des deux voyageurs, qu'il fit reposer d'abord dans un appartement commode. Quelque temps après, il les vint prendre lui-même pour les inviter à un repas propre et bien entendu, pendant lequel il parla avec discrétion des dernières révolutions de Babylone. Il parut sincèrement attaché à la reine, et souhaita que Zadig eût paru dans la lice pour disputer la couronne. « Mais les hommes, ajouta-t-il, ne méritent pas d'avoir un roi comme Zadig. » Celui-ci rougissait, et sentait redoubler ses douleurs. On convint dans la conversation que les choses de ce monde n'allaient pas toujours au gré des plus sages. L'ermite soutint toujours qu'on ne connaissait pas les voies de la Providence, et que les hommes avaient tort de juger d'un tout dont ils n'aperce-vaient que la plus petite partie.

On parla des passions. « Ah ! qu'elles sont funestes ! disait Zadig. — Ce sont les vents qui enflent les voiles du vaisseau, repartit l'ermite : elles le submergent quel-quefois ; mais sans elles il ne pourrait voguer. La bile rend colère et malade ; mais sans la bile l'homme ne saurait vivre. Tout est dangereux ici-bas, et tout est nécessaire. »

On parla de plaisir, et l'ermite prouva que c'est un présent de la Divinité ; « car, dit-il, l'homme ne peut se donner ni sensation ni idées, il reçoit tout ; la peine et le plaisir lui viennent d'ailleurs comme son être. »

Zadig admirait comment un homme qui avait fait des choses si extravagantes pouvait raisonner si bien. Enfin, après un entretien aussi instructif qu'agréable, l'hôte reconduisit ses deux voyageurs dans leur appartement, en bénissant le Ciel qui lui avait envoyé deux hommes si sages et si vertueux. Il leur offrit de l'argent d'une manière aisée et noble qui ne pouvait déplaire. L'ermite le refusa, et lui dit qu'il prenait congé de lui, comptant

partir pour Babylone avant le jour. Leur séparation fut
tendre, Zadig surtout se sentait plein d'estime et d'incli-
nation pour un homme si aimable.

Quand l'ermite et lui furent dans leur appartement, ils
firent longtemps l'éloge de leur hôte. Le vieillard au
point du jour éveilla son camarade. « Il faut partir,
dit-il ; mais tandis que tout le monde dort encore, je veux
laisser à cet homme un témoignage de mon estime et de
mon affection. » En disant ces mots, il prit un flambeau,
et mit le feu à la maison. Zadig, épouvanté, jeta des cris,
et voulut l'empêcher de commettre une action si
affreuse. L'ermite l'entraînait par une force supérieure ;
la maison était enflammée. L'ermite, qui était déjà assez
loin avec son compagnon, la regardait brûler tranquille-
ment. « Dieu merci ! dit-il, voilà la maison de mon cher
hôte détruite de fond en comble ! L'heureux homme ! »
A ces mots Zadig fut tenté à la fois d'éclater de rire, de
dire des injures au révérend père, de le battre, et de
s'enfuir ; mais il ne fit rien de tout cela, et, toujours
subjugué par l'ascendant de l'ermite, il le suivit malgré
lui à la dernière couchée.

Ce fut chez une veuve charitable et vertueuse qui avait
un neveu de quatorze ans, plein d'agréments et son
unique espérance. Elle fit du mieux qu'elle put les
honneurs de sa maison. Le lendemain, elle ordonna à
son neveu d'accompagner les voyageurs jusqu'à un pont
qui, étant rompu depuis peu, était devenu un passage
dangereux. Le jeune homme, empressé, marche au-
devant d'eux. Quand ils furent sur le pont : « Venez, dit
l'ermite au jeune homme, il faut que je marque ma
reconnaissance à votre tante. » Il le prend alors par les
cheveux, et le jette dans la rivière. L'enfant tombe,
reparaît un moment sur l'eau, et est engouffré dans le
torrent. « O monstre ! ô le plus scélérat de tous les
hommes ! s'écria Zadig. — Vous m'aviez promis plus de
patience, lui dit l'ermite en l'interrompant ; apprenez

que sous les ruines de cette maison où la Providence a mis le feu, le maître a trouvé un trésor immense ; apprenez que ce jeune homme dont la Providence a tordu le cou aurait assassiné sa tante dans un an, et vous dans deux. — Qui te l'a dit, barbare ? cria Zadig ; et quand tu aurais lu cet événement dans ton livre des destinées, t'est-il permis de noyer un enfant qui ne t'a point fait de mal ? »

Tandis que le Babylonien parlait, il aperçut que le vieillard n'avait plus de barbe, que son visage prenait les traits de la jeunesse. Son habit d'ermite disparut ; quatre belles ailes couvraient un corps majestueux et resplendissant de lumière. « O envoyé du ciel ! ô ange divin ! s'écria Zadig en se prosternant, tu es donc descendu de l'empyrée pour apprendre à un faible mortel à se soumettre aux ordres éternels ? — Les hommes, dit l'ange Jesrad, jugent de tout sans rien connaître : tu étais celui de tous les hommes qui méritait le plus d'être éclairé. » Zadig lui demanda la permission de parler. « Je me défie de moi-même, dit-il ; mais oserai-je te prier de m'éclaircir un doute ; ne vaudrait-il pas mieux avoir corrigé cet enfant, et l'avoir rendu vertueux, que de le noyer ? » Jesrad reprit : « S'il avait été vertueux, et s'il eût vécu, son destin était d'être assassiné lui-même avec la femme qu'il devait épouser, et le fils qui en devait naître. — Mais quoi ! dit Zadig, il est donc nécessaire qu'il y ait des crimes et des malheurs ? et les malheurs tombent sur les gens de bien ! — Les méchants, répondit Jesrad, sont toujours malheureux : ils servent à éprouver un petit nombre de justes répandus sur la terre, et il n'y a point de mal dont il ne naisse un bien. — Mais, dit Zadig, s'il n'y avait que du bien, et point de mal ? — Alors, reprit Jesrad, cette terre serait une autre terre, l'enchaînement des événements serait un autre ordre de sagesse ; et cet autre ordre, qui serait parfait, ne peut être que dans la demeure éternelle de l'Être suprême, de qui le mal ne

peut approcher. Il a créé des millions de mondes dont aucun ne peut ressembler à l'autre. Cette immense variété est un attribut de sa puissance immense. Il n'y a ni deux feuilles d'arbre sur la terre, ni deux globes dans les champs infinis du ciel, qui soient semblables, et tout ce que tu vois sur le petit atome où tu es né devait être dans sa place et dans son temps fixe, selon les ordres immuables de celui qui embrasse tout. Les hommes pensent que cet enfant qui vient de périr est tombé dans l'eau par hasard, que c'est par un même hasard que cette maison est brûlée ; mais il n'y a point de hasard : tout est épreuve, ou punition, ou récompense, ou prévoyance. Souviens-toi de ce pêcheur qui se croyait le plus malheureux de tous les hommes. Orosmade t'a envoyé pour changer sa destinée. Faible mortel ! cesse de disputer contre ce qu'il faut adorer. — Mais, dit Zadig... » Comme il disait *mais,* l'ange prenait déjà son vol vers la dixième sphère. Zadig, à genoux, adora la Providence, et se soumit. L'ange lui cria du haut des airs : « Prends ton chemin vers Babylone. »

LES ÉNIGMES

Zadig, hors de lui-même et comme un homme auprès de qui est tombé le tonnerre, marchait au hasard. Il entra dans Babylone le jour où ceux qui avaient combattu dans la lice étaient déjà assemblés dans le grand vestibule du palais pour expliquer les énigmes, et pour répondre aux questions du grand mage. Tous les chevaliers étaient arrivés, excepté l'armure verte. Dès que Zadig parut dans la ville, le peuple s'assembla autour de lui ; les yeux ne se rassasiaient point de le voir, les bouches de le bénir, les cœurs de lui souhaiter l'empire. L'envieux le vit passer, frémit, et se détourna ; le peuple le porta jusqu'au lieu de l'assemblée. La reine, à qui on apprit son arrivée, fut en proie à l'agitation de la

crainte et de l'espérance ; l'inquiétude la dévorait : elle ne pouvait comprendre ni pourquoi Zadig était sans armes, ni comment Itobad portait l'armure blanche. Un murmure confus s'éleva à la vue de Zadig. On était surpris et charmé de le revoir ; mais il n'était permis qu'aux chevaliers qui avaient combattu de paraître dans l'assemblée.

« J'ai combattu comme un autre, dit-il ; mais un autre porte ici mes armes ; et, en attendant que j'aie l'honneur de le prouver, je demande la permission de me présenter pour expliquer les énigmes. » On alla aux voix : sa réputation de probité était encore si fortement imprimée dans les esprits qu'on ne balança pas à l'admettre.

Le grand mage proposa d'abord cette question : « Quelle est de toutes les choses du monde la plus longue et la plus courte, la plus prompte et la plus lente, la plus divisible et la plus étendue, la plus négligée et la plus regrettée, sans qui rien ne se peut faire, qui dévore tout ce qui est petit, et qui vivifie tout ce qui est grand ? »

C'était à Itobad à parler. Il répondit qu'un homme comme lui n'entendait rien aux énigmes, et qu'il lui suffisait d'avoir vaincu à grands coups de lance. Les uns dirent que le mot de l'énigme était la fortune, d'autres la terre, d'autres la lumière. Zadig dit que c'était le temps : « Rien n'est plus long, ajouta-t-il, puisqu'il est la mesure de l'éternité ; rien n'est plus court, puisqu'il manque à tous nos projets ; rien n'est plus lent pour qui attend ; rien de plus rapide pour qui jouit ; il s'étend jusqu'à l'infini en grand ; il se divise jusque dans l'infini en petit ; tous les hommes le négligent, tous en regrettent la perte ; rien ne se fait sans lui ; il fait oublier tout ce qui est indigne de la postérité, et il immortalise les grandes choses. » L'assemblée convint que Zadig avait raison.

On demanda ensuite : Quelle est la chose qu'on reçoit sans remercier, dont on jouit sans savoir comment,

qu'on donne aux autres quand on ne sait où l'on en est, et qu'on perd sans s'en apercevoir ?

Chacun dit son mot : Zadig devina seul que c'était la vie. Il expliqua toutes les autres énigmes avec la même facilité. Itobad disait toujours que rien n'était plus aisé, et qu'il en serait venu à bout tout aussi facilement s'il avait voulu s'en donner la peine. On proposa des questions sur la justice, sur le souverain bien, sur l'art de régner. Les réponses de Zadig furent jugées les plus solides. « C'est bien dommage, disait-on, qu'un si bon esprit soit un si mauvais cavalier.

— Illustres seigneurs, dit Zadig, j'ai eu l'honneur de vaincre dans la lice. C'est à moi qu'appartient l'armure blanche. Le seigneur Itobad s'en empara pendant mon sommeil : il jugea apparemment qu'elle lui siérait mieux que la verte. Je suis prêt de lui prouver d'abord devant vous, avec ma robe et mon épée, contre toute cette belle armure blanche qu'il m'a prise, que c'est moi qui ai eu l'honneur de vaincre le brave Otame. »

Itobad accepta le défi avec la plus grande confiance. Il ne doutait pas qu'étant casqué, cuirassé, brassardé, il ne vînt aisément à bout d'un champion en bonnet de nuit et en robe de chambre. Zadig tira son épée, en saluant la reine, qui le regardait, pénétrée de joie et de crainte. Itobad tira la sienne, en ne saluant personne. Il s'avança sur Zadig comme un homme qui n'avait rien à craindre. Il était prêt à lui fendre la tête : Zadig sut parer le coup, en opposant ce qu'on appelle le fort de l'épée au faible de son adversaire, de façon que l'épée d'Itobad se rompit. Alors Zadig, saisissant son ennemi au corps, le renversa par terre ; et lui portant la pointe de son épée au défaut de la cuirasse : « Laissez-vous désarmer, dit-il, ou je vous tue. » Itobad, toujours surpris des disgrâces qui arrivaient à un homme comme lui, laissa faire Zadig, qui lui ôta paisiblement son magnifique casque, sa superbe cuirasse, ses beaux brassards, ses brillants cuis-

sards, s'en revêtit, et courut dans cet équipage se jeter aux genoux d'Astarté. Cador prouva aisément que l'armure appartenait à Zadig. Il fut reconnu roi d'un consentement unanime, et surtout de celui d'Astarté, qui goûtait, après tant d'adversités, la douceur de voir son amant digne aux yeux de l'univers d'être son époux. Itobad alla se faire appeler monseigneur dans sa maison. Zadig fut roi, et fut heureux. Il avait présent à l'esprit ce que lui avait dit l'ange Jesrad. Il se souvenait même du grain de sable devenu diamant. La reine et lui adorèrent la Providence. Zadig laissa la belle capricieuse Missouf courir le monde. Il envoya chercher le brigand Arbogad, auquel il donna un grade honorable dans son armée, avec promesse de l'avancer aux premières dignités s'il se comportait en vrai guerrier, et de le faire pendre s'il faisait le métier de brigand.

Sétoc fut appelé du fond de l'Arabie, avec la belle Almona, pour être à la tête du commerce de Babylone. Cador fut placé et chéri selon ses services ; il fut l'ami du roi, et le roi fut alors le seul monarque de la terre qui eût un ami. Le petit muet ne fut pas oublié. On donna une belle maison au pêcheur. Orcan fut condamné à lui payer une grosse somme, et à lui rendre sa femme ; mais le pêcheur, devenu sage, ne prit que l'argent.

Ni la belle Sémire ne se consolait d'avoir cru que Zadig serait borgne, ni Azora ne cessait de pleurer d'avoir voulu lui couper le nez. Il adoucit leurs douleurs par des présents. L'envieux mourut de rage et de honte. L'empire jouit de la paix, de la gloire et de l'abondance ; ce fut le plus beau siècle de la terre : elle était gouvernée par la justice et par l'amour. On bénissait Zadig, et Zadig bénissait le ciel.

LE MONDE COMME IL VA,

VISION DE BABOUC
ÉCRITE PAR LUI-MÊME

Parmi les génies qui président aux empires du monde, Ituriel tient un des premiers rangs, et il a le département de la haute Asie. Il descendit un matin dans la demeure du Scythe Babouc, sur le rivage de l'Oxus, et lui dit : « Babouc, les folies et les excès des Perses ont attiré notre colère : il s'est tenu hier une assemblée des génies de la haute Asie pour savoir si on châtierait Persépolis, ou si on la détruirait. Va dans cette ville, examine tout ; tu reviendras m'en rendre un compte fidèle, et je me déterminerai, sur ton rapport, à corriger la ville ou à l'exterminer. — Mais, seigneur, dit humblement Babouc, je n'ai jamais été en Perse ; je n'y connais personne. — Tant mieux, dit l'ange, tu ne seras point partial ; tu as reçu du Ciel le discernement et j'y ajoute le don d'inspirer la confiance ; marche, regarde, écoute, observe, et ne crains rien ; tu seras partout bien reçu. »

Babouc monta sur son chameau et partit avec ses serviteurs. Au bout de quelques journées, il rencontra vers les plaines de Sennaar l'armée persane, qui allait combattre l'armée indienne. Il s'adressa d'abord à un soldat qu'il trouva écarté. Il lui parla, et lui demanda quel était le sujet de la guerre. « Par tous les dieux, dit le soldat, je n'en sais rien. Ce n'est pas mon affaire : mon métier est de tuer et d'être tué pour gagner ma vie ; il

n'importe qui je serve. Je pourrais bien même dès demain passer dans le camp des Indiens : car on dit qu'ils donnent près d'une demi-drachme de cuivre par jour à leurs soldats de plus que nous n'en avons dans ce maudit service de Perse. Si vous voulez savoir pourquoi on se bat, parlez à mon capitaine. »

Babouc ayant fait un petit présent au soldat entra dans le camp. Il fit bientôt connaissance avec le capitaine, et lui demanda le sujet de la guerre. « Comment voulez-vous que je le sache ? dit le capitaine, et que m'importe ce beau sujet ? J'habite à deux cents lieues de Persépolis ; j'entends dire que la guerre est déclarée ; j'abandonne aussitôt ma famille, et je vais chercher, selon notre coutume, la fortune ou la mort, attendu que je n'ai rien à faire. — Mais vos camarades, dit Babouc, ne sont-ils pas un peu plus instruits que vous ? — Non, dit l'officier ; il n'y a guère que nos principaux satrapes qui savent bien précisément pourquoi on s'égorge. »

Babouc, étonné, s'introduisit chez les généraux ; il entra dans leur familiarité. L'un d'eux lui dit enfin : « La cause de cette guerre, qui désole depuis vingt ans l'Asie, vient originairement d'une querelle entre un eunuque d'une femme du grand roi de Perse, et un commis d'un bureau du grand roi des Indes. Il s'agissait d'un droit qui revenait à peu près à la trentième partie d'une darique. Le premier ministre des Indes et le nôtre soutinrent dignement les droits de leurs maîtres. La querelle s'échauffa. On mit de part et d'autre en campagne une armée d'un million de soldats. Il faut recruter cette armée tous les ans de plus de quatre cent mille hommes. Les meurtres, les incendies, les ruines, les dévastations, se multiplient ; l'univers souffre, et l'acharnement continue. Notre premier ministre et celui des Indes protestent souvent qu'ils n'agissent que pour le bonheur du genre humain ; et à chaque protestation il y a toujours quelque ville détruite et quelques provinces ravagées.

Le lendemain, sur un bruit qui se répandit que la paix allait être conclue, le général persan et le général indien s'empressèrent de donner bataille ; elle fut sanglante. Babouc en vit toutes les fautes et toutes les abominations ; il fut témoin des manœuvres des principaux satrapes, qui firent ce qu'ils purent pour faire battre leur chef. Il vit des officiers tués par leurs propres troupes ; il vit des soldats qui achevaient d'égorger leurs camarades expirants pour leur arracher quelques lambeaux sanglants, déchirés et couverts de fange. Il entra dans les hôpitaux où l'on transportait les blessés, dont la plupart expiraient par la négligence inhumaine de ceux mêmes que le roi de Perse payait chèrement pour les secourir. « Sont-ce là des hommes, s'écria Babouc, ou des bêtes féroces ? Ah ! je vois bien que Persépolis sera détruite. »

Occupé de cette pensée, il passa dans le camp des Indiens : il y fut aussi bien reçu que dans celui des Perses, selon ce qui lui avait été prédit ; mais il y vit tous les mêmes excès qui l'avaient saisi d'horreur. « Oh, oh ! dit-il en lui-même, si l'ange Ituriel veut exterminer les Persans, il faut donc que l'ange des Indes détruise aussi les Indiens. » S'étant ensuite informé plus en détail de ce qui s'était passé dans l'une et l'autre armée, il apprit des actions de générosité, de grandeur d'âme, d'humanité, qui l'étonnèrent et le ravirent. « Inexplicables humains, s'écria-t-il, comment pouvez-vous réunir tant de bassesse et de grandeur, tant de vertus et de crimes ? »

Cependant la paix fut déclarée. Les chefs des deux armées, dont aucun n'avait remporté la victoire, mais qui, pour leur seul intérêt, avaient fait verser le sang de tant d'hommes, leurs semblables, allèrent briguer dans leurs cours des récompenses. On célébra la paix dans des écrits publics qui n'annonçaient que le retour de la vertu et de la félicité sur la terre. « Dieu soit loué ! dit Babouc ; Persépolis sera le séjour de l'innocence épurée ; elle ne sera point détruite comme le voulaient ces

vilains génies : courons sans tarder dans cette capitale de l'Asie. »

Il arriva dans cette ville immense par l'ancienne entrée, qui était toute barbare, et dont la rusticité dégoûtante offensait les yeux. Toute cette partie de la ville se ressentait du temps où elle avait été bâtie : car, malgré l'opiniâtreté des hommes à louer l'antique aux dépens du moderne, il faut avouer qu'en tout genre les premiers essais sont toujours grossiers.

Babouc se mêla dans la foule d'un peuple composé de ce qu'il y avait de plus sale et de plus laid dans les deux sexes. Cette foule se précipitait d'un air hébété dans un enclos vaste et sombre. Au bourdonnement continuel, au mouvement qu'il y remarqua, à l'argent que quelques personnes donnaient à d'autres pour avoir droit de s'asseoir, il crut être dans un marché où l'on vendait des chaises de paille ; mais bientôt, voyant que plusieurs femmes se mettaient à genoux, en faisant semblant de regarder fixement devant elles, et en regardant les hommes de côté, il s'aperçut qu'il était dans un temple. Des voix aigres, rauques, sauvages, discordantes, faisaient retentir la voûte de sons mal articulés qui faisaient le même effet que les voix des onagres quand elles répondent, dans les plaines des Pictaves, au cornet à bouquin qui les appelle. Il se bouchait les oreilles ; mais il fut près de se boucher encore les yeux et le nez quand il vit entrer dans ce temple des ouvriers avec des pinces et des pelles. Ils remuèrent une large pierre, et jetèrent à droite et à gauche une terre dont s'exhalait une odeur empestée ; ensuite on vint poser un mort dans cette ouverture, et on remit la pierre par-dessus.

« Quoi ! s'écria Babouc, ces peuples enterrent leurs morts dans les mêmes lieux ou ils adorent la Divinité ! Quoi ! leurs temples sont pavés de cadavres ! Je ne m'étonne plus de ces maladies pestilentielles qui désolent souvent Persépolis. La pourriture des morts, et

celle de tant de vivants rassemblés et pressés dans le même lieu, est capable d'empoisonner le globe terrestre. Ah ! la vilaine ville que Persépolis ! Apparemment que les anges veulent la détruire pour en rebâtir une plus belle, et pour la peupler d'habitants moins malpropres, et qui chantent mieux. La Providence peut avoir ses raisons ; laissons-la faire. »

Cependant le soleil approchait du haut de sa carrière. Babouc devait aller dîner à l'autre bout de la ville, chez une dame pour laquelle son mari, officier de l'armée, lui avait donné des lettres. Il fit d'abord plusieurs tours dans Persépolis ; il vit d'autres temples mieux bâtis et mieux ornés, remplis d'un peuple poli, et retentissant d'une musique harmonieuse ; il remarqua des fontaines publiques, lesquelles, quoique mal placées, frappaient les yeux par leur beauté ; des places ou semblaient respirer en bronze les meilleurs rois qui avaient gouverné la Perse ; d'autres places où il entendait le peuple s'écrier : « Quand verrons-nous ici le maître que nous chérissons ? Il admira les ponts magnifiques élevés sur le fleuve, les quais superbes et commodes, les palais bâtis à droite et à gauche, une maison immense où des milliers de vieux soldats blessés et vainqueurs rendaient chaque jour grâces au Dieu des armées. Il entra enfin chez la dame, qui l'attendait à dîner avec une compagnie d'honnêtes gens. La maison était propre et ornée, le repas délicieux, la dame jeune, belle, spirituelle, engageante, la compagnie digne d'elle ; et Babouc disait en lui-même à tout moment : « L'ange Ituriel se moque du monde de vouloir détruire une ville si charmante. »

Cependant il s'aperçut que la dame, qui avait commencé par lui demander tendrement des nouvelles de son mari, parlait plus tendrement encore, sur la fin du repas, à un jeune mage. Il vit un magistrat qui, en présence de sa femme, pressait avec vivacité une veuve ;

et cette veuve indulgente avait une main passée autour du cou du magistrat, tandis qu'elle tendait l'autre à un jeune citoyen très beau et très modeste. La femme du magistrat se leva de table la première pour aller entretenir dans un cabinet voisin son directeur, qui arrivait trop tard et qu'on avait attendu à dîner ; et le directeur, homme éloquent, lui parla dans ce cabinet avec tant de véhémence et d'onction que la dame avait, quand elle revint, les yeux humides, les joues enflammées, la démarche mal assurée, la parole tremblante.

Alors Babouc commença à craindre que le génie Ituriel n'eût raison. Le talent qu'il avait d'attirer la confiance le mit dès le jour même dans les secrets de la dame : elle lui confia son goût pour le jeune mage, et l'assura que dans toutes les maisons de Persépolis il trouverait l'équivalent de ce qu'il avait vu dans la sienne. Babouc conclut qu'une telle société ne pouvait subsister ; que la jalousie, la discorde, la vengeance, devaient désoler toutes les maisons ; que les larmes et le sang devaient couler tous les jours ; que certainement les maris tueraient les galants de leurs femmes, ou en seraient tués ; et qu'enfin Ituriel faisait fort bien de détruire tout d'un coup une ville abandonnée à de continuels désordres.

Il était plongé dans ces idées funestes, quand il se présenta à la porte un homme grave, en manteau noir, qui demanda humblement à parler au jeune magistrat. Celui-ci, sans se lever, sans le regarder, lui donna fièrement, et d'un air distrait, quelques papiers, et le congédia. Babouc demanda quel était cet homme. La maîtresse de la maison lui dit tout bas : « C'est un des meilleurs avocats de la ville ; il y a cinquante ans qu'il étudie les lois. Monsieur, qui n'a que vingt-cinq ans, et qui est satrape de loi depuis deux jours, lui donne à faire l'extrait d'un procès qu'il doit juger, qu'il n'a pas encore examiné. — Ce jeune étourdi fait sagement, dit Babouc,

de demander conseil à un vieillard ; mais pourquoi n'est-ce pas ce vieillard qui est juge ? — Vous vous moquez, lui dit-on ; jamais ceux qui ont vieilli dans les emplois laborieux et subalternes ne parviennent aux dignités. Ce jeune homme a une grande charge, parce que son père est riche, et qu'ici le droit de rendre la justice s'achète comme une métairie. — O mœurs ! ô malheureuse ville ! s'écria Babouc ; voilà le comble du désordre ; sans doute, ceux qui ont ainsi acheté le droit de juger vendent leurs jugements : je ne vois ici que des abîmes d'iniquité. »

Comme il marquait ainsi sa douleur et sa surprise, un jeune guerrier, qui était revenu ce jour même de l'armée, lui dit : « Pourquoi ne voulez-vous pas qu'on achète les emplois de la robe ? J'ai bien acheté, moi, le droit d'affronter la mort à la tête de deux mille hommes, que je commande ; il m'en a coûté quarante mille dariques d'or, cette année, pour coucher sur la terre trente nuits de suite en habit rouge, et pour recevoir ensuite deux bons coups de flèches dont je me sens encore. Si je me ruine pour servir l'empereur persan, que je n'ai jamais vu, Mr. le satrape de robe peut bien payer quelque chose pour avoir le plaisir de donner audience à des plaideurs. » Babouc, indigné, ne put s'empêcher de condamner dans son cœur un pays où l'on mettait à l'encan les dignités de la paix et de la guerre ; il conclut précipitamment que l'on y devait ignorer absolument la guerre et les lois, et que, quand même Ituriel n'exterminerait pas ces peuples, ils périraient par leur détestable administration.

Sa mauvaise opinion augmenta encore à l'arrivée d'un gros homme qui, ayant salué très familièrement toute la compagnie, s'approcha du jeune officier, et lui dit : « Je ne peux vous prêter que cinquante mille dariques d'or, car, en vérité, les douanes de l'empire ne m'en ont rapporté que trois cent mille cette année. » Babouc

s'informa quel était cet homme qui se plaignait de gagner si peu ; il apprit qu'il y avait dans Persépolis quarante rois plébéiens qui tenaient à bail l'empire de Perse, et qui en rendaient quelque chose au monarque.

Après dîner, il alla dans un des plus superbes temples de la ville ; il s'assit au milieu d'une troupe de femmes et d'hommes qui étaient venus là pour passer le temps. Un mage parut dans une machine élevée, qui parla long-temps du vice et de la vertu. Ce mage divisa en plusieurs parties ce qui n'avait pas besoin d'être divisé ; il prouva méthodiquement tout ce qui était clair ; il enseigna tout ce qu'on savait. Il se passionna froidement, et sortit suant et hors d'haleine. Toute l'assemblée alors se réveilla, et crut avoir assisté à une instruction. Babouc dit : « Voilà un homme qui a fait de son mieux pour ennuyer deux ou trois cents de ses concitoyens ; mais son intention était bonne, et il n'y a pas là de quoi détruire Persépolis. »

Au sortir de cette assemblée, on le mena voir une fête publique qu'on donnait tous les jours de l'année : c'était dans une espèce de basilique, au fond de laquelle on voyait un palais. Les plus belles citoyennes de l'ersepo-lis, les plus considérables satrapes, rangés avec ordre, formaient un spectacle si beau que Babouc crut d'abord que c'était là toute la fête. Deux ou trois personnes, qui paraissaient des rois et des reines, parurent bientôt dans le vestibule de ce palais ; leur langage était très différent de celui du peuple ; il était mesuré, harmonieux, et sublime. Personne ne dormait, on écoutait dans un profond silence, qui n'était interrompu que par les témoignages de la sensibilité et de l'admiration publique. Le devoir des rois, l'amour de la vertu, les dangers des passions, étaient exprimés par des traits si vifs et si touchants que Babouc versa des larmes. Il ne douta pas que ces héros et ces héroïnes, ces rois et ces reines qu'il venait d'entendre, ne fussent les prédica-

teurs de l'empire ; il se proposa même d'engager Ituriel à les venir entendre, bien sûr qu'un tel spectacle le réconcilierait pour jamais avec la ville.

Dès que cette fête fut finie, il voulut voir la principale reine qui avait débité dans ce beau palais une morale si noble et si pure ; il se fit introduire chez Sa Majesté ; on le mena par un petit escalier, au second étage, dans un appartement mal meublé, où il trouva une femme mal vêtue qui lui dit, d'un air noble et pathétique : « Ce métier-ci ne me donne pas de quoi vivre ; un des princes que vous avez vus m'a fait un enfant ; j'accoucherai bientôt ; je manque d'argent et sans argent on n'accouche point. » Babouc lui donna cent dariques d'or, en disant : « S'il n'y avait que ce mal-là dans la ville, Ituriel aurait tort de se tant fâcher. »

De là il alla passer sa soirée chez des marchands de magnificences inutiles. Un homme intelligent, avec lequel il avait fait connaissance, l'y mena ; il acheta ce qui lui plut, et on le lui vendit avec politesse beaucoup plus qu'il ne valait. Son ami, de retour chez lui, lui fit voir combien on le trompait. Babouc mit sur ses tablettes le nom du marchand, pour le faire distinguer par Ituriel au jour de la punition de la ville. Comme il écrivait, on frappa à sa porte ; c'était le marchand lui-même qui venait lui rapporter sa bourse, que Babouc avait laissée par mégarde sur son comptoir. « Comment se peut-il, s'écria Babouc, que vous soyez si fidèle et si généreux, après n'avoir pas eu de honte de me vendre des colifichets quatre fois au-dessus de leur valeur ? — Il n'y a aucun négociant un peu connu dans cette ville, lui répondit le marchand, qui ne fût venu vous rapporter votre bourse ; mais on vous a trompé quand on vous a dit que je vous avais vendu ce que vous avez pris chez moi quatre fois plus qu'il ne vaut : je vous l'ai vendu dix fois davantage, et cela est si vrai que, si dans un mois vous voulez le revendre, vous n'en aurez pas même ce

dixième. Mais rien n'est plus juste ; c'est la fantaisie des hommes qui met le prix à ces choses frivoles ; c'est cette fantaisie qui fait vivre cent ouvriers que j'emploie ; c'est elle qui me donne une belle maison, un char commode, des chevaux ; c'est elle qui excite l'industrie, qui entretient le goût, la circulation, et l'abondance. Je vends aux nations voisines les mêmes bagatelles plus chèrement qu'à vous, et par là je suis utile à l'empire. » Babouc, après avoir un peu rêvé, le raya de ses tablettes.

Babouc, fort incertain sur ce qu'il devait penser de Persépolis, résolut de voir les mages et les lettrés : car les uns étudient la sagesse, et les autres la religion ; et il se flatta que ceux-là obtiendraient grâce pour le reste du peuple. Dès le lendemain matin il se transporta dans un collège de mages. L'archimandrite lui avoua qu'il avait cent mille écus de rente pour avoir fait vœu de pauvreté, et qu'il exerçait un empire assez étendu en vertu de son vœu d'humilité ; après quoi il laissa Babouc entre les mains d'un petit frère qui lui fit les honneurs.

Tandis que ce frère lui montrait les magnificences de cette maison de pénitence, un bruit se répandit qu'il était venu pour réformer toutes ces maisons. Aussitôt il reçut des mémoires de chacune d'elles ; et les mémoires disaient tous en substance : « Conservez-nous, et détruisez toutes les autres. » A entendre leurs apologies, ces sociétés étaient toutes nécessaires ; à entendre leurs accusations réciproques, elles méritaient toutes d'être anéanties. Il admirait comme il n'y en avait aucune d'elles qui, pour édifier l'univers, ne voulût en avoir l'empire. Alors il se présenta un petit homme qui était un demi-mage, et qui lui dit : « Je vois bien que l'œuvre va s'accomplir, car Zerdust est revenu sur la terre ; les petites filles prophétisent en se faisant donner des coups de pincettes par-devant et le fouet par-derrière. Ainsi nous vous demandons votre protection contre le grand-lama. — Comment ! dit Babouc, contre ce pontife-roi

qui réside au Thibet ? — Contre lui-même. — Vous lui faites donc la guerre, et vous levez contre lui des armées ? — Non ; mais il dit que l'homme est libre et nous n'en croyons rien ; nous écrivons contre lui de petits livres qu'il ne lit pas : à peine a-t-il entendu parler de nous ; il nous a seulement fait condamner, comme un maître ordonne qu'on échenille les arbres de ses jardins. » Babouc frémit de la folie de ces hommes qui faisaient profession de sagesse, des intrigues de ceux qui avaient renoncé au monde, de l'ambition et de la convoitise orgueilleuse de ceux qui enseignaient l'humilité et le désintéressement ; il conclut qu'Ituriel avait de bonnes raisons pour détruire toute cette engeance.

Retiré chez lui, il envoya chercher des livres nouveaux pour adoucir son chagrin, et il pria quelques lettrés à dîner pour se réjouir. Il en vint deux fois plus qu'il n'en avait demandé, comme les guêpes que le miel attire. Ces parasites se pressaient de manger et de parler ; ils louaient deux sortes de personnes, les morts et eux-mêmes, et jamais leurs contemporains, excepté le maître de la maison. Si quelqu'un d'eux disait un bon mot, les autres baissaient les yeux et se mordaient les lèvres de douleur de ne l'avoir pas dit. Ils avaient moins de dissimulation que les mages, parce qu'ils n'avaient pas de si grands objets d'ambition. Chacun d'eux briguait une place de valet et une réputation de grand homme ; ils se disaient en face des choses insultantes, qu'ils croyaient des traits d'esprit. Ils avaient eu quelque connaissance de la mission de Babouc. L'un d'eux le pria tout bas d'exterminer un auteur qui ne l'avait pas assez loué il y avait cinq ans ; un autre demanda la perte d'un citoyen qui n'avait jamais ri à ses comédies ; un troisième demanda l'extinction de l'Académie, parce qu'il n'avait jamais pu parvenir à y être admis. Le repas fini, chacun d'eux s'en alla seul, car il n'y avait pas dans toute la troupe deux hommes qui pussent se souffrir, ni même se

parler ailleurs que chez les riches qui les invitaient à leur table. Babouc jugea qu'il n'y aurait pas grand mal quand cette vermine périrait dans la destruction générale.

Dès qu'il se fut défait d'eux, il se mit à lire quelques livres nouveaux. Il y reconnut l'esprit de ses convives. Il vit surtout avec indignation ces gazettes de la médisance, ces archives du mauvais goût, que l'envie, la bassesse et la faim ont dictées ; ces lâches satires où l'on ménage le vautour et où l'on déchire la colombe ; ces romans dénués d'imagination, où l'on voit tant de portraits de femmes que l'auteur ne connaît pas.

Il jeta au feu tous ces détestables écrits, et sortit pour aller le soir à la promenade. On le présenta à un vieux lettré qui n'était point venu grossir le nombre de ses parasites. Ce lettré fuyait toujours la foule, connaissait les hommes, en faisait usage, et se communiquait avec discrétion. Babouc lui parla avec douleur de ce qu'il avait lu et de ce qu'il avait vu.

« Vous avez lu des choses bien méprisables, lui dit le sage lettré ; mais dans tous les temps, et dans tous les pays, et dans tous les genres, le mauvais fourmille, et le bon est rare. Vous avez reçu chez vous le rebut de la pédanterie, parce que, dans toutes les professions, ce qu'il y a de plus indigne de paraître est toujours ce qui se présente avec le plus d'impudence. Les véritables sages vivent entre eux retirés et tranquilles ; il y a encore parmi nous des hommes et des livres dignes de votre attention. » Dans le temps qu'il parlait ainsi, un autre lettré les joignit ; leurs discours furent si agréables et si instructifs, si élevés au-dessus des préjugés et si conformes à la vertu, que Babouc avoua n'avoir jamais rien entendu de pareil. « Voilà des hommes, disait-il tout bas, à qui l'ange Ituriel n'osera toucher, ou il sera bien impitoyable. »

Accommodé avec les lettrés, il était toujours en colère contre le reste de la nation. « Vous êtes étranger, lui dit

l'homme judicieux qui lui parlait ; les abus se présentent à vos yeux en foule, et le bien, qui est caché et qui résulte quelquefois de ces abus mêmes, vous échappe. » Alors il apprit que parmi les lettrés il y en avait quelques-uns qui n'étaient pas envieux, et que parmi les mages mêmes il y en avait de vertueux. Il conçut à la fin que ces grands corps, qui semblaient en se choquant préparer leurs communes ruines, étaient au fond des institutions salutaires ; que chaque société de mages était un frein à ses rivales ; que si ces émules différaient dans quelques opinions, ils enseignaient tous la même morale, qu'ils instruisaient le peuple, et qu'ils vivaient soumis aux lois, semblables aux précepteurs qui veillent sur le fils de la maison, tandis que le maître veille sur eux-mêmes. Il en pratiqua plusieurs, et vit des âmes célestes. Il apprit même que parmi les fous qui prétendaient faire la guerre au grand-lama, il y avait eu de très grands hommes. Il soupçonna enfin qu'il pourrait bien en être des mœurs de Persépolis comme des édifices, dont les uns lui avaient paru dignes de pitié, et les autres l'avaient ravi en admiration.

Il dit à son lettré : « Je connais très bien que ces mages, que j'avais crus si dangereux, sont en effet très utiles, surtout quand un gouvernement sage les empêche de se rendre trop nécessaires ; mais vous m'avouerez au moins que vos jeunes magistrats, qui achètent une charge de juge dès qu'ils ont appris à monter à cheval, doivent étaler dans les tribunaux tout ce que l'impertinence a de plus ridicule, et tout ce que l'iniquité a de plus pervers ; il vaudrait mieux sans doute donner ces places gratuitement à ces vieux jurisconsultes qui ont passé toute leur vie à peser le pour et le contre. »

Le lettré lui répliqua : « Vous avez vu notre armée avant d'arriver à Persépolis ; vous savez que nos jeunes officiers se battent très bien, quoiqu'ils aient acheté leurs charges : peut-être verrez-vous que nos jeunes

magistrats ne jugent pas mal, quoiqu'ils aient payé pour juger. »

Il le mena le lendemain au grand tribunal, où l'on devait rendre un arrêt important. La cause était connue de tout le monde. Tous ces vieux avocats qui en parlaient étaient flottants dans leurs opinions ; ils alléguaient cent lois, dont aucune n'était applicable au fond de la question ; ils regardaient l'affaire par cent côtés, dont aucun n'était dans son vrai jour : les juges décidèrent plus vite que les avocats ne doutèrent. Leur jugement fut presque unanime ; ils jugèrent bien, parce qu'ils suivaient les lumières de la raison ; et les autres avaient opiné mal, parce qu'ils n'avaient consulté que leurs livres.

Babouc conclut qu'il y avait souvent de très bonnes choses dans les abus. Il vit dès le jour même que les richesses des financiers, qui l'avaient tant révolté, pouvaient produire un effet excellent, car, l'empereur ayant eu besoin d'argent, il trouva en une heure, par leur moyen, ce qu'il n'aurait pas eu en six mois par les voies ordinaires ; il vit que ces gros nuages, enflés de la rosée de la terre, lui rendaient en pluie ce qu'ils en recevaient. D'ailleurs, les enfants de ces hommes nouveaux, souvent mieux élevés que ceux des familles plus anciennes, valaient quelquefois beaucoup mieux : car rien n'empêche qu'on ne soit un bon juge, un brave guerrier, un homme d'État habile, quand on a eu un père bon calculateur.

Insensiblement Babouc faisait grâce à l'avidité du financier, qui n'est pas au fond plus avide que les autres hommes, et qui est nécessaire. Il excusait la folie de se ruiner pour juger et pour se battre, folie qui produit de grands magistrats et des héros. Il pardonnait à l'envie des lettrés, parmi lesquels il se trouvait des hommes qui éclairaient le monde ; il se réconciliait avec les mages ambitieux et intrigants, chez lesquels il y avait plus de

grandes vertus encore que de petits vices ; mais il lui restait bien des griefs, et surtout les galanteries des dames, et les désolations qui en devaient être la suite le remplissaient d'inquiétude et d'effroi.

Comme il voulait pénétrer dans toutes les conditions humaines, il se fit mener chez un ministre ; mais il tremblait toujours en chemin que quelque femme ne fût assassinée en sa présence par son mari. Arrivé chez l'homme d'État, il resta deux heures dans l'antichambre sans être annoncé, et deux heures encore après l'avoir été. Il se promettait bien dans cet intervalle de recommander à l'ange Ituriel et le ministre et ses insolents huissiers. L'antichambre était remplie de dames de tout étage, de mages de toutes couleurs, de juges, de marchands, d'officiers, de pédants ; tous se plaignaient du ministre. L'avare et l'usurier disaient : « Sans doute cet homme-là pille les provinces » ; le capricieux lui reprochait d'être bizarre ; le voluptueux disait : « Il ne songe qu'à ses plaisirs » ; l'intrigant se flattait de le voir bientôt perdu par une cabale ; les femmes espéraient qu'on leur donnerait bientôt un ministre plus jeune.

Babouc entendait leurs discours ; il ne put s'empêcher de dire : « Voilà un homme bien heureux, il a tous ses ennemis dans son antichambre ; il écrase de son pouvoir ceux qui l'envient ; il voit à ses pieds ceux qui le détestent. » Il entra enfin ; il vit un petit vieillard courbé sous le poids des années et des affaires, mais encore vif et plein d'esprit.

Babouc lui plut, et il parut à Babouc un homme estimable. La conversation devint intéressante. Le ministre lui avoua qu'il était un homme très malheureux, qu'il passait pour riche, et qu'il était pauvre ; qu'on le croyait tout-puissant, et qu'il était toujours contredit ; qu'il n'avait guère obligé que des ingrats, et que dans un travail continuel de quarante années il avait eu à peine un moment de consolation. Babouc en fut touché, et

pensa que, si cet homme avait fait des fautes, et si l'ange Ituriel voulait le punir, il ne fallait pas l'exterminer, mais seulement lui laisser sa place.

Tandis qu'il parlait au ministre, entre brusquement la belle dame chez qui Babouc avait dîné ; on voyait dans ses yeux et sur son front les symptômes de la douleur et de la colère. Elle éclata en reproches contre l'homme d'État, elle versa des larmes ; elle se plaignit avec amertume de ce qu'on avait refusé à son mari une place où sa naissance lui permettait d'aspirer, et que ses services et ses blessures méritaient, elle s'exprima avec tant de force, elle mit tant de grâces dans ses plaintes, elle détruisit les objections avec tant d'adresse, elle fit valoir les raisons avec tant d'éloquence, qu'elle ne sortit point de la chambre sans avoir fait la fortune de son mari.

Babouc lui donna la main : « Est-il possible, madame, lui dit-il, que vous vous soyez donné toute cette peine pour un homme que vous n'aimez point, et dont vous avez tout à craindre ? — Un homme que je n'aime point ! s'écria-t-elle ; sachez que mon mari est le meilleur ami que j'aie au monde, qu'il n'y a rien que je ne lui sacrifie, hors mon amant ; et qu'il ferait tout pour moi, hors de quitter sa maîtresse. Je veux vous la faire connaître : c'est une femme charmante, pleine d'esprit, et du meilleur caractère du monde ; nous soupons ensemble ce soir avec mon mari et mon petit mage, venez partager notre joie. »

La dame mena Babouc chez elle. Le mari, qui était enfin arrivé plongé dans la douleur, revit sa femme avec des transports d'allégresse et de reconnaissance : il embrassait tour à tour sa femme, sa maîtresse, le petit mage, et Babouc. L'union, la gaieté, l'esprit, et les grâces, furent l'âme de ce repas. « Apprenez, lui dit la belle dame chez laquelle il soupait, que celles qu'on appelle quelquefois de malhonnêtes femmes ont presque toujours le mérite d'un très honnête homme ; et

pour vous en convaincre, venez demain dîner avec moi chez la belle Téone. Il y a quelques vieilles vestales qui la déchirent ; mais elle fait plus de bien qu'elles toutes ensemble. Elle ne commettrait pas une légère injustice pour le plus grand intérêt ; elle ne donne à son amant que des conseils généreux ; elle n'est occupée que de sa gloire : il rougirait devant elle s'il avait laissé échapper une occasion de faire du bien, car rien n'encourage plus aux actions vertueuses que d'avoir pour témoin et pour juge de sa conduite une maîtresse dont on veut mériter l'estime. »

Babouc ne manqua pas au rendez-vous. Il vit une maison où régnaient tous les plaisirs. Téone régnait sur eux ; elle savait parler à chacun son langage. Son esprit naturel mettait à son aise celui des autres ; elle plaisait sans presque le vouloir ; elle était aussi aimable que bienfaisante ; et, ce qui augmentait le prix de toutes ses bonnes qualités, elle était belle.

Babouc, tout Scythe et tout envoyé qu'il était d'un génie, s'aperçut que, s'il restait encore à Persépolis, il oublierait Ituriel pour Téone. Il s'affectionnait à la ville, dont le peuple était poli, doux et bienfaisant, quoique léger, médisant, et plein de vanité. Il craignait que Persépolis ne fût condamnée ; il craignait même le compte qu'il allait rendre.

Voici comme il s'y prit pour rendre ce compte. Il fit faire par le meilleur fondeur de la ville une petite statue composée de tous les métaux, des terres et des pierres les plus précieuses et les plus viles ; il la porta à Ituriel : « Casserez-vous, dit-il, cette jolie statue parce que tout n'y est pas or et diamants ? » Ituriel entendit à demi-mot ; il résolut de ne pas même songer à corriger Persépolis, et de laisser aller *le monde comme il va* « car, dit-il, *si tout n'est pas bien, tout est passable.* » On laissa donc subsister Persépolis, et Babouc fut bien loin de se plaindre, comme Jonas, qui se fâcha de ce qu'on ne

détruisait pas Ninive. Mais quand on a été trois jours dans le corps d'une baleine, on n'est pas de si bonne humeur que quand on a été à l'opéra, à la comédie, et qu'on a soupé en bonne compagnie.

MEMNON

OU
LA SAGESSE HUMAINE

Memnon conçut un jour le projet insensé d'être parfaitement sage. Il n'y a guère d'hommes à qui cette folie n'ait quelquefois passé par la tête. Memnon se dit à lui-même : Pour être très sage, et par conséquent très heureux, il n'y a qu'à être sans passions ; et rien n'est plus aisé, comme on sait. Premièrement, je n'aimerai jamais de femme ; car, en voyant une beauté parfaite, je me dirai à moi-même : « ces joues-là se rideront un jour ; ces beaux yeux seront bordés de rouge ; cette gorge ronde reviendra plate et pendante ; cette belle tête deviendra chauve. Or je n'ai qu'à la voir à présent des mêmes veux dont je la verrai alors, et assurément cette tête ne fera pas tourner la mienne.

« En second lieu je serai toujours sobre ; j'aurai beau être tenté par la bonne chère, par des vins délicieux, par la séduction de la société ; je n'aurai qu'à me représenter les suites des excès, une tête pesante, un estomac embarrassé, la perte de la raison, de la santé et du temps, je ne mangerai alors que pour le besoin ; ma santé sera toujours égale, mes idées toujours pures et lumineuses. Tout cela est si facile qu'il n'y a aucun mérite à y parvenir.

« Ensuite, disait Memnon, il faut penser un peu à ma fortune ; mes désirs sont modérés ; mon bien est solide-

ment placé sur le receveur général des finances de Ninive ; j'ai de quoi vivre dans l'indépendance : c'est là le plus grand des biens. Je ne serai jamais dans la cruelle nécessité de faire ma cour ; je n'envierai personne, et personne ne m'enviera. Voilà qui est encore très aisé. J'ai des amis, continuait-il, je les conserverai, puisqu'ils n'auront rien à me disputer. Je n'aurai jamais d'humeur avec eux, ni eux avec moi ; cela est sans difficulté. »

Ayant fait ainsi son petit plan de sagesse dans sa chambre, Memnon mit la tête à la fenêtre. Il vit deux femmes qui se promenaient sous des platanes auprès de sa maison. L'une était vieille, et paraissait ne songer à rien ; l'autre était jeune, jolie, et semblait fort occupée. Elle soupirait, elle pleurait, et n'en avait que plus de grâces. Notre sage fut touché, non pas de la beauté de la dame (il était bien sûr de ne pas sentir une telle faiblesse), mais de l'affliction où il la voyait. Il descendit ; il aborda la jeune Ninivienne dans le dessein de la consoler avec sagesse. Cette belle personne lui conta, de l'air le plus naïf et le plus touchant, tout le mal que lui faisait un oncle qu'elle n'avait point ; avec quels artifices il lui avait enlevé un bien qu'elle n'avait jamais possédé, et tout ce qu'elle avait à craindre de sa violence. « Vous me paraissez un homme de si bon conseil, lui dit-elle, que si vous aviez la condescendance de venir jusque chez moi, et d'examiner mes affaires, je suis sûre que vous me tireriez du cruel embarras où je suis. » Memnon n'hésita pas à la suivre, pour examiner sagement ses affaires, et pour lui donner un bon conseil.

La dame affligée le mena dans une chambre parfumée, et le fit asseoir avec elle poliment sur un large sofa, où ils se tenaient tous deux les jambes coisées vis-à-vis l'un de l'autre. La dame parla en baissant les yeux, dont il échappait quelquefois des larmes, et qui en se relevant rencontraient toujours les regards du sage Memnon. Ses discours étaient pleins d'un attendrissement qui redou-

blait toutes les fois qu'ils se regardaient. Memnon prenait ses affaires extrêmement à cœur, et se sentait de moment en moment la plus grande envie d'obliger une personne si honnête et si malheureuse. Ils cessèrent insensiblement, dans la chaleur de la conversation, d'être vis-à-vis l'un de l'autre. Leurs jambes ne furent plus croisées. Memnon la conseilla de si près, et lui donna des avis si tendres, qu'ils ne pouvaient ni l'un ni l'autre parler d'affaires, et qu'ils ne savaient plus où ils en étaient

Comme ils en étaient là, arrive l'oncle, ainsi qu'on peut bien le penser : il était armé de la tête aux pieds ; et la première chose qu'il dit fut qu'il allait tuer, comme de raison, le sage Memnon et sa nièce ; la dernière qui lui échappa fut qu'il pouvait pardonner pour beaucoup d'argent. Memnon fut obligé de donner tout ce qu'il avait. On était heureux dans ce temps-là d'en être quitte à si bon marché ; l'Amérique n'était pas encore découverte, et les dames affligées n'étaient pas à beaucoup près si dangereuses qu'elles le sont aujourd'hui.

Memnon, honteux et désespéré, rentra chez lui : il y trouva un billet qui l'invitait à dîner avec quelques-uns de ses intimes amis. « Si je reste seul chez moi, dit-il, j'aurai l'esprit occupé de ma triste aventure, je ne mangerai point ; je tomberai malade : il vaut mieux aller faire avec mes amis intimes un repas frugal. J'oublierai, dans la douceur de leur société, la sottise que j'ai faite ce matin. » Il va au rendez-vous ; on le trouve un peu chagrin. On le fait boire pour dissiper sa tristesse. Un peu de vin pris modérément est un remède pour l'âme et pour le corps. C'est ainsi que pense le sage Memnon ; et il s'enivre. On lui propose de jouer après le repas. Un jeu réglé avec des amis est un passe-temps honnête. Il joue ; on lui gagne tout ce qu'il a dans sa bourse, et quatre fois autant sur sa parole. Une dispute s'élève sur le jeu, on s'échauffe : l'un de ses amis intimes lui jette à

la tête un cornet, et lui crève un œil. On rapporte chez lui le sage Memnon ivre, sans argent, et ayant un œil de moins.

Il cuve un peu son vin, et dès qu'il a la tête plus libre, il envoie son valet chercher de l'argent chez le receveur général des finances de Ninive pour payer ses intimes amis : on lui dit que son débiteur a fait le matin une banqueroute frauduleuse qui met en alarme cent familles. Memnon, outré, va à la cour avec un emplâtre sur l'œil et un placet à la main pour demander justice au roi contre le banqueroutier. Il rencontre dans un salon plusieurs dames qui portaient toutes d'un air aisé des cerceaux de vingt-quatre pieds de circonférence.

L'une d'elles, qui le connaissait un peu, dit en le regardant de côté : « Ah ! l'horreur ! » Une autre, qui le connaissait davantage, lui dit : « Bonsoir, monsieur Memnon ; mais vraiment, monsieur Memnon, je suis fort aise de vous voir ; à propos, monsieur Memnon, pourquoi avez-vous perdu un œil ? » Et elle passa sans attendre sa réponse. Memnon se cacha dans un coin, et attendit le moment où il pût se jeter aux pieds du monarque. Ce moment arriva. Il baisa trois fois la terre, et présenta son placet. Sa gracieuse Majesté le reçut très favorablement, et donna le mémoire à un de ses satrapes pour lui en rendre compte. Le satrape tire Memnon à part, et lui dit d'un air de hauteur, en ricanant amèrement : « Je vous trouve un plaisant borgne de vous adresser au roi plutôt qu'à moi, et encore plus plaisant d'oser demander justice contre un honnête banqueroutier que j'honore de ma protection, et qui est le neveu d'une femme de chambre de ma maîtresse. Abandonnez cette affaire-là, mon ami, si vous voulez conserver l'œil qui vous reste. »

Memnon, ayant ainsi renoncé le matin aux femmes, aux excès de table, au jeu, à toute querelle, et surtout à la cour, avait été avant la nuit trompé et volé par une

belle dame, s'était enivré, avait joué, avait eu une querelle, s'était fait crever un œil, et avait été à la cour, où l'on s'était moqué de lui.

Pétrifié d'étonnement et navré de douleur, il s'en retourne la mort dans le cœur. Il veut rentrer chez lui ; il y trouve des huissiers qui démeublaient sa maison de la part de ses créanciers. Il reste presque évanoui sous un platane ; il y rencontre la belle dame du matin, qui se promenait avec son cher oncle, et qui éclata de rire en voyant Memnon avec son emplâtre. La nuit vint ; Memnon se coucha sur de la paille auprès des murs de sa maison. La fièvre le saisit ; il s'endormit dans l'accès, et un esprit céleste lui apparut en songe.

Il était tout resplendissant de lumière. Il avait six belles ailes, mais ni pieds, ni tête, ni queue, et ne ressemblait à rien. « Qui es-tu ? lui dit Memnon. — Ton bon génie, lui répondit l'autre. — Rends-moi donc mon œil, ma santé, mon bien, ma sagesse, lui dit Memnon. » Ensuite il lui conta comment il avait perdu tout cela en un jour. « Voilà des aventures qui ne nous arrivent jamais dans le monde que nous habitons, dit l'esprit. — Et quel monde habitez-vous ? dit l'homme affligé. — Ma patrie, répondit-il, est à cinq cents millions de lieues du soleil, dans une petite étoile auprès de Sirius, que tu vois d'ici. — Le beau pays ! dit Memnon ; quoi ! vous n'avez point chez vous de coquines qui trompent un pauvre homme, point d'amis intimes qui lui gagnent son argent et qui lui crèvent un œil, point de banqueroutiers, point de satrapes qui se moquent de vous en vous refusant justice ? — Non, dit l'habitant de l'étoile, rien de tout cela. Nous ne sommes jamais trompés par les femmes, parce que nous n'en avons point ; nous ne faisons point d'excès de table, parce que nous ne mangeons point ; nous n'avons point de banqueroutiers, parce qu'il n'y a chez nous ni or ni argent ; on ne peut pas nous crever les yeux, parce que nous n'avons point de corps à la façon

des vôtres ; et les satrapes ne nous font jamais d'injustice, parce que dans notre petite étoile tout le monde est égal. »

Memnon lui dit alors : « Monseigneur, sans femme et sans dîner, à quoi passez-vous votre temps ? — A veiller, dit le génie, sur les autres globes qui nous sont confiés ; et je viens pour te consoler. — Hélas ! reprit Memnon, que ne veniez-vous la nuit passée pour m'empêcher de faire tant de folies ? — J'étais auprès d'Assan, ton frère aîné, dit l'être céleste. Il est plus à plaindre que toi. Sa gracieuse Majesté le roi des Indes, à la cour duquel il a l'honneur d'être, lui a fait crever les deux yeux pour une petite indiscrétion, et il est actuellement dans un cachot, les fers aux pieds et aux mains. — C'est bien la peine, dit Memnon, d'avoir un bon génie dans une famille pour que, de deux frères, l'un soit borgne, l'autre aveugle ; l'un couché sur la paille, l'autre en prison. — Ton sort changera, reprit l'animal de l'étoile. Il est vrai que tu seras toujours borgne ; mais, à cela près, tu seras assez heureux, pourvu que tu ne fasses jamais le sot projet d'être parfaitement sage. — C'est donc une chose à laquelle il est impossible de parvenir ? s'écria Memnon en soupirant. — Aussi impossible, lui répliqua l'autre, que d'être parfaitement habile, parfaitement fort, parfaitement puissant, parfaitement heureux. Nous-mêmes, nous en sommes bien loin. Il y a un globe où tout cela se trouve ; mais dans les cent mille millions de mondes qui sont dispersés dans l'étendue tout se suit par degrés. On a moins de sagesse et de plaisir dans le second que dans le premier, moins dans le troisième que dans le second, ainsi du reste jusqu'au dernier, où tout le monde est complètement fou. — J'ai bien peur, dit Memnon, que notre petit globe terraqué ne soit précisément les petites-maisons de l'univers dont vous me faites l'honneur de me parler. — Pas tout à fait, dit l'esprit ; mais il en approche : il faut que tout soit en sa place. —

Eh mais ! dit Memnon, certains poètes, certains philosophes, ont donc grand tort de dire que *tout est bien ?* — Ils ont grande raison, dit le philosophe de là-haut, en considérant l'arrangement de l'univers entier. — Ah ! je ne croirai cela, répliqua le pauvre Memnon, que quand je ne serai plus borgne. »

LETTRE D'UN TURC

SUR LES FAKIRS
ET SUR SON AMI BABABEC

Lorsque j'étais dans la ville de Bénarès sur le rivage du Gange, ancienne patrie des bracmanes, je tâchai de m'instruire. J'entendais passablement l'indien ; j'écoutais beaucoup et remarquais tout. J'étais logé chez mon correspondant Omri ; c'était le plus digne homme que j'aie jamais connu. Il était de la religion des bramins, j'ai l'honneur d'être musulman : jamais nous n'avons eu une parole plus haute que l'autre au sujet de Mahomet et de Brama. Nous faisions nos ablutions chacun de notre côté, nous buvions de la même limonade, nous mangions du même riz, comme deux frères.

Un jour, nous allâmes ensemble à la pagode de Gavani. Nous y vîmes plusieurs bandes de fakirs, dont les uns étaient des janguis, c'est-à-dire des fakirs contemplatifs, et les autres, des disciples des anciens gymnosophistes, qui menaient une vie active. Ils ont, comme on sait, une langue savante, qui est celle des plus anciens bracmanes, et, dans cette langue, un livre qu'ils appellent le *Veidam*. C'est assurément le plus ancien livre de toute l'Asie, sans en excepter le *Zenda-Vesta*.

Je passai devant un fakir qui lisait ce livre. « Ah ! malheureux infidèle ! s'écria-t-il, tu m'as fait perdre le nombre des voyelles que je comptais ; et de cette affaire-là mon âme passera dans le corps d'un lièvre, au

lieu d'aller dans celui d'un perroquet, comme j'avais
tout lieu de m'en flatter. » Je lui donnai une roupie pour
le consoler. A quelques pas de là, ayant eu le malheur
d'éternuer, le bruit que je fis réveilla un fakir qui était en
extase. « Où suis-je ? dit-il ; quelle horrible chute ! je ne
vois plus le bout de mon nez : la lumière céleste est
disparue[a]. — Si je suis cause, lui dis-je, que vous voyez
enfin plus loin que le bout de votre nez, voilà une roupie
pour réparer le mal que j'ai fait ; reprenez votre lumière
céleste. »

M'étant ainsi tiré d'affaire discrètement, je passai aux
autres gymnosophistes ; il y en eut plusieurs qui
m'apportèrent de petits clous fort jolis, pour m'enfoncer
dans les bras et dans les cuisses en l'honneur de Brama.
J'achetai leurs clous, dont j'ai fait clouer mes tapis.
D'autres dansaient sur les mains ; d'autres voltigeaient
sur la corde lâche ; d'autres allaient toujours à cloche-
pied. Il y en avait qui portaient des chaînes, d'autres, un
bât ; quelques-uns avaient leur tête dans un boisseau ; au
demeurant les meilleures gens du monde. Mon ami
Omri me mena dans la cellule d'un des plus fameux ; il
s'appelait Bababec : il était nu comme un singe, et avait
au cou une grosse chaîne qui pesait plus de soixante
livres. Il était assis sur une chaise de bois, proprement
garnie de petites pointes de clous qui lui entraient dans
les fesses, et on aurait cru qu'il était sur un lit de satin.
Beaucoup de femmes venaient le consulter ; il était
l'oracle des familles, et on peut dire qu'il jouissait d'une
très grande réputation. Je fus témoin du long entretien
qu'Omri eut avec lui. « Croyez-vous, lui dit-il, mon
père, qu'après avoir passé par l'épreuve des sept
métempsycoses, je puisse parvenir à la demeure de
Brama ? — C'est selon, dit le fakir ; comment vivez-
vous ? — Je tâche, dit Omri, d'être bon citoyen, bon

a. Quand les fakirs veulent voir la lumière céleste, ce qui est très
commun parmi eux, ils tournent les yeux vers le bout de leur nez.

mari, bon père, bon ami ; je prête de l'argent sans intérêt aux riches dans l'occasion, j'en donne aux pauvres ; j'entretiens la paix parmi mes voisins. — Vous mettez-vous quelquefois des clous dans le cul ? demanda le bramin. — Jamais, mon révérend père. — J'en suis fâché, répliqua le fakir, vous n'irez certainement que dans le dix-neuvième ciel ; et c'est dommage. — Comment, dit Omri, cela est fort honnête ; je suis très content de mon lot : que m'importe du dix-neuvième ou du vingtième, pourvu que je fasse mon devoir dans mon pèlerinage, et que je sois bien reçu au dernier gîte ? N'est-ce pas assez d'être honnête homme dans ce pays-ci, et d'être ensuite heureux au pays de Brama ? Dans quel ciel prétendez-vous donc aller, vous, monsieur Bababec, avec vos clous et vos chaînes ? — Dans le trente-cinquième, dit Bababec. — Je vous trouve plaisant, répliqua Omri, de prétendre être logé plus haut que moi ; ce ne peut être assurément que l'effet d'une excessive ambition. Vous condamnez ceux qui recherchent les honneurs dans cette vie, pourquoi en voulez-vous de si grands dans l'autre ? Et sur quoi d'ailleurs prétendez-vous être mieux traité que moi ? Sachez que je donne plus en aumônes en dix jours que ne vous coûtent en dix ans tous les clous que vous vous enfoncez dans le derrière. Brama a bien à faire que vous passiez la journée tout nu, avec une chaîne au cou ; vous rendez là un beau service à la patrie. Je fais cent fois plus de cas d'un homme qui sème des légumes, ou qui plante des arbres, que de tous vos camarades, qui regardent le bout de leur nez, ou qui portent un bât par excès de noblesse d'âme. » Ayant parlé ainsi, Omri se radoucit, le caressa, le persuada, l'engagea enfin à laisser là ses clous et sa chaîne, et à venir chez lui mener une vie honnête. On le décrassa, on le frotta d'essences parfumées ; on l'habilla décemment ; il vécut quinze jours d'une manière fort sage, et avoua qu'il était cent fois

plus heureux qu'auparavant. Mais il perdait son crédit dans le peuple ; les femmes ne venaient plus le consulter : il quitta Omri, et reprit ses clous pour avoir de la considération.

MICROMÉGAS

HISTOIRE PHILOSOPHIQUE

CHAPITRE PREMIER

VOYAGE D'UN HABITANT DU MONDE
DE L'ÉTOILE SIRIUS
DANS LA PLANÈTE DE SATURNE

Dans une de ces planètes qui tournent autour de l'étoile nommée Sirius, il y avait un jeune homme de beaucoup d'esprit, que j'ai eu l'honneur de connaître dans le dernier voyage qu'il fit sur notre petite fourmilière ; il s'appelait Micromégas, nom qui convient fort à tous les grands. Il avait huit lieues de haut : j'entends, par huit lieues, vingt-quatre mille pas géométriques de cinq pieds chacun.

Quelques algébristes, gens toujours utiles au public, prendront sur-le-champ la plume, et trouveront que, puisque monsieur Micromégas, habitant du pays de Sirius, a de la tête aux pieds vingt-quatre mille pas, qui font cent vingt mille pieds de roi, et que nous autres, citoyens de la terre, nous n'avons guère que cinq pieds, et que notre globe a neuf mille lieues de tour, ils trouveront, dis-je, qu'il faut absolument que le globe qui l'a produit ait au juste vingt-un millions six cent mille fois plus de circonférence que notre petite terre. Rien n'est plus simple et plus ordinaire dans la nature. Les États de quelques souverains d'Allemagne ou d'Italie, dont on peut faire le tour en une demi-heure, comparés à l'empire de Turquie, de Moscovie ou de la Chine, ne sont qu'une très faible image des prodigieuses différences que la nature a mises dans tous les êtres.

La taille de Son Excellence étant de la hauteur que j'ai dite, tous nos sculpteurs et tous nos peintres conviendront sans peine que sa ceinture peut avoir cinquante mille pieds de roi de tour : ce qui fait une très jolie proportion.

Quant à son esprit, c'est un des plus cultivés que nous ayons ; il sait beaucoup de choses ; il en a inventé quelques-unes ; il n'avait pas encore deux cent cinquante ans, et il étudiait, selon la coutume, au collège des jésuites de sa planète, lorsqu'il devina, par la force de son esprit, plus de cinquante propositions d'Euclide. C'est dix-huit de plus que Blaise Pascal, lequel, après en avoir deviné trente-deux en se jouant, à ce que dit sa sœur, devint depuis un géomètre assez médiocre, et un fort mauvais métaphysicien. Vers les quatre cent cinquante ans, au sortir de l'enfance, il disséqua beaucoup de ces petits insectes qui n'ont pas cent pieds de diamètre, et qui se dérobent aux microscopes ordinaires ; il en composa un livre fort curieux, mais qui lui fit quelques affaires. Le muphti de son pays, grand vétillard, et fort ignorant, trouva dans son livre des propositions suspectes, malsonnantes, téméraires, hérétiques, sentant l'hérésie, et le poursuivit vivement : il s'agissait de savoir si la forme substantielle des puces de Sirius était de même nature que celle des colimaçons. Micromégas se défendit avec esprit ; il mit les femmes de son côté ; le procès dura deux cent vingt ans. Enfin le muphti fit condamner le livre par des jurisconsultes qui ne l'avaient pas lu, et l'auteur eut ordre de ne paraître à la cour de huit cents années.

Il ne fut que médiocrement affligé d'être banni d'une cour qui n'était remplie que de tracasseries et de petitesses. Il fit une chanson fort plaisante contre le muphti, dont celui-ci ne s'embarrassa guère ; et il se mit à voyager de planète en planète, pour achever de se former *l'esprit et le cœur,* comme l'on dit. Ceux qui ne

voyagent qu'en chaise de poste ou en berline seront sans doute étonnés des équipages de là-haut : car nous autres, sur notre petit tas de boue, nous ne concevons rien au-delà de nos usages. Notre voyageur connaissait merveilleusement les lois de la gravitation, et toutes les forces attractives et répulsives. Il s'en servait si à propos que, tantôt à l'aide d'un rayon du soleil, tantôt par la commodité d'une comète, il allait de globe en globe, lui et les siens, comme un oiseau voltige de branche en branche. Il parcourut la voie lactée en peu de temps, et je suis obligé d'avouer qu'il ne vit jamais à travers les étoiles dont elle est semée ce beau ciel empyrée que l'illustre vicaire Derham se vante d'avoir vu au bout de sa lunette. Ce n'est pas que je prétende que Monsieur Derham ait mal vu, à Dieu ne plaise ! mais Micromégas était sur les lieux, c'est un bon observateur, et je ne veux contredire personne. Micromégas, après avoir bien tourné, arriva dans le globe de Saturne. Quelque accoutumé qu'il fût à voir des choses nouvelles, il ne put d'abord, en voyant la petitesse du globe et de ses habitants, se défendre de ce sourire de supériorité qui échappe quelquefois aux plus sages. Car enfin Saturne n'est guère que neuf cents fois plus gros que la terre, et les citoyens de ce pays-là sont des nains qui n'ont que mille toises de haut ou environ. Il s'en moqua un peu d'abord avec ses gens, à peu près comme un musicien italien se met à rire de la musique de Lulli quand il vient en France. Mais comme le Sirien avait un bon esprit, il comprit bien vite qu'un être pensant peut fort bien n'être pas ridicule pour n'avoir que six mille pieds de haut. Il se familiarisa avec les Saturniens, après les avoir étonnés. Il lia une étroite amitié avec le secrétaire de l'Académie de Saturne, homme de beaucoup d'esprit, qui n'avait à la vérité rien inventé, mais qui rendait un fort bon compte des inventions des autres, et qui faisait

passablement de petits vers et de grands calculs. Je rapporterai ici, pour la satisfaction des lecteurs, une conversation singulière que Micromégas eut un jour avec M. le secrétaire.

CHAPITRE SECOND

CONVERSATION DE L'HABITANT DE SIRIUS
AVEC CELUI DE SATURNE

Après que Son Excellence se fut couchée, et que le secrétaire se fut approché de son visage : « Il faut avouer, dit Micromégas, que la nature est bien variée. — Oui, dit le Saturnien ; la nature est comme un parterre dont les fleurs... — Ah ! dit l'autre, laissez là votre parterre. — Elle est, reprit le secrétaire, comme une assemblée de blondes et de brunes, dont les parures... — Eh ! qu'ai-je à faire de vos brunes ? dit l'autre. — Elle est donc comme une galerie de peintures dont les traits... — Eh non ! dit le voyageur ; encore une fois, la nature est comme la nature. Pourquoi lui chercher des comparaisons ? — Pour vous plaire, répondit le secrétaire. — Je ne veux point qu'on me plaise, répondit le voyageur ; je veux qu'on m'instruise : commencez d'abord par me dire combien les hommes de votre globe ont de sens. — Nous en avons soixante et douze, dit l'académicien, et nous nous plaignons tous les jours du peu. Notre imagination va au-delà de nos besoins ; nous trouvons qu'avec nos soixante et douze sens, notre anneau, nos cinq lunes, nous sommes trop bornés ; et, malgré toute notre curiosité et le nombre assez grand de passions qui résultent de nos soixante et douze sens, nous avons tout le temps de nous ennuyer. — Je le crois bien, dit Micromégas ; car dans notre globe nous avons

près de mille sens, et il nous reste encore je ne sais quel
désir vague, je ne sais quelle inquiétude, qui nous avertit
sans cesse que nous sómmes peu de chose, et qu'il y a
des êtres beaucoup plus parfaits. J'ai un peu voyagé ; j'ai
vu des mortels fort au-dessous de nous ; j'en ai vu de fort
supérieurs ; mais je n'en ai vu aucuns qui n'aient plus de
désirs que de vrais besoins, et plus de besoins que de
satisfaction. J'arriverai peut-être un jour au pays où il ne
manque rien ; mais jusqu'à présent personne ne m'a
donné de nouvelles positives de ce pays-là. » Le Satur-
nien et le Sirien s'épuisèrent alors en conjectures ; mais,
après beaucoup de raisonnements fort ingénieux et fort
incertains, il en fallut revenir aux faits. « Combien de
temps vivez-vous ? dit le Sirien. — Ah ! bien peu, répli-
qua le petit homme de Saturne. — C'est tout comme
chez nous, dit le Sirien ; nous nous plaignons toujours du
peu. Il faut que ce soit une loi universelle de la nature.
— Hélas ! nous ne vivons, dit le Saturnien, que cinq
cents grandes révolutions du soleil. (Cela revient à
quinze mille ans ou environ, à compter à notre
manière.) Vous voyez bien que c'est mourir presque au
moment que l'on est né ; notre existence est un point,
notre durée un instant, notre globe un atome. A peine a-
t-on commencé à s'instruire un peu que la mort arrive
avant qu'on ait de l'expérience. Pour moi, je n'ose faire
aucuns projets ; je me trouve comme une goutte d'eau
dans un océan immense. Je suis honteux, surtout devant
vous, de la figure ridicule que je fais dans ce monde. »
Micromégas lui repartit : « Si vous n'étiez pas philo-
sophe, je craindrais de vous affliger en vous apprenant
que notre vie est sept cents fois plus longue que la vôtre ;
mais vous savez trop bien que quand il faut rendre son
corps aux éléments, et ranimer la nature sous une autre
forme, ce qui s'appelle mourir ; quand ce moment de
métamorphose est venu, avoir vécu une éternité, ou
avoir vécu un jour, c'est précisément la même chose. J'ai

été dans des pays où l'on vit mille fois plus longtemps que chez moi, et j'ai trouvé qu'on y murmurait encore. Mais il y a partout des gens de bon sens qui savent prendre leur parti et remercier l'auteur de la nature. Il a répandu sur cet univers une profusion de variétés avec une espèce d'uniformité admirable. Par exemple tous les êtres pensants sont différents, et tous se ressemblent au fond par le don de la pensée et des désirs. La matière est partout étendue ; mais elle a dans chaque globe des propriétés diverses. Combien comptez-vous de ces propriétés diverses dans votre matière ? — Si vous parlez de ces propriétés, dit le Saturnien, sans lesquelles nous croyons que ce globe ne pourrait subsister tel qu'il est, nous en comptons trois cents, comme l'étendue, l'impénetrabilité, la mobilité, la gravitation, la divisibilité, et le reste. — Apparemment, répliqua le voyageur, que ce petit nombre suffit aux vues que le Créateur avait sur votre petite habitation. J'admire en tout sa sagesse ; je vois partout des différences, mais aussi partout des proportions. Votre globe est petit, vos habitants le sont aussi ; vous avez peu de sensations ; votre matière a peu de propriétés ; tout cela est l'ouvrage de la Providence. De quelle couleur est votre soleil bien examiné ? — D'un blanc fort jaunâtre, dit le Saturnien ; et quand nous divisons un de ses rayons, nous trouvons qu'il contient sept couleurs. — Notre soleil tire sur le rouge, dit le Sirien, et nous avons trente-neuf couleurs primitives. Il n'y a pas un soleil, parmi tous ceux dont j'ai approché, qui se ressemble, comme chez vous il n'y a pas un visage qui ne soit différent de tous les autres. »

Après plusieurs questions de cette nature, il s'informa combien de substances essentiellement différentes on comptait dans Saturne. Il apprit qu'on n'en comptait qu'une trentaine, comme Dieu, l'espace, la matière, les êtres étendus qui sentent, les êtres étendus qui sentent et qui pensent, les êtres pensants qui n'ont point d'éten-

due ; ceux qui se pénètrent, ceux qui ne se pénètrent pas, et le reste. Le Sirien, chez qui on en comptait trois cents, et qui en avait découvert trois mille autres dans ses voyages, étonna prodigieusement le philosophe de Saturne. Enfin, après s'être communiqué l'un à l'autre un peu de ce qu'ils savaient et beaucoup de ce qu'ils ne savaient pas, après avoir raisonné pendant une révolution du soleil, ils résolurent de faire ensemble un petit voyage philosophique.

CHAPITRE TROISIÈME

VOYAGE DES DEUX HABITANTS DE SIRIUS
ET DE SATURNE

Nos deux philosophes étaient prêts à s'embarquer dans l'atmosphère de Saturne avec une forte jolie provision d'instruments mathématiques, lorsque la maîtresse du Saturnien, qui en eut des nouvelles, vint en larmes faire ses remontrances. C'était une jolie petite brune qui n'avait que six cent soixante toises, mais qui réparait par bien des agréments la petitesse de sa taille. « Ah ! cruel ! s'écria-t-elle, après t'avoir résisté quinze cents ans, lorsque enfin je commençais à me rendre, quand j'ai à peine passé cent ans entre tes bras, tu me quittes pour aller voyager avec un géant d'un autre monde ; va, tu n'es qu'un curieux, tu n'as jamais eu d'amour : si tu étais un vrai Saturnien, tu serais fidèle. Où vas-tu courir ? Que veux-tu ? Nos cinq lunes sont moins errantes que toi, notre anneau est moins changeant. Voilà qui est fait, je n'aimerai jamais plus personne. » Le philosophe l'embrassa, pleura avec elle, tout philosophe qu'il était ; et la dame, après s'être pâmée, alla se consoler avec un petit-maître du pays.

Cependant nos deux curieux partirent ; ils sautèrent d'abord sur l'anneau, qu'ils trouvèrent assez plat, comme l'a fort bien deviné un illustre habitant de notre petit globe ; de là ils allèrent de lune en lune. Une comète passait tout auprès de la dernière ; ils s'élan-

cèrent sur elle avec leurs domestiques et leurs instruments. Quand ils eurent fait environ cent cinquante millions de lieues, ils rencontrèrent les satellites de Jupiter. Ils passèrent dans Jupiter même, et y restèrent une année, pendant laquelle ils apprirent de fort beaux secrets qui seraient actuellement sous presse sans messieurs les inquisiteurs, qui ont trouvé quelques propositions un peu dures. Mais j'en ai lu le manuscrit dans la bibliothèque de l'illustre archevêque de..., qui m'a laissé voir ses livres avec cette générosité et cette bonté qu'on ne saurait assez louer.

Mais revenons à nos voyageurs. En sortant de Jupiter, ils traversèrent un espace d'environ cent millions de lieues, et ils côtoyèrent la planète de Mars, qui, comme on sait, est cinq fois plus petite que notre petit globe ; ils virent deux lunes qui servent à cette planète, et qui ont échappé aux regards de nos astronomes. Je sais bien que le père Castel écrira, et même assez plaisamment, contre l'existence de ces deux lunes mais je m'en rapporte à ceux qui raisonnent par analogie. Ces bons philosophes-là savent combien il serait difficile que Mars, qui est si loin du soleil, se passât à moins de deux lunes. Quoi qu'il en soit, nos gens trouvèrent cela si petit qu'ils craignirent de n'y pas trouver de quoi coucher, et ils passèrent leur chemin comme deux voyageurs qui dédaignent un mauvais cabaret de village et poussent jusqu'à la ville voisine. Mais le Sirien et son compagnon se repentirent bientôt. Ils allèrent longtemps, et ne trouvèrent rien. Enfin ils aperçurent une petite lueur : c'était la terre : cela fit pitié à des gens qui venaient de Jupiter. Cependant, de peur de se repentir une seconde fois, ils résolurent de débarquer. Ils passèrent sur la queue de la comète, et, trouvant une aurore boréale toute prête, ils se mirent dedans, et arrivèrent à terre sur le bord septentrional de la mer Baltique, le cinq juillet mil sept cent trente-sept, nouveau style.

CHAPITRE QUATRIÈME

CE QUI LEUR ARRIVE SUR LE GLOBE DE LA TERRE

Après s'être reposés quelque temps, ils mangèrent à leur déjeuner deux montagnes, que leurs gens leur apprêtèrent assez proprement. Ensuite ils voulurent reconnaître le petit pays où ils étaient. Ils allèrent d'abord du nord au sud. Les pas ordinaires du Sirien et de ses gens étaient d'environ trente mille pieds de roi ; le nain de Saturne suivait de loin en haletant ; or il fallait qu'il fît environ douze pas, quand l'autre faisait une enjambée : figurez-vous (s'il est permis de faire de telles comparaisons) un très petit chien de manchon qui suivrait un capitaine des gardes du roi de Prusse.

Comme ces étrangers-là vont assez vite, ils eurent fait le tour du globe en trente-six heures ; le soleil, à la vérité, ou plutôt la terre, fait un pareil voyage en une journée ; mais il faut songer qu'on va bien plus à son aise quand on tourne sur son axe que quand on marche sur ses pieds. Les voilà donc revenus d'où ils étaient partis, après avoir vu cette mare, presque imperceptible pour eux, qu'on nomme *la Méditerranée*, et cet autre petit étang qui, sous le nom du *grand Océan*, entoure la taupinière. Le nain n'en avait eu jamais qu'à mi-jambe, et à peine l'autre avait-il mouillé son talon. Ils firent tout ce qu'ils purent en allant et en revenant dessus et dessous pour tâcher d'apercevoir si ce globe était habité

ou non. Ils se baissèrent, ils se couchèrent, ils tâtèrent partout ; mais leurs yeux et leurs mains n'étant point proportionnés aux petits êtres qui rampent ici, ils ne reçurent pas la moindre sensation qui pût leur faire soupçonner que nous et nos confrères les autres habitants de ce globe avons l'honneur d'exister.

Le nain, qui jugeait quelquefois un peu trop vite, décida d'abord qu'il n'y avait personne sur la terre. Sa première raison était qu'il n'avait vu personne.

Micromégas lui fit sentir poliment que c'était raisonner assez mal : « Car, disait-il, vous ne voyez pas avec vos petits yeux certaines étoiles de la cinquantième grandeur que j'aperçois très distinctement ; concluez-vous de là que ces étoiles n'existent pas ? — Mais, dit le nain, j'ai bien tâté. — Mais, répondit l'autre, vous avez mal senti. — Mais, dit le nain, ce globe-ci est si mal construit, cela est si irrégulier et d'une forme qui me paraît si ridicule ! tout semble être ici dans le chaos : voyez-vous ces petits ruisseaux dont aucun ne va de droit fil, ces étangs qui ne sont ni ronds, ni carrés, ni ovales, ni sous aucune forme régulière ; tous ces petits grains pointus dont ce globe est hérissé, et qui m'ont écorché les pieds ? (Il voulait parler des montagnes.) Remarquez-vous encore la forme de tout le globe, comme il est plat aux pôles, comme il tourne autour du soleil d'une manière gauche, de façon que les climats des pôles sont nécessairement incultes ? En vérité, ce qui fait que je pense qu'il n'y a ici personne, c'est qu'il me paraît que des gens de bon sens ne voudraient pas y demeurer. — Eh bien, dit Micromégas, ce ne sont peut-être pas non plus des gens de bon sens qui l'habitent. Mais enfin il y a quelque apparence que ceci n'est pas fait pour rien. Tout vous paraît irrégulier ici, dites-vous, parce que tout est tiré au cordeau dans Saturne et dans Jupiter. Eh ! c'est peut-être par cette raison-là même qu'il y a ici un peu de confusion. Ne vous ai-je pas dit que dans mes voyages

j'avais toujours remarqué de la variété ? » Le Saturnien
répliqua à toutes ces raisons. La dispute n'eût jamais
fini, si par bonheur Micromégas, en s'échauffant à
parler, n'eût cassé le fil de son collier de diamants. Les
diamants tombèrent ; c'étaient de jolis petits carats assez
inégaux, dont les plus gros pesaient quatre cents livres,
et les plus petits cinquante. Le nain en ramassa quel-
ques-uns ; il s'aperçut, en les approchant de ses yeux,
que ces diamants, de la façon dont ils étaient taillés,
étaient d'excellents microscopes. Il prit donc un petit
microscope de cent soixante pieds de diamètre, qu'il
appliqua à sa prunelle ; et Micromégas en choisit un de
deux mille cinq cents pieds. Ils étaient excellents ; mais
d'abord on ne vit rien par leur secours : il fallait s'ajus-
ter. Enfin l'habitant de Saturne vit quelque chose
d'imperceptible qui remuait entre deux eaux dans la mer
Baltique : c'était une baleine. Il la prit avec le petit doigt
fort adroitement ; et la mettant sur l'ongle de son pouce,
il la fit voir au Sirien, qui se mit à rire pour la seconde
fois de l'excès de petitesse dont étaient les habitants de
notre globe. Le Saturnien, convaincu que notre monde
est habité, s'imagina bien vite qu'il ne l'était que par des
baleines ; et comme il était grand raisonneur, il voulut
deviner d'où un si petit atome tirait son mouvement, s'il
avait des idées, une volonté, une liberté. Micromégas y
fut fort embarrassé ; il examina l'animal fort patiem-
ment, et le résultat de l'examen fut qu'il n'y avait pas
moyen de croire qu'une âme fût logée là. Les deux
voyageurs inclinaient donc à penser qu'il n'y a point
d'esprit dans notre habitation, lorsqu'à l'aide du micro-
scope ils aperçurent quelque chose d'aussi gros qu'une
baleine qui flottait sur la mer Baltique. On sait que dans
ce temps-là même une volée de philosophes revenait du
cercle polaire, sous lequel ils avaient été faire des obser-
vations dont personne ne s'était avisé jusqu'alors. Les
gazettes dirent que leur vaisseau échoua aux côtes de

Botnie, et qu'ils eurent bien de la peine à se sauver ; mais on ne sait jamais dans ce monde le dessous des cartes. Je vais raconter ingénument comme la chose se passa, sans y rien mettre du mien : ce qui n'est pas un petit effort pour un historien.

CHAPITRE CINQUIÈME

EXPÉRIENCES ET RAISONNEMENTS
DES DEUX VOYAGEURS

Micromégas étendit la main tout doucement vers l'endroit où l'objet paraissait, et avançant deux doigts, et les retirant par la crainte de se tromper, puis les ouvrant et les serrant, il saisit fort adroitement le vaisseau qui portait ces messieurs, et le mit encore sur son ongle, sans le trop presser, de peur de l'écraser. « Voici un animal bien différent du premier, dit le nain de Saturne)) ; le Sirien mit le prétendu animal dans le creux de sa main. Les passagers et les gens de l'équipage, qui s'étaient crus enlevés par un ouragan, et qui se croyaient sur une espèce de rocher, se mettent tous en mouvement ; les matelots prennent des tonneaux de vin, les jettent sur la main de Micromégas, et se précipitent après. Les géomètres prennent leurs quarts de cercle, leurs secteurs, et des filles laponnes, et descendent sur les doigts du Sirien. Ils en firent tant qu'il sentit enfin remuer quelque chose qui lui chatouillait les doigts : c'était un bâton ferré qu'on lui enfonçait d'un pied dans l'index ; il jugea, par ce picotement, qu'il était sorti quelque chose du petit animal qu'il tenait ; mais il n'en soupçonna pas d'abord davantage. Le microscope, qui faisait à peine discerner une baleine et un vaisseau, n'avait point de prise sur un être aussi imperceptible que des hommes. Je ne prétends choquer ici la vanité de personne, mais je

suis obligé de prier les importants de faire ici une petite remarque avec moi : c'est qu'en prenant la taille des hommes d'environ cinq pieds, nous ne faisons pas sur la terre une plus grande figure qu'en ferait sur une boule de dix pieds de tour un animal qui aurait à peu près la six cent millième partie d'un pouce en hauteur. Figurez-vous une substance qui pourrait tenir la terre dans sa main, et qui aurait des organes en proportion des nôtres ; et il se peut très bien faire qu'il y ait un grand nombre de ces substances : or concevez, je vous prie, ce qu'elles penseraient de ces batailles qui nous ont valu deux villages qu'il a fallu rendre.

Je ne doute pas que si quelque capitaine des grands grenadiers lit jamais cet ouvrage, il ne hausse de deux grands pieds au moins les bonnets de sa troupe ; mais je l'avertis qu'il aura beau faire, et que lui et les siens ne seront jamais que des infiniment petits.

Quelle adresse merveilleuse ne fallut-il donc pas à notre philosophe de Sirius pour apercevoir les atomes dont je viens de parler ? Quand Leuwenhoek et Hart-soeker virent les premiers, ou crurent voir la graine dont nous sommes formés, ils ne firent pas à beaucoup près une si étonnante découverte. Quel plaisir sentit Micromégas en voyant remuer ces petites machines, en examinant tous leurs tours, en les suivant dans toutes leurs opérations ! comme il s'écria ! comme il mit avec joie un de ses microscopes dans les mains de son compagnon de voyage ! « Je les vois, disaient-ils tous deux à la fois ; ne les voyez-vous pas qui portent des fardeaux, qui se baissent, qui se relèvent.)) En parlant ainsi les mains leur tremblaient, par le plaisir de voir des objets si nouveaux, et par la crainte de les perdre. Le Saturnien, passant d'un excès de défiance à un excès de crédulité, crut apercevoir qu'ils travaillaient à la propagation. *Ah* ! disait-il, *j'ai pris la nature sur le fait*. Mais il se trompait sur les apparences : ce qui n'arrive que trop, soit qu'on se serve ou non de microscopes.

CHAPITRE SIXIÈME

CE QUI LEUR ARRIVA AVEC DES HOMMES

Micromégas, bien meilleur observateur que son nain,
vit clairement que les atomes se parlaient ; et il le fit
remarquer à son compagnon, qui, honteux de s'être
mépris sur l'article de la génération, ne voulut point
croire que de pareilles espèces pussent se communiquer
des idées. Il avait le don des langues aussi bien que le
Sirien ; il n'entendait point parler nos atomes, et il
supposait qu'ils ne parlaient pas. D'ailleurs, comment
ces êtres imperceptibles auraient-ils les organes de la
voix, et qu'auraient-ils à dire ? Pour parler, il faut
penser, ou à peu près ; mais s'ils pensaient, ils auraient
donc l'équivalent d'une âme. Or, attribuer l'équivalent
d'une âme à cette espèce, cela lui paraissait absurde.
« Mais, dit le Sirien, vous avez cru tout à l'heure qu'ils
faisaient l'amour ; est-ce que vous croyez qu'on puisse
faire l'amour sans penser et sans proférer quelque
parole, ou du moins sans se faire entendre ? Supposez-
vous d'ailleurs qu'il soit plus difficile de produire un
argument qu'un enfant ? Pour moi, l'un et l'autre me
paraissent de grands mystères. — Je n'ose plus ni croire
ni nier, dit le nain ; je n'ai plus d'opinion. Il faut tâcher
d'examiner ces insectes, nous raisonnerons après. —
C'est fort bien dit », reprit Micromégas ; et aussitôt il
tira une paire de ciseaux dont il se coupa les ongles, et

d'une rognure de l'ongle de son pouce, il fit sur-le-champ une espèce de grande trompette parlante, comme un vaste entonnoir, dont il mit le tuyau dans son oreille. La circonférence de l'entonnoir enveloppait le vaisseau et tout l'équipage. La voix la plus faible entrait dans les fibres circulaires de l'ongle ; de sorte que, grâce à son industrie, le philosophe de là-haut entendit parfaitement le bourdonnement de nos insectes de là-bas. En peu d'heures il parvint à distinguer les paroles, et enfin à entendre le français. Le nain en fit autant, quoique avec plus de difficulté. L'étonnement des voyageurs redoublait à chaque instant. Ils entendaient des mites parler d'assez bon sens : ce jeu de la nature leur paraissait inexplicable. Vous croyez bien que le Sirien et son nain brûlaient d'impatience de lier conversation avec les atomes ; il craignait que sa voix de tonnerre, et surtout celle de Micromégas, n'assourdît les mites sans en être entendue. Il fallait en diminuer la force. Ils se mirent dans la bouche des espèces de petits cure-dents, dont le bout fort effilé venait donner auprès du vaisseau. Le Sirien tenait le nain sur ses genoux, et le vaisseau avec l'équipage sur un ongle ; il baissait la tête et parlait bas. Enfin, moyennant toutes ces précautions et bien d'autres encore, il commença ainsi son discours :

« Insectes invisibles, que la main du Créateur s'est plu à faire naître dans l'abîme de l'infiniment petit, je le remercie de ce qu'il a daigné me découvrir des secrets qui semblaient impénétrables. Peut-être ne daignerait-on pas vous regarder à ma cour ; mais je ne méprise personne, et je vous offre ma protection. »

Si jamais il y a eu quelqu'un d'étonné, ce furent les gens qui entendirent ces paroles. Ils ne pouvaient deviner d'où elles partaient. L'aumônier du vaisseau récita les prières des exorcismes, les matelots jurèrent, et les philosophes du vaisseau firent un système ; mais quelque système qu'ils fissent, ils ne purent jamais deviner qui

leur parlait. Le nain de Saturne, qui avait la voix plus douce que Micromégas, leur apprit alors en peu de mots à quelles espèces ils avaient affaire. Il leur conta le voyage de Saturne, les mit au fait de ce qu'était monsieur Micromégas ; et, après les avoir plaints d'être si petits, il leur demanda s'ils avaient toujours été dans ce misérable état si voisin de l'anéantissement, ce qu'ils faisaient dans un globe qui paraissait appartenir à des baleines, s'ils étaient heureux, s'ils multipliaient, s'ils avaient une âme, et cent autres questions de cette nature.

Un raisonneur de la troupe, plus hardi que les autres, et choqué de ce qu'on doutait de son âme, observa l'interlocuteur avec des pinnules braquées sur un quart de cercle, fit deux stations, et à la troisième il parla ainsi : « Vous croyez donc, monsieur, parce que vous avez mille toises depuis la tête jusqu'aux pieds, que vous êtes un... — Mille toises ! s'écria le nain ; juste ciel ! d'où peut-il savoir ma hauteur ? mille toises ! Il ne se trompe pas d'un pouce ; quoi ! cet atome m'a mesuré ! il est géomètre, il connaît ma grandeur ; et moi, qui ne le vois qu'a travers un microscope, je ne connais pas encore la sienne ! — Oui, je vous ai mesuré, dit le physicien, et je mesurerai bien encore votre grand compagnon. » La proposition fut acceptée ; Son Excellence se coucha de son long : car, s'il se fût tenu debout, sa tête eût été trop au-dessus des nuages. Nos philosophes lui plantèrent un grand arbre dans un endroit que le docteur Swift nommerait, mais que je me garderai bien d'appeler par son nom, à cause de mon grand respect pour les dames. Puis, par une suite de triangles liés ensemble, ils conclurent que ce qu'ils voyaient était en effet un jeune homme de cent vingt mille pieds de roi.

Alors Micromégas prononça ces paroles : « Je vois plus que jamais qu'il ne faut juger de rien sur sa grandeur apparente. O Dieu ! qui avez donné une intelligence à

des substances qui paraissent si méprisables, l'infiniment petit vous coûte aussi peu que l'infiniment grand ; et, s'il est possible qu'il y ait des êtres plus petits que ceux-ci, ils peuvent encore avoir un esprit supérieur à ceux de ces superbes animaux que j'ai vus dans le ciel, dont le pied seul couvrirait le globe où je suis descendu. »

Un des philosophes lui répondit qu'il pouvait en toute sûreté croire qu'il est en effet des êtres intelligents beaucoup plus petits que l'homme. Il lui conta, non pas tout ce que Virgile a dit de fabuleux sur les abeilles, mais ce que Swammerdam a découvert, et ce que Réaumur a disséqué. Il lui apprit enfin qu'il y a des animaux qui sont pour les abeilles ce que les abeilles sont pour l'homme, ce que le Sirien lui-même était pour ces animaux si vastes dont il parlait, et ce que ces grands animaux sont pour d'autres substances devant lesquelles ils ne paraissent que comme des atomes. Peu à peu la conversation devint intéressante, et Micromégas parla ainsi.

CHAPITRE SEPTIÈME

CONVERSATION AVEC LES HOMMES

« O atomes intelligents, dans qui l'Être éternel s'est plu à manifester son adresse et sa puissance, vous devez sans doute goûter des joies bien pures sur votre globe : car, ayant si peu de matière, et paraissant tout esprit, vous devez passer votre vie à aimer et à penser ; c'est la véritable vie des esprits. Je n'ai vu nulle part le vrai bonheur ; mais il est ici, sans doute. » A ce discours, tous les philosophes secouèrent la tête ; et l'un d'eux, plus franc que les autres, avoua de bonne foi que, si l'on en excepte un petit nombre d'habitants fort peu considérés, tout le reste est un assemblage de fous, de méchants et de malheureux. « Nous avons plus de matière qu'il ne nous en faut, dit-il, pour faire beaucoup de mal, si le mal vient de la matière ; et trop d'esprit, si le mal vient de l'esprit. Savez-vous bien, par exemple, qu'à l'heure que je vous parle, il y a cent mille fous de notre espèce, couverts de chapeaux, qui tuent cent mille autres animaux couverts d'un turban, ou qui sont massacrés par eux, et que, presque par toute la terre, c'est ainsi qu'on en use de temps immémorial ? Le Sirien frémit, et demanda quel pouvait être le sujet de ces horribles querelles entre de si chétifs animaux. « Il s'agit, dit le philosophe, de quelque tas de boue grand comme votre talon. Ce n'est pas qu'aucun de ces millions d'hommes

qui se font égorger prétende un fétu sur ce tas de boue. Il
ne s'agit que de savoir s'il appartiendra à un certain
homme qu'on nomme *Sultan,* ou à un autre qu'on
nomme, je ne sais pourquoi, *César.* Ni l'un ni l'autre n'a
jamais vu ni ne verra jamais le petit coin de terre dont il
s'agit ; et presque aucun de ces animaux, qui s'égorgent
mutuellement, n'a jamais vu l'animal pour lequel ils
s'égorgent.

— Ah ! malheureux ! s'écria le Sirien avec indigna-
tion, peut-on concevoir cet excès de rage forcenée ! Il
me prend envie de faire trois pas, et d'écraser de trois
coups de pied toute cette fourmilière d'assassins ridi-
cules. — Ne vous en donnez pas la peine, lui répondit-
on ; ils travaillent assez à leur ruine. Sachez qu'au bout
de dix ans, il ne reste jamais la centième partie de ces
misérables ; sachez que, quand même ils n'auraient pas
tiré l'épée, la faim, la fatigue ou l'intempérance, les
emportent presque tous. D'ailleurs, ce n'est pas eux
qu'il faut punir, ce sont ces barbares sédentaires qui du
fond de leur cabinet ordonnent, dans le temps de leur
digestion, le massacre d'un million d'hommes, et qui
ensuite en font remercier Dieu solennellement. » Le
voyageur se sentait ému de pitié pour la petite race
humaine, dans laquelle il découvrait de si étonnants
contrastes. « Puisque vous êtes du petit nombre des
sages, dit-il à ces messieurs, et qu'apparemment vous ne
tuez personne pour de l'argent, dites-moi, je vous en
prie, à quoi vous vous occupez. — Nous disséquons des
mouches, dit le philosophe, nous mesurons des lignes,
nous assemblons des nombres ; nous sommes d'accord
sur deux ou trois points que nous entendons, et nous
disputons sur deux ou trois mille que nous n'entendons
pas. » Il prit aussitôt fantaisie au Sirien et au Saturnien
d'interroger ces atomes pensants, pour savoir les choses
dont ils convenaient. « Combien comptez-vous, dit-il,
de l'étoile de la Canicule à la grande étoile des

Gémeaux ? » Ils répondirent tous à la fois : « Trente-deux degrés et demi. — Combien comptez-vous d'ici à la lune ? — Soixante demi-diamètres de la terre en nombre rond. — Combien pèse votre air ? » Il croyait les attraper, mais tous lui dirent que l'air pèse environ neuf cents fois moins qu'un pareil volume de l'eau la plus légère, et dix-neuf cents fois moins que l'or de ducat. Le petit nain de Saturne, étonné de leurs réponses, fut tenté de prendre pour des sorciers ces mêmes gens auxquels il avait refusé une âme un quart d'heure auparavant.

Enfin Micromégas leur dit : « Puisque vous savez si bien ce qui est hors de vous, sans doute vous savez encore mieux ce qui est en dedans. Dites-moi ce que c'est que votre âme, et comment vous formez vos idées. » Les philosophes parlèrent tous à la fois comme auparavant ; mais ils furent tous de différents avis. Le plus vieux citait Aristote, l'autre prononçait le nom de Descartes ; celui-ci, de Malebranche ; cet autre, de Leibnitz ; cet autre, de Locke. Un vieux péripatéticien dit tout haut avec confiance : « L'âme est un *entéléchie,* et une raison par qui elle a la puissance d'être ce qu'elle est. C'est ce que déclare expressément Aristote, page 633 de l'édition du Louvre. Ἐντελεχεῖα ἐστι. Je n'entends pas trop bien le grec, dit le géant. — Ni moi non plus, dit la mite philosophique. — Pourquoi donc, reprit le Sirien, citez-vous un certain Aristote en grec ? — C'est, répliqua le savant, qu'il faut bien citer ce qu'on ne comprend point du tout dans la langue qu'on entend le moins. »

Le cartésien prit la parole, et dit : « L'âme est un esprit pur qui a reçu dans le ventre de sa mère toutes les idées métaphysiques, et qui, en sortant de là, est obligée d'aller à l'école, et d'apprendre tout de nouveau ce qu'elle a si bien su, et qu'elle ne saura plus. — Ce n'était donc pas la peine, répondit l'animal de huit lieues, que ton âme fût si savante dans le ventre de ta mère, pour

être si ignorante quand tu aurais de la barbe au menton. Mais qu'entends-tu par esprit ? — Que me demandez-vous là ? dit le raisonneur ; je n'en ai point d'idée ; on dit que ce n'est pas de la matière. — Mais sais-tu au moins ce que c'est que de la matière ? — Très bien, répondit l'homme. Par exemple cette pierre est grise, et d'une telle forme, elle a ses trois dimensions, elle est pesante et divisible. — Eh bien ! dit le Sirien, cette chose qui te paraît être divisible, pesante et grise, me dirais-tu bien ce que c'est ? Tu vois quelques attributs ; mais le fond de la chose, le connais-tu ? — Non, dit l'autre. — Tu ne sais donc point ce que c'est que la matière. »

Alors monsieur Micromégas, adressant la parole à un autre sage qu'il tenait sur son pouce, lui demanda ce que c'était que son âme, et ce qu'elle faisait. « Rien du tout, répondit le philosophe malebranchiste ; c'est Dieu qui fait tout pour moi : je vois tout en lui, je fais tout en lui ; c'est lui qui fait tout sans que je m'en mêle. — Autant vaudrait ne pas être, reprit le sage de Sirius. Et toi, mon ami, dit-il à un Leibnitzien qui était là, qu'est-ce que ton âme ? — C'est, répondit le Leibnitzien, une aiguille — qui montre les heures pendant que mon corps carillonne, ou bien, si vous voulez, c'est elle qui carillonne pendant que mon corps montre l'heure ; ou bien mon âme est le miroir de l'univers, et mon corps est la bordure du miroir : cela est clair. »

Un petit partisan de Locke était là tout auprès ; et quand on lui eut enfin adressé la parole : « Je ne sais pas, dit-il, comment je pense, mais je sais que je n'ai jamais pensé qu'à l'occasion de mes sens. Qu'il y ait des substances immatérielles et intelligentes, c'est de quoi je ne doute pas ; mais qu'il soit impossible à Dieu de communiquer la pensée à la matière, c'est de quoi je doute fort. Je révère la puissance éternelle ; il ne m'appartient pas de la borner : je n'affirme rien ; je me contente de croire qu'il y a plus de choses possibles qu'on ne pense.

L'animal de Sirius sourit : il ne trouva pas celui-là le moins sage ; et le nain de Saturne aurait embrassé le sectateur de Locke sans l'extrême disproportion. Mais il y avait là, par malheur, un petit animalcule en bonnet carré qui coupa la parole à tous les animalcules philosophes ; il dit qu'il savait tout le secret, que cela se trouvait dans la *Somme* de St. Thomas ; il regarda de haut en bas les deux habitants célestes ; il leur soutint que leurs personnes, leurs mondes, leurs soleils, leurs étoiles, tout était fait uniquement pour l'homme. A ce discours, nos deux voyageurs se laissèrent aller l'un sur l'autre en étouffant de ce rire inextinguible qui, selon Homère, est le partage des dieux : leurs épaules et leurs ventres allaient et venaient, et dans ces convulsions le vaisseau, que le Sirien avait sur son ongle, tomba dans une poche de la culotte du Saturnien. Ces deux bonnes gens le cherchèrent longtemps ; enfin ils retrouvèrent l'équipage, et le rajustèrent fort proprement. Le Sirien reprit les petites mites ; il leur parla encore avec beaucoup de bonté, quoiqu'il fût un peu fâché dans le fond du cœur de voir que les infiniment petits eussent un orgueil presque infiniment grand. Il leur promit de leur faire un beau livre de philosophie, écrit fort menu pour leur usage, et que, dans ce livre, ils verraient le bout des choses. Effectivement, il leur donna ce volume avant son départ : on le porta à Paris à l'Académie des sciences ; mais, quand le secrétaire l'eut ouvert, il ne vit rien qu'un livre tout blanc : « Ah ! dit-il, je m'en étais bien douté. »

SONGE DE PLATON

Platon rêvait beaucoup, et on n'a pas moins rêvé depuis. Il avait songé que la nature humaine était autrefois double, et qu'en punition de ses fautes elle fut divisée en mâle et femelle.

Il avait prouvé qu'il ne peut y avoir que cinq mondes parfaits, parce qu'il n'y a que cinq corps réguliers en mathématiques. Sa *République* fut un de ses grands rêves. Il avait rêvé encore que le dormir naît de la veille, et la veille du dormir, et qu'on perd sûrement la vue en regardant une éclipse ailleurs que dans un bassin d'eau. Les rêves alors donnaient une grande réputation.

Voici un de ses songes, qui n'est pas un des moins intéressants. Il lui sembla que le grand Démiourgos, l'éternel Géomètre, ayant peuplé l'espace infini de globes innombrables, voulut éprouver la science des génies qui avaient été témoins de ses ouvrages. Il donna à chacun d'entre eux un petit morceau de matière à arranger, à peu près comme Phidias et Zeuxis auraient donné des statues et des tableaux à faire à leurs disciples, s'il est permis de comparer les petites choses aux grandes.

Démogorgon eut en partage le morceau de boue qu'on appelle *la terre* et, l'ayant arrangé de la manière qu'on le voit aujourd'hui, il prétendait avoir fait un

chef-d'œuvre. Il pensait avoir subjugué l'envie, et atten-
dait des éloges même de ses confrères ; il fut bien surpris
d'être reçu d'eux avec des huées.

L'un d'eux, qui était un fort mauvais plaisant, lui dit :
« Vraiment vous avez fort bien opéré ; vous avez séparé
votre monde en deux, et vous avez mis un grand espace
d'eau entre les deux hémisphères, afin qu'il n'y eût point
de communication de l'un à l'autre. On gèlera de froid
sous vos deux pôles, on mourra de chaud sous votre
ligne équinoxiale. Vous avez prudemment établi de
grands déserts de sables, pour que les passants y mou-
russent de faim et de soif. Je suis assez content de vos
moutons, de vos vaches, et de vos poules ; mais franche-
ment, je ne le suis pas trop de vos serpents et de vos
araignées. Vos oignons et vos artichauts sont de très
bonnes choses, mais je ne vois pas quelle a été votre idée
en couvrant la terre de tant de plantes venimeuses, à
moins que vous n'ayez eu le dessein d'empoisonner ses
habitants. Il me paraît d'ailleurs que vous avez formé
une trentaine d'espèces de singes, beaucoup plus
d'espèces de chiens, et seulement quatre ou cinq espèces
d'hommes : il est vrai que vous avez donné à ce dernier
animal ce que vous appelez *la raison* ; mais, en cons-
cience, cette raison-là est trop ridicule, et approche trop
de la folie. Il me paraît d'ailleurs que vous ne faites pas
grand cas de cet animal à deux pieds, puisque vous lui
avez donné tant d'ennemis et si peu de défense, tant de
maladies et si peu de remèdes, tant de passions et si peu
de sagesse. Vous ne voulez pas apparemment qu'il reste
beaucoup de ces animaux-là sur terre : car, sans compter
les dangers auxquels vous les exposez, vous avez si bien
fait votre compte qu'un jour la petite vérole emportera
tous les ans régulièrement la dixième partie de cette
espèce, et que la sœur de cette petite vérole empoison-
nera la source de la vie dans les neuf parties qui reste-
ront ; et, comme si ce n'était pas encore assez, vous avez

tellement disposé les choses que la moitié des survivants sera occupée à plaider, et l'autre à se tuer ; ils vous auront sans doute beaucoup d'obligation, et vous avez fait là un beau chef-d'œuvre ».

Démogorgon rougit ; il sentait bien qu'il y avait du mal moral et du mal physique dans son affaire ; mais il soutenait qu'il y avait plus de bien que de mal. « Il est aisé de critiquer, dit-il ; mais pensez-vous qu'il soit si facile de faire un animal qui soit toujours raisonnable ; qui soit libre, et qui n'abuse jamais de sa liberté ? Pensez-vous que, quand on a neuf à dix mille plantes à faire provigner, on puisse si aisément empêcher que quelques-unes de ces plantes n'aient des qualités nuisibles ? Vous imaginez-vous qu'avec une certaine quantité d'eau, de sable, de fange, et de feu, on puisse n'avoir ni mer, ni désert ? Vous venez, monsieur le rieur, d'arranger la planète de Mars ; nous verrons comment vous vous en êtes tiré avec vos deux grandes bandes, et quel bel effet font vos nuits sans lune ; nous verrons s'il n'y a chez vos gens ni folie ni maladie. »

En effet, les génies examinèrent Mars, et on tomba rudement sur le railleur. Le sérieux génie qui avait pétri Saturne ne fut pas épargné : ses confrères, les fabricateurs de Jupiter, de Mercure, de Vénus, eurent chacun des reproches à essuyer.

On écrivit de gros volumes et des brochures ; on dit des bons mots, on fit des chansons, on se donna des ridicules, les partis s'aigrirent ; enfin l'éternel Démiourgos leur imposa silence à tous : « Vous avez fait, leur dit-il, du bon et du mauvais, parce que vous avez beaucoup d'intelligence, et que vous êtes imparfaits ; vos œuvres dureront seulement quelques centaines de millions d'années ; après quoi, étant plus instruits, vous ferez mieux : il n'appartient qu'à moi de faire des choses parfaites et immortelles. » Voilà ce que Platon enseignait à ses disciples. Quand il eut cessé de parler, l'un d'eux lui dit : *Et puis vous vous réveillâtes.*

LES DEUX CONSOLÉS

Le grand philosophe Citophile disait un jour à une femme désolée, et qui avait juste sujet de l'être : « Madame, la reine d'Angleterre, fille du grand Henri IV, a été aussi malheureuse que vous : on la chassa de ses royaumes ; elle fut prête à périr sur l'Océan par les tempêtes ; elle vit mourir son royal époux sur l'échafaud. — J'en suis fâchée pour elle, dit la dame » ; et elle se mit à pleurer ses propres infortunes.

« Mais, dit Citophile, souvenez-vous de Marie Stuart : elle aimait fort honnêtement un brave musicien qui avait une très belle basse-taille. Son mari tua son musicien à ses yeux ; et ensuite sa bonne amie et sa bonne parente, la reine Élisabeth, qui se disait pucelle, lui fit couper le cou sur un échafaud tendu de noir, après l'avoir tenue en prison dix-huit années. — Cela est fort cruel, répondit la dame » ; et elle se replongea dans sa mélancolie.

« Vous avez peut-être entendu parler, dit le consolateur, de la belle Jeanne de Naples qui fut prise et étranglée ? — Je m'en souviens confusément », dit l'affligée.

« Il faut que je vous conte, ajouta l'autre, l'aventure d'une souveraine qui fut détrônée de mon temps après souper, et qui est morte dans une île déserte. — Je sais toute cette histoire », répondit la dame.

« Eh bien donc, je vais vous apprendre ce qui est arrivé à une autre grande princesse à qui j'ai montré la philosophie. Elle avait un amant, comme en ont toutes les grandes et belles princesses. Son père entra dans sa chambre, et surprit l'amant, qui avait le visage tout en feu et l'œil étincelant comme une escarboucle ; la dame aussi avait le teint fort animé. Le visage du jeune homme déplut tellement au père qu'il lui appliqua le plus énorme soufflet qu'on eût jamais donné dans sa province. L'amant prit une paire de pincettes et cassa la tête au beau-père, qui guérit à peine, et qui porte encore la cicatrice de cette blessure. L'amante, éperdue, sauta par la fenêtre et se démit le pied ; de manière qu'aujourd'hui elle boite visiblement, quoique d'ailleurs elle ait la taille admirable. L'amant fut condamné à la mort pour avoir cassé la tête à un très grand prince. Vous pouvez juger de l'état où était la princesse quand on menait pendre l'amant. Je l'ai vue longtemps lorsqu'elle était en prison ; elle ne me parlait jamais que de ses malheurs. — Pourquoi ne voulez-vous donc pas que je songe aux miens ? lui dit la dame. — C'est, dit le philosophe, parce qu'il n'y faut pas songer, et que, tant de grandes dames ayant été si infortunées, il vous sied mal de vous désespérer. Songez à Hécube, songez à Niobé. — Ah ! dit la dame, si j'avais vécu de leur temps, ou de celui de tant de belles princesses, et si pour les consoler vous leur aviez conté mes malheurs, pensez-vous qu'elles vous eussent écouté ? »

Le lendemain, le philosophe perdit son fils unique, et fut sur le point d'en mourir de douleur. La dame fit dresser une liste de tous les rois qui avaient perdu leurs enfants, et la porta au philosophe ; il la lut, la trouva fort exacte, et n'en pleura pas moins. Trois mois après ils se revirent, et furent étonnés de se retrouver d'une humeur très gaie. Ils firent ériger une belle statue au Temps, avec cette inscription : A CELUI QUI CONSOLE.

HISTOIRE
DES VOYAGES DE SCARMENTADO

ÉCRITE PAR LUI-MÊME

Je naquis dans la ville de Candie, en 1600. Mon père en était gouverneur ; et je me souviens qu'un poète médiocre qui n'était pas médiocrement dur, nommé *Iro*, fit de mauvais vers à ma louange, dans lesquels il me faisait descendre de Minos en droite ligne ; mais mon père ayant été disgracié, il fit d'autres vers où je ne descendais plus que de Pasiphaé et de son amant. C'était un bien méchant homme que cet Iro, et le plus ennuyeux coquin qui fût dans l'île.

Mon père m'envoya, à l'âge de quinze ans, étudier à Rome. J'arrivai dans l'espérance d'apprendre toutes les vérités ; car jusque-là on m'avait enseigné tout le contraire, selon l'usage de ce bas monde, depuis la Chine jusqu'aux Alpes. Monsignor Profondo, à qui j'étais recommandé, était un homme singulier, et un des plus terribles savants qu'il y eût au monde. Il voulut m'apprendre les catégories d'Aristote, et fut sur le point de me mettre dans la catégorie de ses mignons : je l'échappai belle. Je vis des processions, des exorcismes, et quelques rapines. On disait, mais très faussement, que la signora Olimpia, personne d'une grande prudence, vendait beaucoup de choses qu'on ne doit point vendre. J'étais dans un âge où tout cela me paraissait fort plaisant. Une jeune dame de mœurs très douces,

nommée la signora Fatelo, s'avisa de m'aimer. Elle était courtisée par le révérend père Poignardini, et par le révérend père Aconiti, jeunes profès d'un ordre qui ne subsiste plus : elle les mit d'accord en me donnant ses bonnes grâces ; mais en même temps je courus risque d'être excommunié et empoisonné. Je partis, très content de l'architecture de St. Pierre.

Je voyageai en France ; c'était le temps du règne de Louis le Juste. La première chose qu'on me demanda, ce fut si je voulais à mon déjeuner un petit morceau du maréchal d'Ancre, dont le peuple avait fait rôtir la chair, et qu'on distribuait à fort bon compte à ceux qui en voulaient.

Cet État était continuellement en proie aux guerres civiles, quelquefois pour une place au conseil, quelquefois pour deux pages de controverse. Il y avait plus de soixante ans que ce feu, tantôt couvert et tantôt soufflé avec violence, désolait ces beaux climats. C'étaient là les libertés de l'Église Gallicane. « Hélas ! dis-je, ce peuple est pourtant né doux : qui peut l'avoir tiré ainsi de son caractère ? Il plaisante, et il fait des Saint-Barthélemy. Heureux le temps où il ne fera que plaisanter ! »

Je passai en Angleterre : les mêmes querelles y excitaient les mêmes fureurs. De saints catholiques avaient résolu, pour le bien de l'Église, de faire sauter en l'air, avec de la poudre, le roi, la famille royale, et tout le parlement, et de délivrer l'Angleterre de ces hérétiques. On me montra la place où la bienheureuse reine Marie, fille de Henri VIII, avait fait brûler plus de cinq cents de ses sujets. Un prêtre hibernois m'assura que c'était une très bonne action : premièrement, parce que ceux qu'on avait brûlés étaient Anglais ; en second lieu, parce qu'ils ne prenaient jamais d'eau bénite, et qu'ils ne croyaient pas au trou de St. Patrice. Il s'étonnait surtout que la reine Marie ne fût pas encore canonisée ; mais il espérait

qu'elle le serait bientôt, quand le cardinal-neveu aurait un peu de loisir.

J'allai en Hollande, où j'espérais trouver plus de tranquillité chez des peuples plus flegmatiques. On coupait la tête à un vieillard vénérable lorsque j'arrivai à la Haye. C'était la tête chauve du premier ministre Barneveldt, l'homme qui avait le mieux mérité de la république. Touché de pitié, je demandai quel était son crime, et s'il avait trahi l'État. « Il a fait bien pis, me répondit un prédicant à manteau noir ; c'est un homme qui croit que l'on peut se sauver par les bonnes œuvres aussi bien que par la foi. Vous sentez bien que, si de telles opinions s'établissaient, une république ne pourrait subsister, et qu'il faut des lois sévères pour réprimer de si scandaleuses horreurs. » Un profond politique du pays me dit en soupirant : Hélas ! monsieur, le bon temps ne durera pas toujours ; ce n'est que par hasard que ce peuple est si zélé ; le fond de son caractère est porté au dogme abominable de la tolérance, un jour il y viendra : cela fait frémir. » Pour moi, en attendant que ce temps funeste de la modération et de l'indulgence fût arrivé, je quittai bien vite un pays où la sévérité n'était adoucie par aucun agrément, et je m'embarquai pour l'Espagne.

La cour était à Séville, les galions étaient arrivés, tout respirait l'abondance et la joie dans la plus belle saison de l'année. Je vis au bout d'une allée d'orangers et de citronniers une espèce de lice immense entourée de gradins couverts d'étoffes précieuses. Le roi, la reine, les infants, les infantes, étaient sous un dais superbe. Vis-à-vis de cette auguste famille était un autre trône, mais plus élevé. Je dis à un de mes compagnons de voyage : « A moins que ce trône ne soit réservé pour Dieu, je ne vois pas à quoi il peut servir. » Ces indiscrètes paroles furent entendues d'un grave Espagnol, et me coûtèrent cher. Cependant je m'imaginais que nous allions voir

quelque carrousel ou quelque fête de taureaux, lorsque le grand inquisiteur parut sur ce trône d'où il bénit le roi et le peuple.

Ensuite vint une armée de moines défilant deux à deux, blancs, noirs, gris, chaussés, déchaussés, avec barbe, sans barbe, avec capuchon pointu, et sans capuchon ; puis marchait le bourreau ; puis on voyait au milieu des alguazils et des grands environ quarante personnes couvertes de sacs sur lesquels on avait peint des diables et des flammes. C'étaient des juifs qui n'avaient pas voulu renoncer absolument à Moïse, c'étaient des chrétiens qui avaient épousé leurs commères, ou qui n'avaient pas adoré Notre-Dame d'Atocha, ou qui n'avaient pas voulu se défaire de leur argent comptant en faveur des frères hiéronymites. On chanta dévotement de très belles prières, après quoi on brûla à petit feu tous les coupables ; de quoi toute la famille royale parut extrêmement édifiée.

Le soir, dans le temps que j'allais me mettre au lit, arrivèrent chez moi deux familiers de l'Inquisition avec la sainte Hermandad : ils m'embrassèrent tendrement, et me menèrent, sans me dire un seul mot, dans un cachot très frais, meublé d'un lit de natte et d'un beau crucifix. Je restai là six semaines, au bout desquelles le révérend père inquisiteur m'envoya prier de venir lui parler : il me serra quelque temps entre ses bras, avec une affection toute paternelle ; il me dit qu'il était sincèrement affligé d'avoir appris que je fusse si mal logé ; mais que tous les appartements de la maison étaient remplis, et qu'une autre fois il espérait que je serais plus à mon aise. Ensuite il me demanda cordialement si je ne savais pas pourquoi j'étais là. Je dis au révérend père que c'était apparemment pour mes péchés. « Eh bien, mon cher enfant, pour quel péché ? parlez-moi avec confiance. » J'eus beau imaginer, je ne devinai point ; il me mit charitablement sur les voies.

Enfin je me souvins de mes indiscrètes paroles. J'en fus quitte pour la discipline et une amende de trente mille réales. On me mena faire la révérence au grand inquisiteur : c'était un homme poli, qui me demanda comment j'avais trouvé sa petite fête. Je lui dis que cela était délicieux, et j'allai presser mes compagnons de voyage de quitter ce pays, tout beau qu'il est. Ils avaient eu le temps de s'instruire de toutes les grandes choses que les Espagnols avaient faites pour la religion. Ils avaient lu les mémoires du fameux évêque de Chiapa, par lesquels il paraît qu'on avait égorgé, ou brûlé, ou noyé dix millions d'infidèles en Amérique pour les convertir. Je crus que cet évêque exagérait ; mais quand on réduirait ces sacrifices à cinq millions de victimes, cela serait encore admirable.

Le désir de voyager me pressait toujours. J'avais compté finir mon tour de l'Europe par la Turquie ; nous en prîmes la route. Je me proposai bien de ne plus dire mon avis sur les fêtes que je verrais. « Ces Turcs, dis-je à mes compagnons, sont des mécréants qui n'ont point été baptisés, et qui par conséquent seront bien plus cruels que les révérends pères inquisiteurs. Gardons le silence quand nous serons chez les mahométans. »

J'allai donc chez eux. Je fus étrangement surpris de voir en Turquie beaucoup plus d'églises chrétiennes qu'il n'y en avait dans Candie. J'y vis jusqu'à des troupes nombreuses de moines qu'on laissait prier la vierge Marie librement, et maudire Mahomet, ceux-ci en grec, ceux-là en latin, quelques autres en arménien. « Les bonnes gens que les Turcs ! » m'écriai-je. Les chrétiens grecs et les chrétiens latins étaient ennemis mortels dans Constantinople ; ces esclaves se persécutaient les uns les autres, comme des chiens qui se mordent dans la rue, et à qui leurs maîtres donnent des coups de bâtons pour les séparer. Le grand vizir protégeait alors les Grecs. Le patriarche grec m'accusa d'avoir soupé chez le

patriarche latin, et je fus condamné en plein divan à cent
coups de latte sur la plante des pieds, rachetables de cinq
cents sequins. Le lendemain le grand vizir fut étranglé ;
le surlendemain son successeur, qui était pour le parti
des Latins, et qui ne fut étranglé qu'un mois après, me
condamna à la même amende, pour avoir soupé chez le
patriarche grec. Je fus dans la triste nécessité de ne plus
fréquenter ni l'église grecque ni la latine. Pour m'en
consoler, je pris à loyer une fort belle Circassienne, qui
était la personne la plus tendre dans le tête-à-tête, et la
plus dévote à la mosquée. Une nuit, dans les doux
transports de son amour, elle s'écria en m'embrassant :
Alla, Illa, Alla : ce sont les paroles sacramentales des
Turcs : je crus que c'étaient celles de l'amour ; je
m'écriai aussi fort tendrement : « *Alla, Illa, Alla.* —
Ah ! me dit-elle, le Dieu miséricordieux soit loué ! vous
êtes Turc. » Je lui dis que je le bénissais de m'en avoir
donné la force, et je me crus trop heureux. Le matin
l'iman vint pour me circoncire ; et, comme je fis quelque
difficulté, le cadi du quartier, homme loyal, me proposa
de m'empaler : je sauvai mon prépuce et mon derrière
avec mille sequins, et je m'enfuis vite en Perse, résolu de
ne plus entendre ni messe grecque ni latine en Turquie,
et de ne plus crier : *Alla, Illa, Alla,* dans un rendez-vous.

En arrivant à Ispahan on me demanda si j'étais pour le
mouton noir ou pour le mouton blanc. Je répondis que
cela m'était fort indifférent, pourvu qu'il fût tendre. Il
faut savoir que les factions du *Mouton blanc* et du
Mouton noir partageaient encore les Persans. On crut
que je me moquais des deux partis ; de sorte que je me
trouvai déjà une violente affaire sur les bras aux portes
de la ville : il m'en coûta encore grand nombre de
sequins pour me débarrasser des moutons.

Je poussai jusqu'à la Chine avec un interprète, qui
m'assura que c'était là le pays où l'on vivait librement et
gaiement. Les Tartares s'en étaient rendus maîtres,

après avoir tout mis à feu et à sang; et les révérends pères jésuites d'un côté, comme les révérends pères dominicains de l'autre, disaient qu'ils y gagnaient des âmes à Dieu, sans que personne en sût rien. On n'a jamais vu de convertisseurs si zélés : car ils se persécutaient les uns les autres tour à tour; ils écrivaient à Rome des volumes de calomnies; ils se traitaient d'infidèles et de prévaricateurs pour une âme. Il y avait surtout une horrible querelle entre eux sur la manière de faire la révérence. Les jésuites voulaient que les Chinois saluassent leurs pères et leurs mères à la mode de la Chine, et les dominicains voulaient qu'on les saluât à la mode de Rome. Il m'arriva d'être pris par les jésuites pour un dominicain. On me fit passer chez Sa Majesté tartare pour un espion du pape. Le conseil suprême chargea un premier mandarin, qui ordonna à un sergent, qui commanda à quatre sbires du pays de m'arrêter et de me lier en cérémonie. Je fus conduit après cent quarante génuflexions devant Sa Majesté. Elle me fit demander si j'étais l'espion du pape, et s'il était vrai que ce prince dût venir en personne le détrôner. Je lui répondis que le pape était un prêtre de soixante et dix ans; qu'il demeurait à quatre mille lieues de Sa Sacrée Majesté tartarochinoise; qu'il avait environ deux mille soldats qui montaient la garde avec un parasol; qu'il ne détrônait personne, et que Sa Majesté pouvait dormir en sûreté. Ce fut l'aventure la moins funeste de ma vie. On m'envoya à Macao, d'où je m'embarquai pour l'Europe.

Mon vaisseau eut besoin d'être radoubé vers les côtes de Golconde. Je pris ce temps pour aller voir la cour du grand Aureng-Zeb, dont on disait des merveilles dans le monde : il était alors dans Delhi. J'eus la consolation de l'envisager le jour de la pompeuse cérémonie dans laquelle il reçut le présent céleste que lui envoyait le shérif de la Mecque. C'était le balai avec lequel on avait balayé la maison sainte, le Caaba, le Beth Alla. Ce balai

est le symbole qui balaye toutes les ordures de l'âme.
Aureng-Zeb ne paraissait pas en avoir besoin ; c'était
l'homme le plus pieux de tout l' Indoustan. Il est vrai
qu'il avait égorgé un de ses frères et empoisonne son
père. Vingt rayas et autant d'omras étaient morts dans
les supplices ; mais cela n'était rien, et on ne parlait que
de sa dévotion. On ne lui comparait que la sacrée
majesté du sérénissime empereur de Maroc, Muley-
Ismaël, qui coupait des têtes tous les vendredis après la
prière.

Je ne disais mot ; les voyages m'avaient formé, et je
sentais qu'il ne m'appartenait pas de décider entre ces
deux augustes souverains. Un jeune Français, avec qui je
logeais, manqua, je l'avoue, de respect à l'empereur des
Indes et à celui de Maroc. Il s'avisa de dire très indis-
crètement qu'il y avait en Europe de très pieux souve-
rains qui gouvernaient bien leurs États et qui fréquen-
taient même les églises, sans pourtant tuer leurs pères et
leurs frères, et sans couper les têtes de leurs sujets.
Notre interprète transmit en indou le discours impie de
mon jeune homme. Instruit par le passé, je fis vite seller
mes chameaux : nous partîmes, le Français et moi. J'ai
su depuis que la nuit même les officiers du grand
Aureng-Zeb étant venus pour nous prendre, ils ne
trouvèrent que l'interprète. Il fut exécuté en place
publique, et tous les courtisans avouèrent sans flatterie
que sa mort était très juste.

Il me restait de voir l'Afrique, pour jouir de toutes les
douceurs de notre continent. Je la vis en effet. Mon
vaisseau fut pris par des corsaires nègres. Notre patron
fit de grandes plaintes ; il leur demanda pourquoi ils
violaient ainsi les lois des nations. Le capitaine nègre lui
répondit : « Vous avez le nez long, et nous l'avons plat ;
vos cheveux sont tout droits, et notre laine est frisée ;
vous avez la peau de couleur de cendre, et nous de
couleur d'ébène ; par conséquent nous devons, par les

lois sacrées de la nature, être toujours ennemis. Vous nous achetez aux foires de la côte de Guinée, comme des bêtes de somme, pour nous faire travailler à je ne sais quel emploi aussi pénible que ridicule. Vous nous faites fouiller à coups de nerfs de bœuf dans des montagnes pour en tirer une espèce de terre jaune qui par elle-même n'est bonne à rien, et qui ne vaut pas, à beaucoup près, un bon oignon d'Égypte ; aussi quand nous vous rencontrons, et que nous sommes les plus forts, nous vous faisons esclaves, nous vous faisons labourer nos champs, ou nous vous coupons le nez et les oreilles. »

On n'avait rien à répliquer à un discours si sage. J'allai labourer le champ d'une vieille négresse, pour conserver mes oreilles et mon nez. On me racheta au bout d'un an. J'avais vu tout ce qu'il y a de beau, de bon et d'admirable sur la terre : je résolus de ne plus voir que mes pénates. Je me mariai chez moi : je fus cocu, et je vis que c'était l'état le plus doux de la vie.

CANDIDE OU L'OPTIMISME,

TRADUIT DE L'ALLEMAND

DE MR. LE DOCTEUR RALPH,

AVEC LES ADDITIONS QU'ON A TROUVÉES DANS LA POCHE
DU DOCTEUR, LORSQU'IL MOURUT À MINDEN,
L'AN DE GRÂCE 159

CHAPITRE PREMIER

COMMENT CANDIDE FUT ÉLEVÉ
DANS UN BEAU CHÂTEAU,
ET COMMENT IL FUT CHASSÉ D'ICELUI

Il y avait en Vestphalie, dans le château de monsieur le baron de Thunder-ten-tronckh, un jeune garçon à qui la nature avait donné les mœurs les plus douces. Sa physionomie annonçait son âme. Il avait le jugement assez droit, avec l'esprit le plus simple ; c'est, je crois, pour cette raison qu'on le nommait Candide. Les anciens domestiques de la maison soupçonnaient qu'il était fils de la sœur de monsieur le baron, et d'un bon et honnête gentilhomme du voisinage, que cette demoiselle ne voulut jamais épouser parce qu'il n'avait pu prouver que soixante et onze quartiers, et que le reste de son arbre généalogique avait été perdu par l'injure du temps.

Monsieur le baron était un des plus puissants seigneurs de la Vestphalie, car son château avait une porte et des fenêtres. Sa grande salle même était ornée d'une tapisserie. Tous les chiens de ses basses-cours composaient une meute dans le besoin ; ses palefreniers étaient ses piqueurs ; le vicaire du village était son grand aumônier. Ils l'appelaient tous Monseigneur, et ils riaient quand il faisait des contes.

Madame la baronne, qui pesait environ trois cent cinquante livres, s'attirait par là une très grande considération, et faisait les honneurs de la maison avec une

dignité qui la rendait encore plus respectable. Sa fille Cunégonde, âgée de dix-sept ans, était haute en couleur, fraîche, grasse, appétissante. Le fils du baron paraissait en tout digne de son père. Le précepteur Pangloss était l'oracle de la maison, et le petit Candide écoutait ses leçons avec toute la bonne foi de son âge et de son caractère.

Pangloss enseignait la métaphysico-théologo-cosmolonigologie. Il prouvait admirablement qu'il n'y a point d'effet sans cause, et que, dans ce meilleur des mondes possibles, le château de monseigneur le baron était le plus beau des châteaux, et madame la meilleure des baronnes possibles.

« Il est démontré, disait-il, que les choses ne peuvent être autrement : car tout étant fait pour une fin, tout est nécessairement pour la meilleure fin. Remarquez bien que les nez ont été faits pour porter des lunettes ; aussi avons-nous des lunettes. Les jambes sont visiblement instituées pour être chaussées, et nous avons des chausses. Les pierres ont été formées pour être taillées et pour en faire des châteaux ; aussi monseigneur a un très beau château : le plus grand baron de la province doit être le mieux logé ; et les cochons étant faits pour être mangés, nous mangeons du porc toute l'année. Par conséquent, ceux qui ont avancé que tout est bien ont dit une sottise : il fallait dire que tout est au mieux. »

Candide écoutait attentivement, et croyait innocemment : car il trouvait mademoiselle Cunégonde extrêmement belle, quoiqu'il ne prît jamais la hardiesse de le lui dire. Il concluait qu'après le bonheur d'être né baron de Thunder-ten-tronckh, le second degré de bonheur était d'être mademoiselle Cunégonde ; le troisième, de la voir tous les jours ; et le quatrième, d'entendre maître Pangloss, le plus grand philosophe de la province, et par conséquent de toute la terre.

Un jour, Cunégonde, en se promenant auprès du

château, dans le petit bois qu'on appelait parc, vit entre des broussailles le docteur Pangloss qui donnait une leçon de physique expérimentale à la femme de chambre de sa mère, petite brune très jolie et très docile. Comme mademoiselle Cunégonde avait beaucoup de disposition pour les sciences, elle observa, sans souffler, les expériences réitérées dont elle fut témoin ; elle vit clairement la raison suffisante du docteur, les effets et les causes, et s'en retourna tout agitée, toute pensive, toute remplie du désir d'être savante, songeant qu'elle pourrait bien être la raison suffisante du jeune Candide, qui pouvait aussi être la sienne.

Elle rencontra Candide en revenant au château, et rougit ; Candide rougit aussi ; elle lui dit bonjour d'une voix entrecoupée, et Candide lui parla sans savoir ce qu'il disait. Le lendemain, après le dîner, comme on sortait de table, Cunégonde et Candide se trouvèrent derrière un paravent ; Cunégonde laissa tomber son mouchoir, Candide le ramassa ; elle lui prit innocemment la main ; le jeune homme baisa innocemment la main de la jeune demoiselle avec une vivacité, une sensibilité, une grâce toute particulière ; leurs bouches se rencontrèrent, leurs yeux s'enflammèrent, leurs genoux tremblèrent, leurs mains s'égarèrent. Monsieur le baron de Thunder-tent-ronckh passa auprès du paravent, et, voyant cette cause et cet effet, chassa Candide du château à grands coups de pied dans le derrière ; Cunégonde s'évanouit : elle fut souffletée par madame la baronne dès qu'elle fut revenue à elle-même ; et tout fut consterné dans le plus beau et le plus agréable des châteaux possibles.

CHAPITRE SECOND

Candide, chassé du paradis terrestre, marcha long-temps sans savoir où, pleurant, levant les yeux au ciel, les tournant souvent vers le plus beau des châteaux, qui renfermait la plus belle des baronnettes, il se coucha sans souper au milieu des champs entre deux sillons ; la neige tombait à gros flocons. Candide, tout transi, se traîna le lendemain vers la ville voisine, qui s'appelle Valdberghoff-trarbk-dikdorff, n'ayant point d'argent, mourant de faim, et de lassitude. Il s'arrêta tristement à la porte d'un cabaret.

Deux hommes habillés de bleu le remarquèrent : « Camarade, dit l'un, voilà un jeune homme très bien fait, et qui a la taille requise. » Ils s'avancèrent vers Candide, et le prièrent à dîner très civilement. « Messieurs, leur dit Candide avec une modestie charmante, vous me faites beaucoup d'honneur, mais je n'ai pas de quoi payer mon écot. — Ah ! monsieur, lui dit un des bleus, les personnes de votre figure et de votre mérite ne payent jamais rien : n'avez-vous pas cinq pieds cinq pouces de haut ? — Oui, messieurs, c'est ma taille, dit-il en faisant la révérence. — Ah ! monsieur, mettez-vous à table ; non seulement nous vous défrayerons, mais nous ne souffrirons jamais qu'un homme comme vous manque d'argent ; les hommes ne sont faits que pour se

secourir les uns les autres. — Vous avez raison, dit Candide ; c'est ce que monsieur Pangloss m'a toujours dit, et je vois bien que tout est au mieux. » On le prie d'accepter quelques écus, il les prend et veut faire son billet ; on n'en veut point, on se met à table. « N'aimez-vous pas tendrement ?... — Oh ! oui, répond-il, j'aime tendrement mademoiselle Cunégonde. — Non, dit l'un de ces messieurs, nous vous demandons si vous n'aimez pas tendrement le roi des Bulgares ? — Point du tout, dit-il, car je ne l'ai jamais vu. — Comment ! c'est le plus charmant des rois, et il faut boire à sa santé. — Oh ! très volontiers, messieurs. » Et il boit. « C'en est assez, lui dit-on, vous voilà l'appui, le soutien, le défenseur, le héros des Bulgares ; votre fortune est faite, et votre gloire est assurée. » On lui met sur-le-champ les fers aux pieds, et on le mène au régiment. On le fait tourner à droite, à gauche, hausser la baguette, remettre la baguette, coucher en joue, tirer, doubler le pas, et on lui donne trente coups de bâton ; le lendemain, il fait l'exercice un peu moins mal, et il ne reçoit que vingt coups ; le surlendemain, on ne lui en donne que dix, et il est regardé par ses camarades comme un prodige.

Candide, tout stupéfait, ne démêlait pas encore trop bien comment il était un héros. Il s'avisa un beau jour de printemps de s'aller promener, marchant tout droit devant lui, croyant que c'était un privilège de l'espèce humaine, comme de l'espèce animale, de se servir de ses jambes à son plaisir. Il n'eut pas fait deux lieues que voilà quatre autres héros de six pieds qui l'atteignent, qui le lient, qui le mènent dans un cachot. On lui demanda juridiquement ce qu'il aimait le mieux d'être fustigé trente-six fois par tout le régiment, ou de recevoir à la fois douze balles de plomb dans la cervelle. Il eut beau dire que les volontés sont libres, et qu'il ne voulait ni l'un ni l'autre, il fallut faire un choix : il se détermina, en vertu du don de Dieu qu'on nomme

liberté, à passer trente-six fois par les baguettes ; il essuya deux promenades. Le régiment était composé de deux mille hommes. Cela lui composa quatre mille coups de baguettes, qui, depuis la nuque du cou jusqu'au cul, lui découvrirent les muscles et les nerfs. Comme on allait procéder à la troisième course, Candide, n'en pouvant plus, demanda en grâce qu'on voulût bien avoir la bonté de lui casser la tête : il obtint cette faveur ; on lui bande les yeux ; on le fait mettre à genoux. Le roi des Bulgares passe dans ce moment, s'informe du crime du patient ; et comme ce roi avait un grand génie, il comprit, par tout ce qu'il apprit de Candide, que c'était un jeune métaphysicien fort ignorant des choses de ce monde, et il lui accorda sa grâce avec une clémence qui sera louée dans tous les journaux et dans tous les siècles. Un brave chirurgien guérit Candide en trois semaines avec les émollients enseignés par Dioscoride. Il avait déjà un peu de peau, et pouvait marcher, quand le roi des Bulgares livra bataille au roi des Abares.

CHAPITRE TROISIÈME

COMMENT CANDIDE SE SAUVA
D'ENTRE LES BULGARES,
ET CE QU'IL DEVINT

Rien n'était si beau, si leste, si brillant, si bien ordonné que les deux armées. Les trompettes, les fifres, les hautbois, les tambours, les canons, formaient une harmonie telle qu'il n'y en eut jamais en enfer. Les canons renversèrent d'abord à peu près six mille hommes de chaque côté ; ensuite la mousqueterie ôta du meilleur des mondes environ neuf à dix mille coquins qui en infectaient la surface. La baïonnette fut aussi la raison suffisante de la mort de quelques milliers d'hommes. Le tout pouvait bien se monter à une trentaine de mille âmes. Candide, qui tremblait comme un philosophe, se cacha du mieux qu'il put pendant cette boucherie héroïque.

Enfin, tandis que les deux rois faisaient chanter des *Te Deum*, chacun dans son camp, il prit le parti d'aller raisonner ailleurs des effets et des causes. Il passa par-dessus des tas de morts et de mourants, et gagna d'abord un village voisin ; il était en cendres : c'était un village abare que les Bulgares avaient brûlé, selon les lois du droit public. Ici des vieillards criblés de coups regardaient mourir leurs femmes égorgées, qui tenaient leurs enfants à leurs mamelles sanglantes ; là des filles, éventrées après avoir assouvi les besoins naturels de quelques héros, rendaient les derniers soupirs ; d'autres,

à demi brûlées, criaient qu'on achevât de leur donner la
mort. Des cervelles étaient répandues sur la terre à côté
de bras et de jambes coupés.

Candide s'enfuit au plus vite dans un autre village : il
appartenait à des Bulgares, et les héros abares l'avaient
traité de même. Candide, toujours marchant sur des
membres palpitants, ou à travers des ruines, arriva enfin
hors du théâtre de la guerre, portant quelques petites
provisions dans son bissac, et n'oubliant jamais made-
moiselle Cunégonde. Ses provisions lui manquèrent
quand il fut en Hollande ; mais ayant entendu dire que
tout le monde était riche dans ce pays-là, et qu'on y était
chrétien, il ne douta pas qu'on ne le traitât aussi bien
qu'il l'avait été dans le château de monsieur le baron,
avant qu'il en eût été chassé pour les beaux yeux de
mademoiselle Cunégonde.

Il demanda l'aumône à plusieurs graves personnages,
qui lui répondirent tous que, s'il continuait à faire ce
métier, on l'enfermerait dans une maison de correction
pour lui apprendre à vivre.

Il s'adressa ensuite à un homme qui venait de parler
tout seul une heure de suite sur la charité dans une
grande assemblée. Cet orateur, le regardant de travers,
lui dit : « Que venez-vous faire ici ? y êtes-vous pour la
bonne cause ? — Il n'y a point d'effet sans cause,
répondit modestement Candide ; tout est enchaîné
nécessairement, et arrangé pour le mieux. Il a fallu que
je fusse chassé d'auprès de mademoiselle Cunégonde,
que j'aie passé par les baguettes, et il faut que je
demande mon pain, jusqu'à ce que je puisse en gagner ;
tout cela ne pouvait être autrement. — Mon ami, lui dit
l'orateur, croyez vous que le pape soit l'Antéchrist ? —
Je ne l'avais pas encore entendu dire, répondit Candide ;
mais, qu'il le soit ou qu'il ne le soit pas, je manque de
pain. — Tu ne mérites pas d'en manger, dit l'autre ; va,
coquin ; va, misérable, ne m'approche de ta vie. » La

femme de l'orateur ayant mis la tête à la fenêtre, et avisant un homme qui doutait que le pape fût antéchrist, lui répandit sur le chef un plein... O ciel ! à quel excès se porte le zèle de la religion dans les dames !

Un homme qui n'avait point été baptisé, un bon anabaptiste, nommé Jacques, vit la manière cruelle et ignominieuse dont on traitait ainsi un de ses frères, un être à deux pieds sans plumes, qui avait une âme ; il l'emmena chez lui, le nettoya, lui donna du pain et de la bière, lui fit présent de deux florins, et voulut même lui apprendre à travailler dans ses manufactures aux étoffes de Perse qu'on fabrique en Hollande. Candide, se prosternant presque devant lui, s'écriait : « Maître Pangloss me l'avait bien dit que tout est au mieux dans ce monde, car je suis infiniment plus touché de votre extrême générosité que de la dureté de ce monsieur à manteau noir, et de madame son épouse. »

Le lendemain, en se promenant, il rencontra un gueux tout couvert de pustules, les yeux morts, le bout du nez rongé, la bouche de travers, les dents noires, et parlant de la gorge, tourmenté d'une toux violente, et crachant une dent à chaque effort.

CHAPITRE QUATRIÈME

COMMENT CANDIDE RENCONTRA SON ANCIEN MAÎTRE
DE PHILOSOPHIE, LE DOCTEUR PANGLOSS,
ET CE QUI EN ADVINT

Candide, plus ému encore de compassion que d'horreur, donna à cet épouvantable gueux les deux florins qu'il avait reçus de son honnête anabaptiste Jacques. Le fantôme le regarda fixement, versa des larmes, et sauta à son cou. Candide, effrayé, recule. « Hélas ! dit le misérable à l'autre misérable, ne reconnaissez-vous plus votre cher Pangloss ? — Qu'entends-je ? Vous, mon cher maître ! vous, dans cet état horrible ! Quel malheur vous est-il donc arrivé ? Pourquoi n'êtes-vous plus dans le plus beau des châteaux ? Qu'est devenue mademoiselle Cunégonde, la perle des filles, le chef-d'œuvre de la nature ? — Je n'en peux plus, dit Pangloss. » Aussitôt Candide le mena dans l'étable de l'anabaptiste, où il lui fit manger un peu de pain ; et quand Pangloss fut refait : « Eh bien ! lui dit-il, Cunégonde ? — Elle est morte, reprit l'autre. » Candide s'évanouit à ce mot ; son ami rappela ses sens avec un peu de mauvais vinaigre qui se trouva par hasard dans l'étable. Candide rouvre les yeux. « Cunégonde est morte ! Ah ! meilleur des mondes, où êtes-vous ? Mais de quelle maladie est-elle morte ? Ne serait-ce point de m'avoir vu chasser du beau château de monsieur son père à grands coups de pied ? — Non, dit Pangloss, elle a été éventrée par des soldats bulgares, après avoir été violée autant qu'on peut l'être ;

ils ont cassé la tête à monsieur le baron, qui voulait la défendre ; madame la baronne a été coupée en morceaux ; mon pauvre pupille, traité précisément comme sa sœur ; et quant au château, il n'est pas resté pierre sur pierre, pas une grange, pas un mouton, pas un canard, pas un arbre ; mais nous avons été bien vengés, car les Abares en ont fait autant dans une baronnie voisine qui appartenait à un seigneur bulgare. »

A ce discours, Candide s'évanouit encore ; mais, revenu à soi et ayant dit tout ce qu'il devait dire, il s'enquit de la cause et de l'effet, et de la raison suffisante qui avaient mis Pangloss dans un si piteux état. « Hélas ! dit l'autre, c'est l'amour : l'amour, le consolateur du genre humain, le conservateur de l'univers, l'âme de tous les êtres sensibles, le tendre amour. — Hélas ! dit Candide, je l'ai connu, cet amour, ce souverain des cœurs, cette âme de notre âme ; il ne m'a jamais valu qu'un baiser et vingt coups de pied au cul. Comment cette belle cause a-t-elle pu produire en vous un effet si abominable ? »

Pangloss répondit en ces termes : « O mon cher Candide ! vous avez connu Paquette, cette jolie suivante de notre auguste baronne ; j'ai goûté dans ses bras les délices du paradis, qui ont produit ces tourments d'enfer dont vous me voyez dévoré ; elle en était infectée, elle en est peut-être morte. Paquette tenait ce présent d'un cordelier très savant qui avait remonté à la source, car il l'avait eu d'une vieille comtesse, qui l'avait reçu d'un capitaine de cavalerie, qui le devait à une marquise, qui le tenait d'un page, qui l'avait reçu d'un jésuite qui, étant novice, l'avait eu en droite ligne d'un des compagnons de Christophe Colomb. Pour moi, je ne le donnerai à personne, car je me meurs.

— O Pangloss ! s'écria Candide, voilà une étrange généalogie ! n'est-ce pas le diable qui en fut la souche ?
— Point du tout, répliqua ce grand homme ; c'était une

chose indispensable dans le meilleur des mondes, un ingrédient nécessaire : car si Colomb n'avait pas attrapé dans une île de l'Amérique cette maladie qui empoisonne la source de la génération, qui souvent même empêche la génération, et qui est évidemment l'opposé du grand but de la nature, nous n'aurions ni le chocolat ni la cochenille ; il faut encore observer que jusqu'aujourd'hui, dans notre continent, cette maladie nous est particulière, comme la controverse. Les Turcs, les Indiens, les Persans, les Chinois, les Siamois, les Japonais, ne la connaissent pas encore ; mais il y a une raison suffisante pour qu'ils la connaissent à leur tour dans quelques siècles. En attendant, elle a fait un merveilleux progrès parmi nous, et surtout dans ces grandes armées composées d'honnêtes stipendiaires bien élevés, qui décident du destin des États ; on peut assurer que, quand trente mille hommes combattent en bataille rangée contre des troupes égales en nombre, il y a environ vingt mille vérolés de chaque côté.

— Voilà qui est admirable, dit Candide ; mais il faut vous faire guérir. — Et comment le puis-je ? dit Pangloss ; je n'ai pas le sou, mon ami, et dans toute l'étendue de ce globe on ne peut ni se faire saigner, ni prendre un lavement sans payer, ou sans qu'il y ait quelqu'un qui paye pour nous. »

Ce dernier discours détermina Candide ; il alla se jeter aux pieds de son charitable anabaptiste Jacques, et lui fit une peinture si touchante de l'état où son ami était réduit, que le bonhomme n'hésita pas à recueillir le docteur Pangloss ; il le fit guérir à ses dépens. Pangloss, dans la cure, ne perdit qu'un œil et une oreille. Il écrivait bien, et savait parfaitement l'arithmétique. L'anabaptiste Jacques en fit son teneur de livres. Au bout de deux mois, étant obligé d'aller à Lisbonne pour les affaires de son commerce, il mena dans son vaisseau ses deux philosophes. Pangloss lui expliqua comment tout était

on ne peut mieux. Jacques n'était pas de cet avis. « Il faut bien, disait-il, que les hommes aient un peu corrompu la nature, car ils ne sont point nés loups, et ils sont devenus loups. Dieu ne leur a donné ni canons de vingt-quatre, ni baïonnettes ; et ils se sont fait des baïonnettes et des canons pour se détruire. Je pourrais mettre en ligne de compte les banqueroutes, et la justice, qui s'empare des biens des banqueroutiers pour en frustrer les créanciers. — Tout cela était indispensable, répliquait le docteur borgne, et les malheurs particuliers font le bien général ; de sorte que plus il y a de malheurs particuliers, et plus tout est bien. » Tandis qu'il raisonnait, l'air s'obscurcit, les vents soufflèrent des quatre coins du monde, et le vaisseau fut assailli de la plus horrible tempête, à la vue du port de Lisbonne.

CHAPITRE CINQUIÈME

TEMPÊTE, NAUFRAGE, TREMBLEMENT DE TERRE,
ET CE QUI ADVINT DU DOCTEUR PANGLOSS,
DE CANDIDE, ET DE L'ANABAPTISTE JACQUES

La moitié des passagers affaiblis, expirants de ces angoisses inconcevables que le roulis d'un vaisseau porte dans les nerfs et dans toutes les humeurs du corps agitées en sens contraires, n'avait pas même la force de s'inquiéter du danger. L'autre moitié jetait des cris et faisait des prières ; les voiles étaient déchirées, les mâts brisés, le vaisseau entr'ouvert. Travaillait qui pouvait, personne ne s'entendait, personne ne commandait. L'anabaptiste aidait un peu à la manœuvre ; il était sur le tillac ; un matelot furieux le frappe rudement et l'étend sur les planches ; mais du coup qu'il lui donna, il eut lui-même une si violente secousse qu'il tomba hors du vaisseau, la tête la première. Il restait suspendu et accroché à une partie de mât rompue. Le bon Jacques court à son secours l'aide à remonter, et de l'effort qu'il fait il est précipité dans la mer à la vue du matelot, qui le laissa périr sans daigner seulement le regarder. Candide approche, voit son bienfaiteur qui reparaît un moment, et qui est englouti pour jamais. Il veut se jeter après lui dans la mer : le philosophe Pangloss l'en empêche, en lui prouvant que la rade de Lisbonne avait été formée exprès pour que cet anabaptiste s'y noyât. Tandis qu'il le prouvait *a priori,* le vaisseau s'entr'ouvre ; tout périt, à la réserve de Pangloss, de Candide, et de ce brutal de

matelot qui avait noyé le vertueux anabaptiste : le coquin nagea heureusement jusqu'au rivage, où Pangloss et Candide furent portés sur une planche.

Quand ils furent revenus un peu à eux, ils marchèrent vers Lisbonne ; il leur restait quelque argent, avec lequel ils espéraient se sauver de la faim après avoir échappé à la tempête.

A peine ont-ils mis le pied dans la ville, en pleurant la mort de leur bienfaiteur, qu'ils sentent la terre trembler sous leurs pas, la mer s'élève en bouillonnant dans le port, et brise les vaisseaux qui sont à l'ancre. Des tourbillons de flammes et de cendres couvrent les rues et les places publiques ; les maisons s'écroulent, les toits sont renversés sur les fondements, et les fondements se dispersent ; trente mille habitants de tout âge et de tout sexe sont écrasés sous des ruines. Le matelot disait en sifflant et en jurant : « Il y aura quelque chose à gagner ici. — Quelle peut être la raison suffisante de ce phénomène ? disait Pangloss. — Voici le dernier jour du monde ! s'écriait Candide. » Le matelot court incontinent au milieu des débris, affronte la mort pour trouver de l'argent, en trouve, s'en empare, s'enivre, et, ayant cuvé son vin, achète les faveurs de la première fille de bonne volonté qu'il rencontre sur les ruines des maisons détruites, et au milieu des mourants et des morts. Pangloss le tirait cependant par la manche : « Mon ami, lui disait-il, cela n'est pas bien, vous manquez à la raison universelle, vous prenez mal votre temps. — Tête et sang, répondit l'autre, je suis matelot et né à Batavia ; j'ai marché quatre fois sur le crucifix dans quatre voyages au Japon ; tu as bien trouvé ton homme avec ta raison universelle ! »

Quelques éclats de pierre avaient blessé Candide ; il était étendu dans la rue et couvert de débris. Il disait à Pangloss : « Hélas ! procure-moi un peu de vin et d'huile ; je me meurs. — Ce tremblement de terre n'est

pas une chose nouvelle, répondit Pangloss ; la ville de Lima éprouva les mêmes secousses en Amérique l'année passée ; mêmes causes, mêmes effets : il y a certainement une traînée de soufre sous terre depuis Lima jusqu'à Lisbonne. — Rien n'est plus probable, dit Candide ; mais, pour Dieu, un peu d'huile et de vin. — Comment, probable ? répliqua le philosophe, je soutiens que la chose est démontrée. » Candide perdit connaissance, et Pangloss lui apporta un peu d'eau d'une fontaine voisine.

Le lendemain, ayant trouvé quelques provisions de bouche en se glissant à travers des décombres, ils réparèrent un peu leurs forces. Ensuite ils travaillèrent comme les autres à soulager les habitants échappés à la mort. Quelques citoyens, secourus par eux, leur donnèrent un aussi bon dîner qu'on le pouvait dans un tel désastre : il est vrai que le repas était triste ; les convives arrosaient leur pain de leurs larmes ; mais Pangloss les consola, en les assurant que les choses ne pouvaient être autrement : « Car, dit-il, tout ceci est ce qu'il y a de mieux ; car s'il y a un volcan à Lisbonne, il ne pouvait être ailleurs ; car il est impossible que les choses ne soient pas où elles sont ; car tout est bien. »

Un petit homme noir, familier de l'Inquisition, lequel était à côté de lui, prit poliment la parole et dit : « Apparemment que monsieur ne croit pas au péché originel ; car si tout est au mieux, il n'y a donc eu ni chute ni punition.

— Je demande très humblement pardon à Votre Excellence, répondit Pangloss encore plus poliment, car la chute de l'homme et la malédiction entraient nécessairement dans le meilleur des mondes possibles. — Monsieur ne croit donc pas à la liberté ? dit le familier.
— Votre Excellence m'excusera, dit Pangloss ; la liberté peut subsister avec la nécessité absolue : car il était

nécessaire que nous fussions libres ; car enfin la volonté déterminée... » Pangloss était au milieu de sa phrase, quand le familier fit un signe de tête à son estafier qui lui servait à boire du vin de Porto ou d'Oporto.

CHAPITRE SIXIÈME

COMMENT ON FIT UN BEL AUTO-DA-FÉ
POUR EMPÊCHER LES TREMBLEMENTS DE TERRE,
ET COMMENT CANDIDE FUT FESSÉ

Après le tremblement de terre qui avait détruit les trois quarts de Lisbonne, les sages du pays n'avaient pas trouvé un moyen plus efficace pour prévenir une ruine totale que de donner au peuple un bel auto-da-fé ; il était décidé par l'université de Coïmbre que le spectacle de quelques personnes brûlées à petit feu, en grande cérémonie, est un secret infaillible pour empêcher la terre de trembler.

On avait en conséquence saisi un Biscayen convaincu d'avoir épousé sa commère, et deux Portugais qui en mangeant un poulet en avaient arraché le lard : on vint lier après le dîner le docteur Pangloss et son disciple Candide, l'un pour avoir parlé, et l'autre pour avoir écouté avec un air d'approbation : tous deux furent menés séparément dans des appartements d'une extrême fraîcheur, dans lesquels on n'était jamais incommodé du soleil : huit jours après ils furent tous deux revêtus d'un *san-benito,* et on orna leurs têtes de mitres de papier : la mitre et le san-benito de Candide étaient peints de flammes renversées, et de diables qui n'avaient ni queues ni griffes ; mais les diables de Pangloss portaient griffes et queues, et les flammes étaient droites. Ils marchèrent en procession ainsi vêtus, et entendirent un sermon très pathétique, suivi d'une belle

musique en faux-bourdon. Candide fut fessé en cadence, pendant qu'on chantait ; le Biscayen et les deux hommes qui n'avaient point voulu manger de lard furent brûlés, et Pangloss fut pendu, quoique ce ne soit pas la coutume. Le même jour, la terre trembla de nouveau avec un fracas épouvantable.

Candide, épouvanté, interdit, éperdu, tout sanglant, tout palpitant, se disait à lui-même : « Si c'est ici le meilleur des mondes possibles, que sont donc les autres ? Passe encore si je n'étais que fessé, je l'ai été chez les Bulgares ; mais, ô mon cher Pangloss ! le plus grand des philosophes, faut-il vous avoir vu pendre, sans que je sache pourquoi ! O mon cher anabaptiste ! le meilleur des hommes, faut-il que vous ayez été noyé dans le port ! ô mademoiselle Cunégonde ! la perle des filles, faut-il qu'on vous ait fendu le ventre ! »

Il s'en retournait, se soutenant à peine, prêché, fessé, absous et béni, lorsqu'une vieille l'aborda, et lui dit : « Mon fils, prenez courage, suivez-moi. »

CHAPITRE SEPTIÈME

COMMENT UNE VIEILLE PRIT SOIN DE CANDIDE, ET COMMENT IL RETROUVA CE QU'IL AIMAIT

Candide ne prit point courage, mais il suivit la vieille dans une masure : elle lui donna un pot de pommade pour se frotter, lui laissa à manger et à boire ; elle lui montra un petit lit assez propre ; il y avait auprès du lit un habit complet. « Mangez, buvez, dormez, lui dit-elle, et que Notre-Dame d'Atocha, monseigneur St. Antoine de Padoue, et monseigneur St. Jacques de Compostelle prennent soin de vous ! je reviendrai demain. » Candide, toujours étonné de tout ce qu'il avait vu, de tout ce qu'il avait souffert, et encore plus de la charité de la vieille, voulut lui baiser la main. « Ce n'est pas ma main qu'il faut baiser, dit la vieille ; je reviendrai demain. Frottez-vous de pommade, mangez et dormez. »

Candide, malgré tant de malheurs, mangea et dormit. Le lendemain, la vieille lui apporte à déjeuner, visite son dos, le frotte elle-même d'une autre pommade ; elle lui apporte ensuite à dîner ; elle revient sur le soir, et apporte à souper. Le surlendemain, elle fit encore les mêmes cérémonies. « Qui êtes-vous ? lui disait toujours Candide ; qui vous a inspiré tant de bonté ? quelles grâces puis-je vous rendre ? » La bonne femme ne répondait jamais rien ; elle revint sur le soir, et n'apporta point à souper : « Venez avec moi, dit-elle, et ne dites mot. » Elle le prend sous le bras, et marche avec lui dans

la campagne environ un quart de mille : ils arrivent à une maison isolée, entourée de jardins et de canaux. La vieille frappe à une petite porte. On ouvre ; elle mène Candide, par un escalier dérobé, dans un cabinet doré, le laisse sur un canapé de brocart, referme la porte, et s'en va. Candide croyait rêver, et regardait toute sa vie comme un songe funeste, et le moment présent comme un songe agréable.

La vieille reparut bientôt ; elle soutenait avec peine une femme tremblante, d'une taille majestueuse, brillante de pierreries, et couverte d'un voile. « Otez ce voile », dit la vieille à Candide. Le jeune homme approche ; il lève le voile d'une main timide. Quel moment ! quelle surprise ! il croit voir mademoiselle Cunégonde ; il la voyait en effet, c'était elle-même. La force lui manque, il ne peut proférer une parole, il tombe à ses pieds. Cunégonde tombe sur le canapé. La vieille les accable d'eaux spiritueuses, ils reprennent leurs sens, ils se parlent ; ce sont d'abord des mots entrecoupés, des demandes et des réponses qui se croisent, des soupirs, des larmes, des cris. La vieille leur recommande de faire moins de bruit, et les laisse en liberté. « Quoi ! c'est vous, lui dit Candide ; vous vivez ! je vous retrouve en Portugal ! On ne vous a donc pas violée ? On ne vous a point fendu le ventre, comme le philosophe Pangloss me l'avait assuré ? — Si fait, dit la belle Cunégonde ; mais on ne meurt pas toujours de ces deux accidents. — Mais votre père et votre mère ont-ils été tués ? — n'est que trop vrai, dit Cunégonde en pleurant. — Et votre frère ? — Mon frère a été tué aussi. — Et pourquoi êtes-vous en Portugal ? et comment avez-vous su que j'y étais et par quelle étrange aventure m'avez-vous fait conduire dans cette maison ? — Je vous dirai tout cela, répliqua la dame ; mais il faut auparavant que vous m'appreniez tout ce qui vous est arrivé depuis le baiser innocent que vous me donnâtes, et les coups de pied que vous reçûtes. »

Candide lui obéit avec un profond respect ; et quoiqu'il fût interdit, quoique sa voix fût faible et tremblante, quoique l'échine lui fît encore un peu mal, il lui raconta de la manière la plus naïve tout ce qu'il avait éprouvé depuis le moment de leur séparation. Cunégonde levait les yeux au ciel : elle donna des larmes à la mort du bon anabaptiste et de Pangloss ; après quoi elle parla en ces termes à Candide, qui ne perdait pas une parole, et qui la dévorait des yeux.

CHAPITRE HUITIÈME

HISTOIRE DE CUNÉGONDE

« J'étais dans mon lit et je dormais profondément, quand il plut au Ciel d'envoyer les Bulgares dans notre beau château de Thunder-ten-tronckh ; ils égorgèrent mon père et mon frère, et coupèrent ma mère par morceaux. Un grand Bulgare, haut de six pieds, voyant qu'à ce spectacle j'avais perdu connaissance, se mit à me violer ; cela me fit revenir, je repris mes sens, je criai, je me débattis, je mordis, j'égratignai, je voulais arracher les yeux à ce grand Bulgare, ne sachant pas que tout — qui arrivait dans le château de mon père était une chose d'usage : le brutal me donna un coup de couteau dans le flanc gauche dont je porte encore la marque. — Hélas ! j'espère bien la voir, dit le naïf Candide. — Vous la verrez, dit Cunégonde ; mais continuons. — Continuez », dit Candide.

Elle reprit ainsi le fil de son histoire : « Un capitaine bulgare entra, il me vit toute sanglante, et le soldat ne se dérangeait pas. Le capitaine se mit en colère du peu de respect que lui témoignait ce brutal, et le tua sur mon corps. Ensuite il me fit panser, et m'emmena prisonnière de guerre dans son quartier. Je blanchissais le peu de chemises qu'il avait, je faisais sa cuisine ; il me trouvait fort jolie, il faut l'avouer ; et je ne nierai pas qu'il ne fût très bien fait, et qu'il n'eût la peau blanche et douce ;

d'ailleurs peu d'esprit, peu de philosophie : on voyait
bien qu'il n'avait pas été élevé par le docteur Pangloss.
Au bout de trois mois, avant perdu tout son argent, et
s'étant dégoûté de moi, il me vendit à un juif nommé don
Issachar, qui trafiquait en Hollande et en Portugal, et
qui aimait passionnément les femmes. Ce juif s'attacha
beaucoup à ma personne, mais il ne pouvait en triom-
pher ; je lui ai mieux résisté qu'au soldat bulgare : une
personne d'honneur peut être violée une fois, mais sa
vertu s'en affermit. Le juif, pour m'apprivoiser, me
mena dans cette maison de campagne que vous voyez.
J'avais cru jusque-là qu'il n'y avait rien sur la terre de si
beau que le château de Thunder-ten-tronckh ; j'ai été
détrompée

« Le grand inquisiteur m'aperçut un jour à la messe ; il
me lorgna beaucoup, et me fit dire qu'il avait à me parler
pour des affaires secrètes. Je fus conduite à son palais ; je
lui appris ma naissance ; il me représenta combien il était
au-dessous de mon rang d'appartenir à un israélite. On
proposa de sa part à don Issachar de me céder à
Monseigneur. Don Issachar, qui est le banquier de la
cour, et homme de crédit, n'en voulut rien faire.
L'inquisiteur le menaça d'un auto-da-fé. Enfin mon juif,
intimidé, conclut un marché par lequel la maison et moi
leur appartiendraient à tous deux en commun ; que le
juif aurait pour lui les lundis, mercredis et le jour du
sabbat, et que l'inquisiteur aurait les autres jours de la
semaine. Il y a six mois que cette convention subsiste. Ce
n'a pas été sans querelles ; car souvent il a été indécis si
la nuit du samedi au dimanche appartenait à l'ancienne
loi ou à la nouvelle. Pour moi, j'ai résisté jusqu'à présent
à toutes les deux ; et je crois que c'est pour cette raison
que j'ai toujours été aimée.

« Enfin, pour détourner le fléau des tremblements de
terre, et pour intimider don Issachar, il plut à mon-
seigneur l'inquisiteur de célébrer un auto-da-fé. Il me fit

l'honneur de m'y inviter. Je fus très bien placée ; on servit aux dames des rafraîchissements entre la messe et l'exécution. Je fus, à la vérité, saisie d'horreur en voyant brûler ces deux juifs et cet honnête Biscayen qui avait épousé sa commère ; mais quelle fut ma surprise, mon effroi, mon trouble, quand je vis, dans un san-benito et sous une mitre, une figure qui ressemblait à celle de Pangloss ! Je me frottai les yeux, je regardai attentivement, je le vis pendre ; je tombai en faiblesse. A peine reprenais-je mes sens que je vous vis dépouillé tout nu ; ce fut là le comble de l'horreur, de la consternation, de la douleur, du désespoir. Je vous dirai, avec vérité, que votre peau est encore plus blanche, et d'un incarnat plus parfait que celle de mon capitaine des Bulgares. Cette vue redoubla tous les sentiments qui m'accablaient, qui me dévoraient. Je m'écriai, je voulus dire : « Arrêtez, barbares ! » Mais la voix me manqua, et mes cris auraient été inutiles. Quand vous eûtes été bien fessé : « Comment se peut-il faire, disais-je, que l'aimable Candide et le sage Pangloss se trouvent à Lisbonne, l'un pour recevoir cent coups de fouet, et l'autre pour être pendu par l'ordre de monseigneur l'inquisiteur, dont je suis la bien-aimée ? Pangloss m'a donc bien cruellement trompée, quand il me disait que tout va le mieux du monde. »

« Agitée, éperdue, tantôt hors de moi-même, et tantôt prête de mourir de faiblesse, j'avais la tête remplie du massacre de mon père, de ma mère, de mon frère, de l'insolence de mon vilain soldat bulgare, du coup de couteau qu'il me donna, de ma servitude, de mon métier de cuisinière, de mon capitaine bulgare, de mon vilain don Issachar, de mon abominable inquisiteur, de la pendaison du docteur Pangloss, de ce grand *miserere* en faux-bourdon pendant lequel on vous fessait, et surtout du baiser que je vous avais donné derrière un paravent, le jour que je vous avais vu pour la dernière fois. Je louai

Dieu, qui vous ramenait à moi par tant d'épreuves. Je recommandai à ma vieille d'avoir soin de vous, et de vous amener ici dès qu'elle le pourrait. Elle a très bien exécuté ma commission ; j'ai goûté le plaisir inexprimable de vous revoir, de vous entendre, de vous parler. Vous devez avoir une faim dévorante ; j'ai grand appétit ; commençons par souper. »

Les voilà qui se mettent tous deux à table ; et, après le souper, ils se replacent sur ce beau canapé dont on a déjà parlé ; ils y étaient quand le signor don Issachar, l'un des maîtres de la maison, arriva. C'était le jour du sabbat. Il venait jouir de ses droits, et expliquer son tendre amour.

CHAPITRE NEUVIÈME

CE QUI ADVINT DE CUNÉGONDE, DE CANDIDE, DU GRAND INQUISITEUR, ET D'UN JUIF

Cet Issachar était le plus colérique Hébreu qu'on eût vu dans Israël, depuis la captivité en Babylone. « Quoi ! dit-il, chienne de galiléenne, ce n'est pas assez de monsieur l'inquisiteur ? Il faut que ce coquin partage aussi avec moi ? » En disant cela il tire un long poignard dont il était toujours pourvu, et, ne croyant pas que son adverse partie eût des armes, il se jette sur Candide ; mais notre bon Vestphalien avait reçu une belle épée de la vieille avec l'habit complet. Il tire son épée, quoiqu'il eût les mœurs fort douces, et vous étend l'israélite roide mort sur le carreau, aux pieds de la belle Cunégonde.

« Sainte Vierge ! s'écria-t-elle, qu'allons-nous devenir ? Un homme tué chez moi ! si la justice vient, nous sommes perdus. — Si Pangloss n'avait pas été pendu, dit Candide, il nous donnerait un bon conseil dans cette extrémité, car c'était un grand philosophe. A son défaut, consultons la vieille. » Elle était fort prudente, et commençait à dire son avis quand une autre petite porte s'ouvrit. Il était une heure après minuit, c'était le commencement du dimanche. Ce jour appartenait à monseigneur l'inquisiteur. Il entre et voit le fessé Candide, l'épée à la main, un mort étendu par terre, Cunégonde effarée, et la vieille donnant des conseils.

Voici dans ce moment ce qui se passa dans l'âme de

Candide, et comment il raisonna : « Si ce saint homme appelle du secours, il me fera infailliblement brûler, il pourra en faire autant de Cunégonde ; il m'a fait fouetter impitoyablement ; il est mon rival ; je suis en train de tuer ; il n'y a pas à balancer. » Ce raisonnement fut net et rapide ; et, sans donner le temps à l'inquisiteur de revenir de sa surprise, il le perce d'outre en outre, et le jette à côté du juif. « En voici bien d'une autre, dit Cunégonde ; il n'y a plus de rémission ; nous sommes excommuniés, notre dernière heure est venue ! Comment avez-vous fait, vous qui êtes né si doux, pour tuer en deux minutes un juif et un prélat ? — Ma belle demoiselle, répondit·Candide, quand on est amoureux, jaloux, et fouetté par l'Inquisition, on ne se connaît plus. »

La vieille prit alors la parole, et dit : « Il y a trois chevaux andalous dans l'écurie, avec leurs selles et leurs brides : que le brave Candide les prépare ; madame a des moyadors et des diamants, montons vite à cheval, quoique je ne puisse me tenir que sur une fesse, et allons à Cadix ; il fait le plus beau temps du monde, et c'est un grand plaisir de voyager pendant la fraîcheur de la nuit. »

Aussitôt Candide selle les trois chevaux. Cunégonde, la vieille, et lui, font trente milles d'une traite. Pendant qu'ils s'éloignaient, la Ste Hermandad arrive dans la maison, on enterre monseigneur dans une belle église et on jette Issachar à la voirie.

Candide, Cunégonde, et la vieille, étaient déjà dans la petite ville d'Avacéna, au milieu des montagnes de la Sierra-Morena ; et ils parlaient ainsi dans un cabaret.

CHAPITRE DIXIÈME

DANS QUELLE DÉTRESSE
CANDIDE, CUNÉGONDE ET LA VIEILLE
ARRIVENT À CADIX, ET DE LEUR EMBARQUEMENT

« Qui a donc pu me voler mes pistoles et mes diamants ? disait en pleurant Cunégonde ; de quoi vivrons-nous ? comment ferons-nous ? où trouver des inquisiteurs et des juifs qui m'en donnent d'autres ? — Hélas ! dit la vieille, je soupçonne fort un révérend père cordelier qui coucha hier dans la même auberge que nous à Badajos ; Dieu me garde de faire un jugement téméraire ! mais il entra deux fois dans notre chambre, et il partit longtemps avant nous. — Hélas ! dit Candide, le bon Pangloss m'avait souvent prouvé que les biens de la terre sont communs à tous les hommes, que chacun y a un droit égal. Ce cordelier devait bien, suivant ces principes, nous laisser de quoi achever notre voyage. Il ne vous reste donc rien du tout, ma belle Cunégonde ? — Pas un maravédis, dit-elle. — Quel parti prendre ? dit Candide. — Vendons un des chevaux, dit la vieille ; je monterai en croupe derrière mademoiselle, quoique je ne puisse me tenir que sur une fesse, et nous arriverons à Cadix. »

Il y avait dans la même hôtellerie un prieur de bénédictins ; il acheta le cheval bon marché. Candide, Cunégonde, et la vieille passèrent par Lucena, par Chillas, par Lebrixa, et arrivèrent enfin à Cadix. On y équipait une flotte, et on y assemblait des troupes pour mettre à

la raison les révérends pères jésuites du Paraguai, qu'on accusait d'avoir fait révolter une de leurs hordes contre les rois d'Espagne et de Portugal, auprès de la ville du St. Sacrement. Candide, ayant servi chez les Bulgares, fit l'exercice bulgarien devant le général de la petite armée avec tant de grâce, de célérité, d'adresse, de fierté, d'agilité, qu'on lui donna une compagnie d'infanterie à commander. Le voilà capitaine ; il s'embarque avec mademoiselle Cunégonde, la vieille, deux valets, et les deux chevaux andalous qui avaient appartenu à monsieur le grand inquisiteur de Portugal.

Pendant toute la traversée ils raisonnèrent beaucoup sur la philosophie du pauvre Pangloss. « Nous allons dans un autre univers, disait Candide ; c'est dans celui-là, sans doute, que tout est bien. Car il faut avouer qu'on pourrait gémir un peu de ce qui se passe dans le nôtre en physique et en morale. — Je vous aime de tout mon cœur, disait Cunégonde ; mais j'ai encore l'âme tout effarouchée de ce que j'ai vu, de ce que j'ai éprouvé. — Tout ira bien, répliquait Candide ; la mer de ce nouveau monde vaut déjà mieux que les mers de notre Europe ; elle est plus calme, les vents plus constants. C'est certainement le nouveau monde qui est le meilleur des univers possibles. — Dieu le veuille ! disait Cunégonde ; mais j'ai été si horriblement malheureuse dans le mien que mon cœur est presque fermé à l'espérance. — Vous vous plaignez, leur dit la vieille ; hélas ! vous n'avez pas éprouvé des infortunes telles que les miennes. » Cunégonde se mit presque à rire, et trouva cette bonne femme fort plaisante de prétendre être plus malheureuse qu'elle. « Hélas ! lui dit-elle, ma bonne, à moins que vous n'ayez été violée par deux Bulgares, que vous n'ayez reçu deux coups de couteau dans le ventre, qu'on n'ait démoli deux de vos châteaux, qu'on n'ait égorgé à vos yeux deux mères et deux pères, et que vous n'ayez vu deux de vos amants fouettés dans

un auto-da-fé, je ne vois pas que vous puissiez l'emporter sur moi ; ajoutez que je suis née baronne avec soixante et douze quartiers, et que j'ai été cuisinière. — Mademoiselle, répondit la vieille, vous ne savez pas quelle est ma naissance ; et si je vous montrais mon derrière, vous ne parleriez pas comme vous faites, et vous suspendriez votre jugement. » Ce discours fit naître une extrême curiosité dans l'esprit de Cunégonde et de Candide. La vieille leur parla en ces termes.

CHAPITRE ONZIÈME

HISTOIRE DE LA VIEILLE

« Je n'ai pas eu toujours les yeux éraillés et bordés d'écarlate ; mon nez n'a pas toujours touché à mon menton, et je n'ai pas toujours été servante. Je suis la fille du pape Urbain X et de la princesse de Palestrine[a]. On m'éleva jusqu'à quatorze ans dans un palais auquel tous les châteaux de vos barons allemands n'auraient pas servi d'écurie ; et une de mes robes valait mieux que toutes les magnificences de la Vestphalie. Je croissais en beauté, en grâces, en talents, au milieu des plaisirs, des respects, et des espérances. J'inspirais déjà de l'amour ; ma gorge se formait ; et quelle gorge ! blanche, ferme, taillée comme celle de la Vénus de Médicis ; et quels yeux ! quelles paupières ! quels sourcils noirs ! quelles flammes brillaient dans mes deux prunelles, et effaçaient la scintillation des étoiles, comme me disaient les poètes du quartier. Les femmes qui m'habillaient et qui me déshabillaient tombaient en extase en me regardant par-devant et par-derrière ; et tous les hommes auraient voulu être à leur place.

« Je fus fiancée à un prince souverain de Massa-Carrara. Quel prince ! aussi beau que moi, pétri de

a. Voyez l'extrême discrétion de l'auteur ; il n'y eut jusqu'à présent aucun pape nommé Urbain X ; il craint de donner une bâtarde à un pape connu. Quelle circonspection ! quelle délicatesse de conscience !

douceur et d'agréments, brillant d'esprit et brûlant d'amour. Je l'aimais comme on aime pour la première fois, avec idolâtrie, avec emportement. Les noces furent préparées. C'était une pompe, une magnificence inouïe ; c'étaient des fêtes, des carrousels, des opéra-buffa continuels ; et toute l'Italie fit pour moi des sonnets dont il n'y eut pas un seul de passable. Je touchais au moment de mon bonheur, quand une vieille marquise qui avait été maîtresse de mon prince l'invita à prendre du chocolat chez elle. Il mourut en moins de deux heures avec des convulsions épouvantables. Mais ce n'est qu'une bagatelle. Ma mère, au désespoir, et bien moins affligée que moi, voulut s'arracher pour quelque temps à un séjour si funeste. Elle avait une très belle terre auprès de Gaïete. Nous nous embarquâmes sur une galère du pays, dorée comme l'autel de St. Pierre de Rome. Voilà qu'un corsaire de Salé fond sur nous et nous aborde ; nos soldats se défendirent comme des soldats du pape : ils se mirent tous à genoux en jetant leurs armes, et en demandant au corsaire une absolution *in articulo mortis*.

« Aussitôt on les dépouilla nus comme des singes, et ma mère aussi, nos filles d'honneur aussi, et moi aussi. C'est une chose admirable que la diligence avec laquelle ces messieurs déshabillent le monde. Mais ce qui me surprit davantage, c'est qu'ils nous mirent à tous le doigt dans un endroit où nous autres femmes nous ne nous laissons mettre d'ordinaire que des canules. Cette cérémonie me paraissait bien étrange : voilà comme on juge de tout quand on n'est pas sorti de son pays. J'appris bientôt que c'était pour voir si nous n'avions pas caché là quelques diamants : c'est un usage établi de temps immémorial parmi les nations policées qui courent sur mer. J'ai su que messieurs les religieux chevaliers de Malte n'y manquent jamais quand ils prennent des Turcs et des Turques ; c'est une loi du droit des gens à laquelle on n'a jamais dérogé.

« Je ne vous dirai point combien il est dur pour une jeune princesse d'être menée esclave à Maroc avec sa mère. Vous concevez assez tout ce que nous eûmes à souffrir dans le vaisseau corsaire. Ma mère était encore très belle ; nos filles d'honneur, nos simples femmes de chambre, avaient plus de charmes qu'on n'en peut trouver dans toute l'Afrique. Pour moi, j'étais ravissante, j'étais la beauté, la grâce même, et j'étais pucelle. Je ne le fus pas longtemps : cette fleur, qui avait été réservée pour le beau prince de Massa-Carrara, me fut ravie par le capitaine corsaire ; c'était un nègre abominable, qui croyait encore me faire beaucoup d'honneur. Certes il fallait que madame la princesse de Palestrine et moi fussions bien fortes pour résister à tout ce que nous éprouvâmes jusqu'à notre arrivée à Maroc. Mais, passons ; ce sont des choses si communes qu'elles ne valent pas la peine qu'on en parle.

« Maroc nageait dans le sang quand nous arrivâmes. Cinquante fils de l'empereur Mulei-Ismaël avaient chacun leur parti : ce qui produisait en effet cinquante guerres civiles, de noirs contre noirs, de noirs contre basanés, de basanés contre basanés, de mulâtres contre mulâtres : c'était un carnage continuel dans toute l'étendue de l'empire.

« A peine fûmes-nous débarquées que des noirs d'une faction ennemie de celle de mon corsaire se présentèrent pour lui enlever son butin. Nous étions, après les diamants et l'or, ce qu'il avait de plus précieux. Je fus témoin d'un combat tel que vous n'en voyez jamais dans vos climats d'Europe. Les peuples septentrionaux n'ont pas le sang assez ardent. Ils n'ont pas la rage des femmes au point où elle est commune en Afrique. Il semble que vos Européens aient du lait dans les veines ; c'est du vitriol, c'est du feu qui coule dans celles des habitants du mont Atlas et des pays voisins. On combattit avec la fureur des lions, des tigres et des serpents de la contrée,

pour savoir à qui nous aurait. Un Maure saisit ma mère par le bras droit, le lieutenant de mon capitaine la retint par le bras gauche ; un soldat maure la prit par une jambe, un de nos pirates la tenait par l'autre. Nos filles se trouvèrent presque toutes en un moment tirées ainsi à quatre soldats. Mon capitaine me tenait cachée derrière lui. Il avait le cimeterre au poing, et tuait tout ce qui s'opposait à sa rage. Enfin je vis toutes nos Italiennes et ma mère déchirées, coupées, massacrées par les monstres qui se les disputaient. Les captifs, mes compagnons, ceux qui les avaient pris, soldats, matelots, noirs, basanés, blancs, mulâtres, et enfin mon capitaine, tout fut tué, et je demeurai mourante sur un tas de morts. Des scènes pareilles se passaient, comme on sait, dans l'étendue de plus de trois cents lieues, sans qu'on manquât aux cinq prières par jour ordonnées par Mahomet.

« Je me débarrassai avec beaucoup de peine de la foule de tant de cadavres sanglants entassés, et je me traînai sous un grand oranger au bord d'un ruisseau voisin ; j'y tombai d'effroi, de lassitude, d'horreur, de désespoir et de faim. Bientôt après, mes sens accablés se livrèrent à un sommeil qui tenait plus de l'évanouissement que du repos. J'étais dans cet état de faiblesse et d'insensibilité, entre la mort et la vie, quand je me sentis pressée de quelque chose qui s'agitait sur mon corps ; j'ouvris les yeux, je vis un homme blanc et de bonne mine qui soupirait, et qui disait entre ses dents : *O che sciagura d'essere senza c...!*

CHAPITRE DOUZIÈME

SUITE DES MALHEURS DE LA VIEILLE

« Étonnée et ravie d'entendre la langue de ma patrie, et non moins surprise des paroles que proférait cet homme, je lui répondis qu'il y avait de plus grands malheurs que celui dont il se plaignait. Je l'instruisis en peu de mots des horreurs que j'avais essuyées, et je retombai en faiblesse. Il m'emporta dans une maison voisine, me fit mettre au lit, me fit donner à manger, me servit, me consola, me flatta, me dit qu'il n'avait rien vu de si beau que moi, et que jamais il n'avait tant regretté ce que personne ne pouvait lui rendre. « Je suis né à Naples, me dit-il ; on y chaponne deux ou trois mille enfants tous les ans ; les uns en meurent, les autres acquièrent une voix plus belle que celle des femmes, les autres vont gouverner des États. On me fit cette opération avec un très grand succès, et j'ai été musicien de la chapelle de madame la princesse de Palestrine. — De ma mère ! m'écriai-je. — De votre mère ! s'écria-t-il en pleurant ; quoi ! vous seriez cette jeune princesse que j'ai élevée jusqu'à l'âge de six ans, et qui promettait déjà d'être aussi belle que vous êtes ? — C'est moi-même ; ma mère est à quatre cents pas d'ici, coupée en quartiers sous un tas de morts... »

« Je lui contai tout ce qui m'était arrivé ; il me conta aussi ses aventures, et m'apprit comment il avait été

envoyé chez le roi de Maroc par une puissance chrétienne, pour conclure avec ce monarque un traité par lequel on lui fournirait de la poudre, des canons, et des vaisseaux, pour l'aider à exterminer le commerce des autres chrétiens. « Ma mission est faite, dit cet honnête eunuque ; je vais m'embarquer à Ceuta, et je vous ramènerai en Italie. *Ma che sciagura d'essere senza c... !* »

« Je le remerciai avec des larmes d'attendrissement ; et au lieu de me mener en Italie, il me conduisit à Alger, et me vendit au dey de cette province. A peine fus-je vendue que cette peste qui a fait le tour de l'Afrique, de l'Asie et de l'Europe, se déclara dans Alger avec fureur. Vous avez vu des tremblements de terre ; mais, mademoiselle, avez-vous jamais eu la peste ? — Jamais, répondit la baronne.

— Si vous l'aviez eue, reprit la vieille, vous avoueriez qu'elle est bien au-dessus d'un tremblement de terre. Elle est fort commune en Afrique ; j'en fus attaquée. Figurez-vous quelle situation pour la fille d'un pape, âgée de quinze ans, qui en trois mois de temps avait éprouvé la pauvreté, l'esclavage, avait été violée presque tous les jours, avait vu couper sa mère en quatre, avait essuyé la faim et la guerre, et mourait pestiférée dans Alger. Je n'en mourus pourtant pas ; mais mon eunuque et le dey, et presque tout le sérail d'Alger périrent.

« Quand les premiers ravages de cette épouvantable peste furent passés, on vendit les esclaves du dey. Un marchand m'acheta, et me mena à Tunis ; il me vendit à un autre marchand, qui me revendit à Tripoli ; de Tripoli je fus revendue à Alexandrie, d'Alexandrie revendue à Smyrne, de Smyrne à Constantinople. J'appartins enfin à un aga des janissaires, qui fut bientôt commandé pour aller défendre Azof contre les Russes, qui l'assiégeaient.

« L'aga, qui était un très galant homme, mena avec lui

tout son sérail, et nous logea dans un petit fort sur les Palus-Méotides, gardé par deux eunuques noirs et vingt soldats. On tua prodigieusement de Russes, mais ils nous le rendirent bien. Azof fut mis à feu et à sang, et on ne pardonna ni au sexe, ni à l'âge ; il ne resta que notre petit fort ; les ennemis voulurent nous prendre par famine. Les vingt janissaires avaient juré de ne se jamais rendre. Les extrémités de la faim où ils furent réduits les contraignirent à manger nos deux ennuques, de peur de violer leur serment. Au bout de quelques jours ils résolurent de manger les femmes.

« Nous avions un iman très pieux et très compatissant, qui leur fit un beau sermon par lequel il leur persuada de ne nous pas tuer tout à fait. « Coupez, dit-il, seulement une fesse à chacune de ces dames, vous ferez très bonne chère ; s'il faut y revenir, vous en aurez encore autant dans quelques jours ; le ciel vous saura gré d'une action si charitable, et vous serez secourus. »

« Il avait beaucoup d'éloquence ; il les persuada. On nous fit cette horrible opération. L'iman nous appliqua le même baume qu'on met aux enfants qu'on vient de circoncire. Nous étions toutes à la mort.

« A peine les janissaires eurent-ils fait le repas que nous leur avions fourni, que les Russes arrivent sur des bateaux plats : il ne réchappa pas un janissaire. Les Russes ne firent aucune attention à l'état où nous étions. Il y a partout des chirurgiens français ; un d'eux, qui était fort adroit, prit soin de nous ; il nous guérit, et je me souviendrai toute ma vie que, quand mes plaies furent bien fermées, il me fit des propositions. Au reste, il nous dit à toutes de nous consoler ; il nous assura que dans plusieurs sièges pareille chose était arrivée, et que c'était la loi de la guerre.

« Dès que mes compagnes purent marcher, on les fit aller à Moscou. J'échus en partage à un boïard qui me fit sa jardinière, et qui me donnait vingt coups de fouet par

jour ; mais ce seigneur ayant été roué au bout de deux ans avec une trentaine de boïards pour quelque tracasserie de cour, je profitai de cette aventure : je m'enfuis ; je traversai toute la Russie ; je fus longtemps servante de cabaret à Riga, puis à Rostock, à Vismar, à Leipsick, à Cassel, à Utrecht, à Leyde, à La Haye, à Rotterdam ; j'ai vieilli dans la misère et dans l'opprobre, n'ayant que la moitié d'un derrière, me souvenant toujours que j'étais fille d'un pape ; je voulus cent fois me tuer, mais j'aimais encore la vie. Cette faiblesse ridicule est peut-être un de nos penchants les plus funestes : car y a-t-il rien de plus sot que de vouloir porter continuellement un fardeau qu'on veut toujours jeter par terre ? d'avoir son être en horreur, et de tenir à son être ? Enfin de caresser le serpent qui nous dévore, jusqu'à ce qu'il nous ait mangé le cœur ?

« J'ai vu dans les pays que le sort m'a fait parcourir, et dans les cabarets où j'ai servi, un nombre prodigieux de personnes qui avaient leur existence en exécration ; mais je n'en ai vu que douze qui aient mis volontairement fin à leur misère : trois nègres, quatre Anglais, quatre Genevois, et un professeur Allemand nommé Robeck. J'ai fini par être servante chez le juif don Issachar ; il me mit auprès de vous, ma belle demoiselle ; je me suis attachée à votre destinée, et j'ai été plus occupée de vos aventures que des miennes. Je ne vous aurais même jamais parlé de mes malheurs si vous ne m'aviez pas un peu piquée, et s'il n'était d'usage, dans un vaisseau, de conter des histoires pour se désennuyer. Enfin, mademoiselle, j'ai de l'expérience, je connais le monde ; donnez-vous un plaisir, engagez chaque passager à vous conter son histoire, et s'il s'en trouve un seul qui n'ait souvent maudit sa vie, qui ne se soit souvent dit à lui-même qu'il était le plus malheureux des hommes, jetez-moi dans la mer la tête la première. »

CHAPITRE TREIZIÈME

COMMENT CANDIDE FUT OBLIGÉ DE SE SÉPARER DE LA BELLE CUNÉGONDE ET DE LA VIEILLE

La belle Cunégonde, ayant entendu l'histoire de la vieille, lui fit toutes les politesses qu'on devait à une personne de son rang et de son mérite. Elle accepta la proposition ; elle engagea tous les passagers, l'un après l'autre, à lui conter leurs aventures. Candide et elle avouèrent que la vieille avait raison. « C'est bien dommage, disait Candide, que le sage Pangloss ait été pendu contre la coutume dans un auto-da-fé ; il nous dirait des choses admirables sur le mal physique et sur le mal moral qui couvrent la terre et la mer, et je me sentirais assez de force pour oser lui faire respectueusement quelques objections. »

A mesure que chacun racontait son histoire, le vaisseau avançait. On aborda dans Buenos-Ayres. Cunégonde, le capitaine Candide et la vieille allèrent chez le gouverneur don Fernando d'Ibaraa, y Figueora, y Mascarenes, y Lampourdos, y Souza. Ce seigneur avait une fierté convenable à un homme qui portait tant de noms. Il parlait aux hommes avec le dédain le plus noble, portant le nez si haut, élevant si impitoyablement la voix, prenant un ton si imposant, affectant une démarche si altière, que tous ceux qui le saluaient étaient tentés de le battre. Il aimait les femmes à la fureur. Cunégonde lui parut ce qu'il avait jamais vu de

plus beau. La première chose qu'il fit fut de demander si elle n'était point la femme du capitaine. L'air dont il fit cette question alarma Candide : il n'osa pas dire qu'elle était sa femme, parce qu'en effet elle ne l'était point ; il n'osait pas dire que c'était sa sœur, parce qu'elle ne l'était pas non plus ; et quoique ce mensonge officieux eût été autrefois très à la mode chez les anciens, et qu'il pût être utile aux modernes, son âme était trop pure pour trahir la vérité. « Mademoiselle Cunégonde, dit-il, doit me faire l'honneur de m'épouser et nous supplions Votre Excellence de daigner faire notre noce. »

Don Fernando d'Ibaraa, y Figueora, y Mascarenes, y Lampourdos, y Souza, relevant sa moustache, sourit amèrement, et ordonna au capitaine Candide d'aller faire la revue de sa compagnie. Candide obéit ; le gouverneur demeura avec mademoiselle Cunégonde. Il lui déclara sa passion, lui protesta que le lendemain il l'épouserait à la face de l'Église, ou autrement, ainsi qu'il plairait à ses charmes. Cunégonde lui demanda un quart d'heure pour se recueillir, pour consulter la vieille, et pour se déterminer.

La vieille dit à Cunégonde : « Mademoiselle, vous avez soixante et douze quartiers et pas une obole ; il ne tient qu'à vous d'être la femme du plus grand seigneur de l'Amérique méridionale, qui a une très belle moustache ; est-ce à vous de vous piquer d'une fidélité à toute épreuve ? Vous avez été violée par les Bulgares ; un juif et un inquisiteur ont eu vos bonnes grâces : les malheurs donnent des droits. J'avoue que, si j'étais à votre place, je ne ferais aucun scrupule d'épouser monsieur le gouverneur, et de faire la fortune de monsieur le capitaine Candide. » Tandis que la vieille parlait avec toute la prudence que l'âge et l'expérience donnent, on vit entrer dans le port un petit vaisseau ; il portait un alcade et des alguazils, et voici ce qui était arrivé.

La vieille avait très bien deviné que ce fut un cordelier

à la grande manche qui vola l'argent et les bijoux de
Cunégonde dans la ville de Badajos, lorsqu'elle fuyait en
hâte avec Candide. Ce moine voulut vendre quelques-
unes des pierreries à un joaillier. Le marchand les
reconnut pour celles du grand inquisiteur. Le cordelier,
avant d'être pendu, avoua qu'il les avait volées : il
indiqua les personnes, et la route qu'elles prenaient. La
fuite de Cunégonde et de Candide était déjà connue. On
les suivit à Cadix : on envoya sans perdre de temps, un
vaisseau à leur poursuite. Le vaisseau était déjà dans le
port de Buenos-Ayres. Le bruit se répandit qu'un alcade
allait débarquer, et qu'on poursuivait les meurtriers de
monseigneur le grand inquisiteur. La prudente vieille vit
dans l'instant tout ce qui était à faire. « Vous ne pouvez
fuir, dit-elle à Cunégonde, et vous n'avez rien à
craindre : ce n'est pas vous qui avez tué monseigneur, et
d'ailleurs le gouverneur, qui vous aime, ne souffrira pas
qu'on vous maltraite ; demeurez. » Elle court sur-le-
champ à Candide : « Fuyez, dit-elle, ou dans une heure
vous allez être brûlé. » Il n'y avait pas un moment à
perdre ; mais comment se séparer de Cunégonde, et où
se réfugier ?

CHAPITRE QUATORZIÈME

COMMENT CANDIDE ET CACAMBO
FURENT REÇUS CHEZ LES JÉSUITES DU PARAGUAI

Candide avait amené de Cadix un valet tel qu'on en trouve beaucoup sur les côtes d'Espagne et dans les colonies. C'était un quart d'Espagnol, né d'un métis dans le Tucuman ; il avait été enfant de chœur, sacristain, matelot, moine, facteur, soldat, laquais. Il s'appelait Cacambo, et aimait fort son maître, parce que son maître était un fort bon homme. Il sella au plus vite les deux chevaux andalous. « Allons, mon maître, suivons le conseil de la vieille ; partons, et courons sans regarder derrière nous. » Candide versa des larmes : « O ma chère Cunégonde ! faut-il vous abandonner dans le temps que monsieur le gouverneur va faire nos noces ! Cunégonde amenée de si loin, que deviendrez-vous ? — Elle deviendra ce qu'elle pourra, dit Cacambo ; les femmes ne sont jamais embarrassées d'elles ; Dieu y pourvoit ; courons. — Où me mènes-tu ? où allons-nous ? que ferons-nous sans Cunégonde ? disait Candide. — Par St. Jacques de Compostelle, dit Cacambo, vous alliez faire la guerre aux jésuites ; allons la faire pour eux : je sais assez les chemins, je vous mènerai dans leur royaume, ils seront charmés d'avoir un capitaine qui fasse l'exercice à la bulgare ; vous ferez une fortune prodigieuse : quand on n'a pas son compte dans un monde, on le trouve dans un autre. C'est un très grand plaisir de voir et de faire des choses nouvelles.

— Tu as donc été déjà dans le Paraguai ? dit Candide.
— Eh vraiment oui ! dit Cacambo ; j'ai été cuistre dans le
collège de l'Assomption, et je connais le gouvernement
de Los Padres comme je connais les rues de Cadix. C'est
une chose admirable que ce gouvernement. Le royaume
a déjà plus de trois cents lieues de diamètre ; il est divisé
en trente provinces. Los Padres y ont tout, et les peuples
rien ; c'est le chef-d'œuvre de la raison et de la justice.
Pour moi, je ne vois rien de si divin que Los Padres, qui
font ici la guerre au roi d'Espagne et au roi de Portugal,
et qui en Europe confessent ces rois ; qui tuent ici des
Espagnols, et qui à Madrid les envoient au ciel : cela me
ravit ; avançons : vous allez être le plus heureux de tous
les hommes. Quel plaisir auront Los Padres quand ils
sauront qu'il leur vient un capitaine qui sait l'exercice
bulgare ! »

Dès qu'ils furent arrivés à la première barrière,
Cacambo dit à la garde avancée qu'un capitaine deman-
dait à parler à monseigneur le commandant. On alla
avertir la grande garde. Un officier paraguain courut aux
pieds du commandant lui donner part de la nouvelle.
Candide et Cacambo furent d'abord désarmés ; on se
saisit de leurs deux chevaux andalous. Les deux étran-
gers sont introduits au milieu de deux files de soldats ; le
commandant était au bout, le bonnet à trois cornes en
tête, la robe retroussée, l'épée au côté, l'esponton à la
main. Il fit un signe ; aussitôt vingt-quatre soldats
entourent les deux nouveaux venus. Un sergent leur dit
qu'il faut attendre, que le commandant ne peut leur
parler, que le révérend père provincial ne permet pas
qu'aucun Espagnol ouvre la bouche qu'en sa présence,
et demeure plus de trois heures dans le pays.

« Et où est le révérend père provincial ? dit Cacambo.
— Il est à la parade après avoir dit sa messe, répondit le
sergent, et vous ne pourrez baiser ses éperons que dans
trois heures. — Mais, dit Cacambo, monsieur le capi-

taine, qui meurt de faim comme moi, n'est point Espagnol, il est Allemand ; ne pourrions-nous point déjeuner en attendant Sa Révérence ? »

Le sergent alla sur-le-champ rendre compte de ce discours au commandant. « Dieu soit béni ! dit ce seigneur, puisqu'il est Allemand, je peux lui parler ; qu'on le mène dans ma feuillée. » Aussitôt on conduit Candide dans un cabinet de verdure, orné d'une très jolie colonnade de marbre vert et or, et de treillages qui renfermaient des perroquets, des colibris, des oiseaux-mouches, des pintades, et tous les oiseaux les plus rares. Un excellent déjeuner était préparé dans des vases d'or ; et tandis que les Paraguains mangèrent du maïs dans des écuelles de bois, en plein champ, à l'ardeur du soleil, le révérend père commandant entra dans la feuillée.

C'était un très beau jeune homme, le visage plein, assez blanc, haut en couleur, le sourcil relevé, l'œil vif, l'oreille rouge, les lèvres vermeilles, l'air fier, mais d'une fierté qui n'était ni celle d'un Espagnol ni celle d'un jésuite. On rendit à Candide et à Cacambo leurs armes, qu'on leur avait saisies, ainsi que les deux chevaux andalous ; Cacambo leur fit manger l'avoine auprès de la feuillée, ayant toujours l'œil sur eux, crainte de surprise.

Candide baisa d'abord le bas de la robe du commandant, ensuite ils se mirent à table. « Vous êtes donc Allemand ? lui dit le jésuite en cette langue. — Oui, mon révérend père », dit Candide. L'un et l'autre, en prononçant ces paroles, se regardaient avec une extrême surprise, et une émotion dont ils n'étaient pas les maîtres. « Et de quel pays d'Allemagne êtes-vous ? dit le jésuite. — De la sale province de Vestphalie, dit Candide ; je suis né dans le château de Thunder-ten-tronckh. — O ciel ! est-il possible ! s'écria le commandant. — Quel miracle ! s'écria Candide. — Serait-ce vous ? dit le commandant. — Cela n'est pas possible », dit Candide. Ils se laissent tomber tous deux à la renverse, ils

s'embrassent, ils versent des ruisseaux de larmes. « Quoi ! serait-ce vous, mon révérend père ? vous, le frère de la belle Cunégonde ! vous, qui fûtes tué par les Bulgares ! vous, le fils de monsieur le baron ! vous, jésuite au Paraguai ! Il faut avouer que ce monde est une étrange chose. O Pangloss ! Pangloss ! que vous seriez aise si vous n'aviez pas été pendu ! »

Le commandant fit retirer les esclaves nègres et les Paraguains qui servaient à boire dans des gobelets de cristal de roche. Il remercia Dieu et St. Ignace mille fois ; il serrait Candide entre ses bras, leurs visages étaient baignés de pleurs. « Vous seriez bien plus étonné, plus attendri, plus hors de vous-même, dit Candide, si je vous disais que mademoiselle Cunégonde, votre sœur, que vous avez crue éventrée, est pleine de santé. — Où ? — Dans votre voisinage, chez monsieur le gouverneur de Buenos-Ayres ; et je venais pour vous faire la guerre. » Chaque mot qu'ils prononcèrent dans cette longue conversation accumulait prodige sur prodige. Leur âme tout entière volait sur leur langue, était attentive dans leurs oreilles, et étincelante dans leurs yeux. Comme ils étaient Allemands, ils tinrent table longtemps, en attendant le révérend père provincial ; et le commandant parla ainsi à son cher Candide.

CHAPITRE QUINZIÈME

COMMENT CANDIDE TUA LA FRÈRE
DE SA CHÈRE CUNÉGONDE

« J'aurai toute ma vie présent à la mémoire le jour horrible où je vis tuer mon père et ma mère, et violer ma sœur. Quand les Bulgares furent retirés, on ne trouva point cette sœur adorable, et on mit dans une charrette ma mère, mon père, et moi, deux servantes et trois petits garçons égorgés, pour nous aller enterrer dans une chapelle de jésuites, à deux lieues du château de mes pères. Un jésuite nous jeta de l'eau bénite ; elle était horriblement salée ; il en entra quelques gouttes dans mes yeux : le père s'aperçut que ma paupière faisait un petit mouvement : il mit la main sur mon cœur, et le sentit palpiter ; je fus secouru, et au bout de trois semaines il n'y paraissait pas. Vous savez, mon cher Candide, que j'étais fort joli ; je le devins encore davantage ; aussi le révérend père Groust, supérieur de la maison, prit pour moi la plus tendre amitié : il me donna l'habit de novice ; quelque temps après je fus envoyé à Rome. Le père général avait besoin d'une recrue de jeunes jésuites allemands. Les souverains du Paraguai reçoivent le moins qu'ils peuvent de jésuites espagnols ; ils aiment mieux les étrangers, dont ils se croient plus maîtres. Je fus jugé propre par le révérend père général pour aller travailler dans cette vigne. Nous partîmes, un Polonais, un Tyrolien, et moi. Je fus honoré, en arri-

vant, du sous diaconat et d'une lieutenance ; je suis aujourd'hui colonel et prêtre. Nous recevons vigoureusement les troupes du roi d'Espagne ; je vous réponds qu'elles seront excommuniées et battues. La Providence vous envoie ici pour nous seconder. Mais est-il bien vrai que ma chère sœur Cunégonde soit dans le voisinage, chez le gouverneur de Buenos-Ayres ? »

Candide l'assura par serment que rien n'était plus vrai. Leurs larmes recommencèrent à couler.

Le baron ne pouvait se lasser d'embrasser Candide ; il l'appelait son frère, son sauveur. « Ah ! peut-être, lui dit-il, nous pourrons ensemble, mon cher Candide, entrer en vainqueurs dans la ville, et reprendre ma sœur Cunégonde. — C'est tout ce que je souhaite, dit Candide ; car je comptais l'épouser, et je l'espère encore. — Vous, insolent ! répondit le baron, vous auriez l'impudence d'épouser ma sœur, qui a soixante et douze quartiers ! Je vous trouve bien effronté d'oser me parler d'un dessein si téméraire ! » Candide, pétrifié d'un tel discours, lui répondit : « Mon révérend père, tous les quartiers du monde n'y font rien ; j'ai tiré votre sœur des bras d'un juif et d'un inquisiteur ; elle m'a assez d'obligations, elle veut m'épouser. Maître Pangloss m'a toujours dit que les hommes sont égaux ; et assurément je l'épouserai. — C'est ce que nous verrons, coquin ! » dit le jésuite baron de Thunder-ten-tronckh ; et en même temps il lui donna un grand coup du plat de son épée sur le visage. Candide dans l'instant tire la sienne, et l'enfonce jusqu'à la garde dans le ventre du baron jésuite ; mais en la retirant toute fumante, il se mit à pleurer : « Hélas ! mon Dieu, dit-il, j'ai tué mon ancien maître, mon ami, mon beau-frère ; je suis le meilleur homme du monde, et voilà déjà trois hommes que je tue ; et dans ces trois il y a deux prêtres. »

Cacambo, qui faisait sentinelle à la porte de la feuillée, accourut. « Il ne nous reste qu'à vendre cher notre

vie, lui dit son maître ; on va, sans doute, entrer dans la feuillée ; il faut mourir les armes à la main. » Cacambo, qui en avait bien vu d'autres, ne perdit point la tête ; il prit la robe de jésuite que portait le baron, la mit sur le corps de Candide, lui donna le bonnet carré du mort, et le fit monter à cheval. Tout cela se fit en un clin d'œil. « Galopons, mon maître ; tout le monde vous prendra pour un jésuite qui va donner des ordres ; et nous aurons passé les frontières avant qu'on puisse courir après nous. » Il volait déjà en prononçant ces paroles, et en criant en espagnol : « Place, place pour le révérend père colonel ! »

CHAPITRE SEIZIÈME

CE QUI ADVIENT AUX DEUX VOYAGEURS
AVEC DEUX FILLES, DEUX SINGES,
ET LES SAUVAGES NOMMÉS OREILLONS

Candide et son valet furent au-delà des barrières, et personne ne savait encore dans le camp la mort du jésuite allemand. Le vigilant Cacambo avait eu soin de remplir sa valise de pain, de chocolat, de jambon, de fruits et de quelques mesures de vin. Ils s'enfoncèrent avec leurs chevaux andalous dans un pays inconnu où ils ne découvrirent aucune route. Enfin une belle prairie entrecoupée de ruisseaux se présenta devant eux. Nos deux voyageurs font repaître leurs montures. Cacambo propose à son maître de manger, et lui en donne l'exemple. « Comment veux-tu, disait Candide, que je mange du jambon, quand j'ai tué le fils de monsieur le baron, et que je me vois condamné à ne revoir la belle Cunégonde de ma vie ? A quoi me servira de prolonger mes misérables jours, puisque je dois les traîner loin d'elle dans les remords et dans le désespoir ? Et que dira le Journal de Trévoux ? »

En parlant ainsi, il ne laissa pas de manger. Le soleil se couchait. Les deux égarés entendirent quelques petits cris qui paraissaient poussés par des femmes. Ils ne savaient si ces cris étaient de douleur ou de joie ; mais ils se levèrent précipitamment avec cette inquiétude et cette alarme que tout inspire dans un pays inconnu. Ces clameurs partaient de deux filles toutes nues qui cou-

raient légèrement au bord de la prairie, tandis que deux singes les suivaient en leur mordant les fesses. Candide fut touché de pitié ; il avait appris à tirer chez les Bulgares, et il aurait abattu une noisette dans un buisson sans toucher aux feuilles. Il prend son fusil espagnol à deux coups, tire, et tue les deux singes. « Dieu soit loué, mon cher Cacambo ! j'ai délivré d'un grand péril ces deux pauvres créatures : si j'ai commis un péché en tuant un inquisiteur et un jésuite, je l'ai bien réparé en sauvant la vie à deux filles. Ce sont peut-être deux demoiselles de condition, et cette aventure nous peut procurer de très grands avantages dans le pays. »

Il allait continuer, mais sa langue devint percluse quand il vit ces deux filles embrasser tendrement les deux singes, fondre en larmes sur leurs corps, et remplir l'air des cris les plus douloureux. « Je ne m'attendais pas à tant de bonté d'âme », dit-il enfin à Cacambo ; lequel lui répliqua : « Vous avez fait là un beau chef-d'œuvre, mon maître ; vous avez tué les deux amants de ces demoiselles. — Leurs amants ! serait-il possible ? Vous vous moquez de moi, Cacambo ; le moyen de vous croire ? — Mon cher maître, repartit Cacambo, vous êtes toujours étonné de tout ; pourquoi trouvez-vous si étrange que dans quelques pays il y ait des singes qui obtiennent les bonnes grâces des dames ? Ils sont des quarts d'homme, comme je suis un quart d'Espagnol. — Hélas ! reprit Candide, je me souviens d'avoir entendu dire à maître Pangloss qu'autrefois pareils accidents étaient arrivés, et que ces mélanges avaient produit des égypans, des faunes, des satyres ; que plusieurs grands personnages de l'antiquité en avaient vu ; mais je prenais cela pour des fables. — Vous devez être convaincu à présent, dit Cacambo, que c'est une vérité, et vous voyez comment en usent les personnes qui n'ont pas reçu une certaine éducation ; tout ce que je crains, c'est que ces dames ne nous fassent quelque méchante affaire. »

Ces réflexions solides engagèrent Candide à quitter la prairie, et à s'enfoncer dans un bois. Il y soupa avec Cacambo ; et tous deux, après avoir maudit l'inquisiteur de Portugal, le gouverneur de Buenos-Ayres, et le baron, s'endormirent sur de la mousse. A leur réveil, ils sentirent qu'ils ne pouvaient remuer ; la raison en était que pendant la nuit les Oreillons, habitants du pays, à qui les deux dames les avaient dénoncés, les avaient garrottés avec des cordes d'écorces d'arbre. Ils étaient entourés d'une cinquantaine d'Oreillons tout nus, armés de flèches, de massues, et de haches de caillou : les uns faisaient bouillir une grande chaudière ; les autres préparaient des broches, et tous criaient : « C'est un jésuite, c'est un jésuite ! nous serons vengés, et nous ferons bonne chère ; mangeons du jésuite, mangeons du jésuite ! »

« Je vous l'avais bien dit, mon cher maître, s'écria tristement Cacambo, que ces deux filles nous joueraient d'un mauvais tour. » Candide, apercevant la chaudière et les broches, s'écria : « Nous allons certainement être rôtis ou bouillis. Ah ! que dirait maître Pangloss, s'il voyait comme la pure nature est faite ? Tout est bien ; soit, mais j'avoue qu'il est bien cruel d'avoir perdu mademoiselle Cunégonde et d'être mis à la broche par des Oreillons. »

Cacambo ne perdait jamais la tête. « Ne désespérez de rien, dit-il au désolé Candide ; j'entends un peu le jargon de ces peuples, je vais leur parler. — Ne manquez pas, dit Candide, de leur représenter quelle est l'inhumanité affreuse de faire cuire des hommes, et combien cela est peu chrétien. »

« Messieurs, dit Cacambo, vous comptez donc manger aujourd'hui un jésuite ? C'est très bien fait ; rien n'est plus juste que de traiter ainsi ses ennemis. En effet le droit naturel nous enseigne à tuer notre prochain, et c'est ainsi qu'on en agit dans toute la terre. Si nous

n'usons pas du droit de le manger, c'est que nous avons d'ailleurs de quoi faire bonne chère ; mais vous n'avez pas les mêmes ressources que nous : certainement il vaut mieux manger ses ennemis que d'abandonner aux corbeaux et aux corneilles le fruit de sa victoire. Mais, messieurs, vous ne voudriez pas manger vos amis. Vous croyez aller mettre un jésuite en broche, et c'est votre défenseur, c'est l'ennemi de vos ennemis que vous allez rôtir. Pour moi, je suis né dans votre pays ; monsieur que vous voyez est mon maître, et bien loin d'être jésuite, il vient de tuer un jésuite, il en porte les dépouilles ; voilà le sujet de votre méprise. Pour vérifier ce que je vous dis, prenez sa robe, portez-la à la première barrière du royaume de Los Padres ; informez-vous si mon maître n'a pas tué un officier jésuite. Il vous faudra peu de temps ; vous pourrez toujours nous manger, si vous trouvez que je vous ai menti. Mais, si je vous ai dit la vérité, vous connaissez trop les principes du droit public, les mœurs et les lois, pour ne nous pas faire grâce. »

Les Oreillons trouvèrent ce discours très raisonnable ; ils députèrent deux notables pour aller en diligence s'informer de la vérité ; les deux députés s'acquittèrent de leur commission en gens d'esprit, et revinrent bientôt apporter de bonnes nouvelles. Les Oreillons délièrent leurs deux prisonniers, leur firent toutes sortes de civilités, leur offrirent des filles, leur donnèrent des rafraîchissements, et les reconduisirent jusqu'aux confins de leurs États, en criant avec allégresse : « Il n'est point jésuite, il n'est point jésuite ! »

Candide ne se lassait point d'admirer le sujet de sa délivrance. « Quel peuple ! disait-il, quels hommes ! quelles mœurs ! si je n'avais pas eu le bonheur de donner un grand coup d'épée au travers du corps du frère de mademoiselle Cunégonde, j'étais mangé sans rémission. Mais, après tout, la pure nature est bonne, puisque ces gens-ci, au lieu de me manger, m'ont fait mille honnêtetés dès qu'ils ont su que je n'étais pas jésuite. »

CHAPITRE DIX-SEPTIÈME

ARRIVÉE DE CANDIDE ET DE SON VALET
AU PAYS D'ELDORADO, ET CE QU'ILS Y VIRENT

« Quand ils furent aux frontières des Oreillons : u
Vous voyez, dit Cacambo à Candide, que cet hémi-
sphère-ci ne vaut pas mieux que l'autre ; croyez-moi,
retournons en Europe par le plus court. — Comment y
retourner, dit Candide ; et où aller ? Si je vais dans mon
pays, les Bulgares et les Abares y égorgent tout ; si je
retourne en Portugal, j'y suis brûlé ; si nous restons dans
ce pays-ci, nous risquons à tout moment d'être mis en
broche. Mais comment se résoudre à quitter la partie du
monde que mademoiselle Cunégonde habite ?

— Tournons vers la Cayenne, dit Cacambo, nous y
trouverons des Français, qui vont par tout le monde ; ils
pourront nous aider. Dieu aura peut-être pitié de
nous. » »

Il n'était pas facile d'aller à la Cayenne ; ils savaient
bien à peu près de quel côté il fallait marcher ; mais des
montagnes, des fleuves, des précipices, des brigands,
des sauvages, étaient partout de terribles obstacles.
Leurs chevaux moururent de fatigue ; leurs provisions
furent consumées ; ils se nourrirent un mois entier de
fruits sauvages, et se trouvèrent enfin auprès d'une
petite rivière bordée de cocotiers, qui soutinrent leur vie
et leurs espérances.

Cacambo, qui donnait toujours d'aussi bons conseils

que la vieille, dit à Candide : « Nous n'en pouvons plus, nous avons assez marché ; j'aperçois un canot vide sur le rivage, emplissons-le de cocos, jetons-nous dans cette petite barque, laissons-nous aller au courant ; une rivière mène toujours à quelque endroit habité. Si nous ne trouvons pas des choses agréables, nous trouverons du moins des choses nouvelles. — Allons, dit Candide, recommandons-nous à la Providence. »

Ils voguèrent quelques lieues entre des bords tantôt fleuris, tantôt arides, tantôt unis, tantôt escarpés. La rivière s'élargissait toujours ; enfin elle se perdait sous une voûte de rochers épouvantables qui s'élevaient jusqu'au ciel. Les deux voyageurs eurent la hardiesse de s'abandonner aux flots sous cette voûte. Le fleuve, resserré en cet endroit, les porta avec une rapidité et un bruit horrible. Au bout de vingt-quatre heures ils revirent le jour ; mais leur canot se fracassa contre les écueils ; il fallut se traîner de rocher en rocher pendant une lieue entière ; enfin ils découvrirent un horizon immense, bordé de montagnes inaccessibles. Le pays était cultivé pour le plaisir comme pour le besoin ; partout l'utile était agréable. Les chemins étaient couverts ou plutôt ornés de voitures d'une forme et d'une matière brillante, portant des hommes et des femmes d'une beauté singulière, traînés rapidement par de gros moutons rouges qui surpassaient en vitesse les plus beaux chevaux d'Andalousie, de Tétuan et de Méquinez

« Voilà pourtant, dit Candide, un pays qui vaut mieux que la Vestphalie. » Il mit pied à terre avec Cacambo auprès du premier village qu'il rencontra. Quelques enfants du village, couverts de brocarts d'or tout déchirés, jouaient au palet à l'entrée du bourg ; nos deux hommes de l'autre monde s'amusèrent à les regarder : leurs palets étaient d'assez larges pièces rondes, jaunes, rouges, vertes, qui jetaient un éclat singulier. Il prit envie aux voyageurs d'en ramasser quelques-uns ; c'était

de l'or, c'était des émeraudes, des rubis, dont le moindre aurait été le plus grand ornement du trône du Mogol. « Sans doute, dit Cacambo, ces enfants sont les fils du roi du pays, qui jouent au petit palet. » Le magister du village parut dans ce moment pour les faire rentrer à l'école. « Voilà, dit Candide, le précepteur de la famille royale. »

Les petits gueux quittèrent aussitôt le jeu, en laissant à terre leurs palets, et tout ce qui avait servi à leurs divertissements. Candide les ramasse, court au précepteur, et les lui présente humblement, lui faisant entendre par signes que leurs altesses royales avaient oublié leur or et leurs pierreries. Le magister du village, en souriant, les jeta par terre, regarda un moment la figure de Candide avec beaucoup de surprise, et continua son chemin.

Les voyageurs ne manquèrent pas de ramasser l'or, les rubis, et les émeraudes. « Où sommes-nous ? s'écria Candide. Il faut que les enfants des rois de ce pays soient bien élevés, puisqu'on leur apprend à mépriser l'or et les pierreries. » Cacambo était aussi surpris que Candide. Ils approchèrent enfin de la première maison du village ; elle était bâtie comme un palais d'Europe. Une foule de monde s'empressait à la porte, et encore plus dans le logis ; une musique très agréable se faisait entendre, et une odeur délicieuse de cuisine se faisait sentir. Cacambo s'approcha de la porte, et entendit qu'on parlait péruvien ; c'était sa langue maternelle ; car tout le monde sait que Cacambo était né au Tucuman, dans un village où l'on ne connaissait que cette langue. « Je vous servirai d'interprète, dit-il à Candide ; entrons, c'est ici un cabaret. »

Aussitôt deux garçons et deux filles de l'hôtellerie, vêtus de drap d'or, et les cheveux renoués avec des rubans, les invitent à se mettre à la table de l'hôte. On servit quatre potages garnis chacun de deux perroquets,

un contour bouilli qui pesait deux cents livres, deux singes rôtis d'un goût excellent, trois cents colibris dans un plat, et six cents oiseaux-mouches dans un autre ; des ragoûts exquis, des pâtisseries délicieuses ; le tout dans des plats d'une espèce de cristal de roche. Les garçons et les filles de l'hôtellerie versaient plusieurs liqueurs faites de canne de sucre.

Les convives étaient pour la plupart des marchands et des voituriers, tous d'une politesse extrême, qui firent quelques questions à Cacambo avec la discrétion la plus circonspecte, et qui répondirent aux siennes d'une manière à le satisfaire.

Quand le repas fut fini, Cacambo crut, ainsi que Candide, bien payer son écot en jetant sur la table de l'hôte deux de ces larges pièces d'or qu'il avait ramassées ; l'hôte et l'hôtesse éclatèrent de rire, et se tinrent longtemps les côtés. Enfin ils se remirent. « Messieurs, dit l'hôte, nous voyons bien que vous êtes des étrangers ; nous ne sommes pas accoutumés à en voir. Pardonnez-nous si nous nous sommes mis à rire quand vous nous avez offert en payement les cailloux de nos grands chemins. Vous n'avez pas sans doute de la monnaie du pays, mais il n'est pas nécessaire d'en avoir pour dîner ici. Toutes les hôtelleries établies pour la commodité du commerce sont payées par le gouvernement. Vous avez fait mauvaise chère ici, parce que c'est un pauvre village ; mais partout ailleurs vous serez reçus comme vous méritez de l'être. » Cacambo expliquait à Candide tous les discours de l'hôte, et Candide les écoutait avec la même admiration et le même égarement que son ami Cacambo les rendait. « Quel est donc ce pays, disaient-ils l'un et l'autre, inconnu à tout le reste de la terre, et où toute la nature est d'une espèce si différente de la nôtre ? C'est probablement le pays où tout va bien : car il faut absolument qu'il y en ait un de cette espèce. Et, quoi qu'en dît maître Pangloss, je me suis souvent aperçu que tout allait mal en Vestphalie. »

CHAPITRE DIX-HUITIÈME

CE QU'ILS VIRENT DANS LE PAYS D'ELDORADO

Cacambo témoigna à son hôte toute sa curiosité ; l'hôte lui dit : « Je suis fort ignorant, et je m'en trouve bien ; mais nous avons ici un vieillard retiré de la cour qui est le plus savant homme du royaume, et le plus communicatif. » Aussitôt il mène Cacambo chez le vieillard. Candide ne jouait plus que le second personnage, et accompagnait son valet. Ils entrèrent dans une maison fort simple, car la porte n'était que d'argent, et les lambris des appartements n'étaient que d'or, mais travaillés avec tant de goût que les plus riches lambris ne l'effaçaient pas. L'antichambre n'était à la vérité incrustée que de rubis et d'émeraudes ; mais l'ordre dans lequel tout était arrangé réparait bien cette extrême simplicité.

Le vieillard reçut les deux étrangers sur un sofa matelassé de plumes de colibri, et leur fit présenter des liqueurs dans des vases de diamant ; après quoi il satisfit à leur curiosité en ces termes :

« Je suis âgé de cent soixante et douze ans, et j'ai appris de feu mon père, écuyer du roi, les étonnantes révolutions du Pérou dont il avait été témoin. Le royaume où nous sommes est l'ancienne patrie des Incas, qui en sortirent très imprudemment pour aller subjuguer une partie du monde et qui furent enfin

détruits par les Espagnols. Les princes de leur famille qui restèrent dans leur pays natal furent plus sages ; ils ordonnèrent, du consentement de la nation, qu'aucun habitant ne sortirait jamais de notre petit royaume ; et c'est ce qui nous a conservé notre innocence et notre félicité. Les Espagnols ont eu une connaissance confuse de ce pays, ils l'ont appelé *El Dorado ;* et un Anglais, nommé le chevalier Raleigh, en a même approché il y a environ cent années ; mais, comme nous sommes entourés de rochers inabordables et de précipices, nous avons toujours été jusqu'à présent à l'abri de la rapacité des nations de l'Europe, qui ont une fureur inconcevable pour les cailloux et pour la fange de notre terre, et qui, pour en avoir, nous tueraient tous jusqu'au dernier. »

La conversation fut longue ; elle roula sur la forme du gouvernement, sur les mœurs, sur les femmes, sur les spectacles publics, sur les arts. Enfin Candide, qui avait toujours du goût pour la métaphysique, fit demander par Cacambo si dans le pays il y avait une religion.

Le vieillard rougit un peu. « Comment donc ! dit-il ; en pouvez-vous douter ? Est-ce que vous nous prenez pour des ingrats ? » Cacambo demanda humblement quelle était la religion d'Eldorado. Le vieillard rougit encore : « Est-ce qu'il peut y avoir deux religions ? dit-il. Nous avons, je crois, la religion de tout le monde ; nous adorons Dieu du soir jusqu'au matin. — N'adorez-vous qu'un seul Dieu ? dit Cacambo, qui servait toujours d'interprète aux doutes de Candide. — Apparemment, dit le vieillard, qu'il n'y en a ni deux, ni trois, ni quatre. Je vous avoue que les gens de votre monde font des questions bien singulières. » Candide ne se lassait pas de faire interroger ce bon vieillard ; il voulut savoir comment on priait Dieu dans l'Eldorado. « Nous ne le prions point, dit le bon et respectable sage ; nous n'avons rien à lui demander, il nous a donné tout ce qu'il nous faut ; nous le remercions sans cesse. » Candide eut

la curiosité de voir des prêtres ; il fit demander où ils
étaient. Le bon vieillard sourit. « Mes amis, dit-il, nous
sommes tous prêtres ; le roi et tous les chefs de famille
chantent des cantiques d'actions de grâces solennelle-
ment tous les matins, et cinq ou six mille musiciens les
accompagnent. — Quoi ! Vous n'avez point de moines
qui enseignent, qui disputent, qui gouvernent, qui
cabalent, et qui font brûler les gens qui ne sont pas de
leur avis ? — Il faudrait que nous fussions fous, dit le
vieillard ; nous sommes tous ici du même avis, et nous
n'entendons pas ce que vous voulez dire avec vos
moines. » Candide à tous ces discours demeurait en
extase, et disait en lui-même : « Ceci est bien différent
de la Vestphalie et du château de monsieur le baron : si
notre ami Pangloss avait vu Eldorado, il n'aurait plus dit
que le château de Thunder-ten-tronckh était ce qu'il y
avait de mieux sur la terre ; il est certain qu'il faut
voyager. »

Après cette longue conversation, le bon vieillard fit
atteler un carrosse à six moutons, et donna douze de ses
domestiques aux deux voyageurs pour les conduire à la
cour. Excusez-moi, leur dit-il, si mon âge me prive de
l'honneur de vous accompagner. Le roi vous recevra
d'une manière dont vous ne serez pas mécontents, et
vous pardonnerez sans doute aux usages du pays, s'il y
en a quelques-uns qui vous déplaisent. »

Candide et Cacambo montent en carrosse ; les six
moutons volaient, et en moins de quatre heures on
arriva au palais du roi, situé à un bout de la capitale. Le
portail était de deux cent vingt pieds de haut, et de cent
de large ; il est impossible d'exprimer quelle en était la
matière. On voit assez quelle supériorité prodigieuse
elle devait avoir sur ces cailloux et sur ce sable que nous
nommons or et pierreries.

Vingt belles filles de la garde reçurent Candide et
Cacambo à la descente du carrosse, les conduisirent aux

bains, les vêtirent de robes d'un tissu de duvet de colibri ; après quoi les grands officiers et les grandes officières de la couronne les menèrent à l'appartement de Sa Majesté au milieu de deux files, chacune de mille musiciens, selon l'usage ordinaire. Quand ils approchèrent de la salle du trône, Cacambo demanda à un grand officier comment il fallait s'y prendre pour saluer Sa Majesté : si on se jetait à genoux ou ventre à terre ; si on mettait les mains sur la tête ou sur le derrière ; si on léchait la poussière de la salle ; en un mot, quelle était la cérémonie. « L'usage, dit le grand officier, est d'embrasser le roi et de le baiser des deux côtés. » Candide et Cacambo sautèrent au cou de Sa Majesté, qui les reçut avec toute la grâce imaginable, et qui les pria poliment à souper.

En attendant, on leur fit voir la ville, les édifices publics élevés jusqu'aux nues, les marchés ornés de mille colonnes, les fontaines d'eau pure, les fontaines d'eau rose, celles de liqueurs de canne de sucre qui coulaient continuellement dans de grandes places pavées d'une espèce de pierreries qui répandaient une odeur semblable à celle du gérofle et de la cannelle. Candide demanda à voir la cour de justice, le parlement ; on lui dit qu'il n'y en avait point, et qu'on ne plaidait jamais. Il s'informa s'il y avait des prisons, et on lui dit que non. Ce qui le surprit davantage, et qui lui fit le plus de plaisir, ce fut le palais des sciences, dans lequel il vit une galerie de deux mille pas, toute pleine d'instruments de mathématique et de physique.

Après avoir parcouru toute l'après-dînée à peu près la millième partie de la ville, on les ramena chez le roi. Candide se mit à table entre Sa Majesté, son valet Cacambo, et plusieurs dames. Jamais on ne fit meilleure chère, et jamais on n'eut plus d'esprit à souper qu'en eut Sa Majesté. Cacambo expliquait les bons mots du roi à Candide, et quoique traduits, ils paraissaient toujours

des bons mots. De tout ce qui étonnait Candide, ce n'était pas ce qui l'étonna le moins.

Ils passèrent un mois dans cet hospice. Candide ne cessait de dire à Cacambo : « Il est vrai, mon ami, encore une fois, que le château où je suis né ne vaut pas le pays où nous sommes ; mais enfin mademoiselle Cunégonde n'y est pas, et vous avez sans doute quelque maîtresse en Europe. Si nous restons ici, nous n'y serons que comme les autres ; au lieu que si nous retournons dans notre monde, seulement avec douze moutons chargés de cailloux d'Eldorado, nous serons plus riches que tous les rois ensemble, nous n'aurons plus d'inquisiteurs à craindre, et nous pourrons aisément reprendre mademoiselle Cunégonde. »

Ce discours plut à Cacambo ; on aime tant à courir, à se faire valoir chez les siens, à faire parade de ce qu'on a vu dans ses voyages, que les deux heureux résolurent de ne plus l'être, et de demander leur congé à Sa Majesté.

« Vous faites une sottise, leur dit le roi ; je sais bien que mon pays est peu de chose ; mais, quand on est passablement quelque part, il faut y rester. Je n'ai pas assurément le droit de retenir des étrangers ; c'est une tyrannie qui n'est ni dans nos mœurs ni dans nos lois : tous les hommes sont libres ; partez quand vous voudrez, mais la sortie est bien difficile. Il est impossible de remonter la rivière rapide sur laquelle vous êtes arrivés par miracle, et qui court sous des voûtes de rochers. Les montagnes qui entourent tout mon royaume ont dix mille pieds de hauteur, et sont droites comme des murailles : elles occupent chacune en largeur un espace de plus de dix lieues ; on ne peut en descendre que par des précipices. Cependant, puisque vous voulez absolument partir, je vais donner ordre aux intendants des machines d'en faire une qui puisse vous transporter commodément. Quand on vous aura conduits au revers des montagnes, personne ne pourra vous accompagner :

car mes sujets ont fait vœu de ne jamais sortir de leur enceinte, et ils sont trop sages pour rompre leur vœu. Demandez-moi d'ailleurs tout ce qu'il vous plaira. — Nous ne demandons à Votre Majesté, dit Cacambo, que quelques moutons chargés de vivres, de cailloux, et de la boue du pays. » Le roi rit : « Je ne conçois pas, dit-il, quel goût vos gens d'Europe ont pour notre boue jaune ; mais emportez-en tant que vous voudrez, et grand bien vous fasse. »

Il donna l'ordre sur-le-champ à ses ingénieurs de faire une machine pour guinder ces deux hommes extra-ordinaires hors du royaume. Trois mille bons physiciens y travaillèrent ; elle fut prête au bout de quinze jours, et ne coûta pas plus de vingt millions de livres sterling, monnaie du pays. On mit sur la machine Candide et Cacambo ; il y avait deux grands moutons rouges sellés et bridés pour leur servir de monture quand ils auraient franchi les montagnes, vingt moutons de bât chargés de vivres, trente qui portaient des présents de ce que le pays a de plus curieux, et cinquante chargés d'or, de pierreries et de diamants. Le roi embrassa tendrement les deux vagabonds.

Ce fut un beau spectacle que leur départ, et la manière ingénieuse dont ils furent hissés, eux et leurs moutons, au haut des montagnes. Les physiciens prirent congé d'eux après les avoir mis en sûreté, et Candide n'eut plus d'autre désir et d'autre objet que d'aller présenter ses moutons à mademoiselle Cunégonde. « Nous avons, dit-il, de quoi payer le gouverneur de Buenos-Ayres, si mademoiselle Cunégonde peut être mise à prix. Marchons vers la Cayenne, embarquons-nous, et nous verrons ensuite quel royaume nous pourrons acheter. »

CHAPITRE DIX-NEUVIÈME

CE QUI LEUR ARRIVA À SURINAM,
ET COMMENT CANDIDE FIT CONNAISSANCE
AVEC MARTIN

La première journée de nos deux voyageurs fut assez agréable. Ils étaient encouragés par l'idée de se voir possesseurs de plus de trésors que l'Asie, l'Europe et l'Afrique n'en pouvaient rassembler. Candide, transporté, écrivit le nom de Cunégonde sur les arbres. A la seconde journée, deux de leurs moutons s'enfoncèrent dans des marais, et y furent abîmés avec leurs charges ; deux autres moutons moururent de fatigue quelques jours après ; sept ou huit périrent ensuite de faim dans un désert ; d'autres tombèrent au bout de quelques jours dans des précipices. Enfin, après cent jours de marche, il ne leur resta que deux moutons. Candide dit à Cacambo : « Mon ami, vous voyez comme les richesses de ce monde sont périssables ; il n'y a rien de solide que la vertu et le bonheur de revoir mademoiselle Cunégonde. — Je l'avoue, dit Cacambo ; mais il nous reste encore deux moutons avec plus de trésors que n'en aura jamais le roi d'Espagne ; et je vois de loin une ville que je soupçonne être Surinam, appartenante aux Hollandais. Nous sommes au bout de nos peines et au commencement de notre félicité. »

En approchant de la ville, ils rencontrèrent un nègre étendu par terre, n'ayant plus que la moitié de son habit, c'est-à-dire d'un caleçon de toile bleue ; il manquait à ce

pauvre homme la jambe gauche et la main droite. « Eh !
mon Dieu ! lui dit Candide en hollandais, que fais-tu là,
mon ami, dans l'état horrible où je te vois ? — J'attends
mon maître, M. Vanderdendur, le fameux négociant,
répondit le nègre. — Est-ce M. Vanderdendur, dit
Candide, qui t'a traité ainsi ? — Oui, monsieur, dit le
nègre, c'est l'usage. On nous donne un caleçon de toile
pour tout vêtement deux fois l'année. Quand nous
travaillons aux sucreries, et que la meule nous attrape le
doigt, on nous coupe la main ; quand nous voulons nous
enfuir, on nous coupe la jambe : je me suis trouvé dans
les deux cas. C'est à ce prix que vous mangez du sucre en
Europe. Cependant, lorsque ma mère me vendit dix
écus patagons sur la côte de Guinée, elle me disait :
« Mon cher enfant, bénis nos fétiches, adore-les tou-
jours, ils te feront vivre heureux ; tu as l'honneur d'être
esclave de nos seigneurs les blancs, et tu fais par là la
fortune de ton père et de ta mère. » Hélas ! je ne sais pas
si j'ai fait leur fortune, mais ils n'ont pas fait la mienne.
Les chiens, les singes et les perroquets sont mille fois
moins malheureux que nous ; les fétiches hollandais qui
m'ont converti me disent tous les dimanches que nous
sommes tous enfants d'Adam, blancs et noirs. Je ne suis
pas généalogiste ; mais si ces prêcheurs disent vrai, nous
sommes tous cousins issus de germain. Or vous
m'avouerez qu'on ne peut pas en user avec ses parents
d'une manière plus horrible.

 — O Pangloss ! s'écria Candide, tu n'avais pas deviné
cette abomination ; c'en est fait, il faudra qu'à la fin je
renonce à ton optimisme. — Qu'est-ce qu'optimisme ?
disait Cacambo. — Hélas ! dit Candide, c'est la rage de
soutenir que tout est bien quand on est mal » ; et il
versait des larmes en regardant son nègre ; et en pleu-
rant, il entra dans Surinam.

 La première chose dont ils s'informent, c'est s'il n'y a
point au port quelque vaisseau qu'on pût envoyer à

Buenos-Ayres. Celui à qui ils s'adressèrent était juste-
ment un patron espagnol qui s'offrit à faire avec eux un
marché honnête. Il leur donna rendez-vous dans un
cabaret. Candide et le fidèle Cacambo allèrent l'y
attendre avec leurs deux moutons.

Candide, qui avait le cœur sur les lèvres, conta à
l'Espagnol toutes ses aventures, et lui avoua qu'il voulait
enlever mademoiselle Cunégonde. « Je me garderai
bien de vous passer à Buenos-Ayres, dit le patron ; je
serais pendu, et vous aussi ; la belle Cunégonde est la
maîtresse favorite de monseigneur. » Ce fut un coup de
foudre pour Candide, il pleura longtemps ; enfin il tira à
part Cacambo. « Voici, mon cher ami, lui dit-il, ce qu'il
faut que tu fasses. Nous avons chacun dans nos poches
pour cinq ou six millions de diamants ; tu es plus habile
que moi ; va prendre mademoiselle Cunégonde à Bue-
nos-Ayres. Si le gouverneur fait quelque difficulté,
donne-lui un million ; s'il ne se rend pas, donne-lui-en
deux ; tu n'as point tué d'inquisiteur, on ne se défiera
point de toi. J'équiperai un autre vaisseau, j'irai
t'attendre à Venise : c'est un pays libre où l'on n'a rien à
craindre ni des Bulgares, ni des Abares, ni des Juifs, ni
des inquisiteurs. » Cacambo applaudit à cette sage réso-
lution. Il était au désespoir de se séparer d'un bon maître
devenu son ami intime ; mais le plaisir de lui être utile
l'emporta sur la douleur de le quitter. Ils s'embrassèrent
en versant des larmes : Candide lui recommanda de ne
point oublier la bonne vieille. Cacambo partit dès le jour
même : c'était un très bon homme que ce Cacambo.

Candide resta encore quelque temps à Surinam, et
attendit qu'un autre patron voulût le mener en Italie, lui
et les deux moutons qui lui restaient. Il prit des domes-
tiques, et acheta tout ce qui lui était nécessaire pour un
long voyage ; enfin monsieur Vanderdendur, maître
d'un gros vaisseau, vint se présenter à lui. « Combien
voulez-vous, demanda-t-il à cet homme, pour me mener

en droiture à Venise, moi, mes gens, mon bagage, et les deux moutons que voilà ? » Le patron s'accorda à dix mille piastres ; Candide n'hésita pas.

« Oh ! oh ! dit à part soi le prudent Vanderdendur, cet étranger donne dix mille piastres tout d'un coup ! il faut qu'il soit bien riche. » Puis, revenant un moment après, il signifia qu'il ne pouvait partir à moins de vingt mille. « Eh ! bien vous les aurez, dit Candide.

— Ouais, se dit tout bas le marchand, cet homme donne vingt mille piastres aussi aisément que dix mille. » Il revint encore, et dit qu'il ne pouvait le conduire à Venise à moins de trente mille piastres. « Vous en aurez donc trente mille, répondit Candide.

— Oh ! oh ! se dit encore le marchand hollandais, trente mille piastres ne coûtent rien à cet homme-ci ; sans doute les deux moutons portent des trésors immenses : n'insistons pas davantage ; faisons-nous d'abord payer les trente mille piastres, et puis nous verrons. » Candide vendit deux petits diamants, dont le moindre valait plus que tout l'argent que demandait le patron. Il le paya d'avance. Les deux moutons furent embarqués. Candide suivait dans un petit bateau pour joindre le vaisseau à la rade ; le patron prend son temps, met à la voile, démarre ; le vent le favorise. Candide, éperdu et stupéfait, le perd bientôt de vue. « Hélas ! cria-t-il, voilà un tour digne de l'ancien monde. » Il retourne au rivage, abimé dans la douleur : car enfin il avait perdu de quoi faire la fortune de vingt monarques.

Il se transporte chez le juge hollandais ; et, comme il était un peu troublé, il frappe rudement à la porte ; il entre, expose son aventure, et crie un peu plus haut qu'il ne convenait. Le juge commença par lui faire payer dix mille piastres pour le bruit qu'il avait fait ; ensuite il l'écouta patiemment, lui promit d'examiner son affaire sitôt que le marchand serait revenu, et se fit payer dix mille autres piastres pour les frais de l'audience.

Ce procédé acheva de désespérer Candide ; il avait à la vérité essuyé des malheurs mille fois plus douloureux ; mais le sang-froid du juge, et celui du patron dont il était volé, alluma sa bile, et le plongea dans une noire mélancolie. La méchanceté des hommes se présentait à son esprit dans toute sa laideur, il ne se nourrissait que d'idées tristes. Enfin un vaisseau français étant sur le point de partir pour Bordeaux, comme il n'avait plus de moutons chargés de diamants à embarquer, il loua une chambre du vaisseau à juste prix, et fit signifier dans la ville qu'il payerait le passage, la nourriture, et donnerait deux mille piastres à un honnête-homme qui voudrait faire le voyage avec lui, à condition que cet homme serait le plus dégoûté de son état et le plus malheureux de la province.

Il se présenta une foule de prétendants qu'une flotte n'aurait pu contenir. Candide voulant choisir entre les plus apparents, il distingua une vingtaine de personnes qui lui paraissaient assez sociables, et qui toutes prétendaient mériter la préférence. Il les assembla dans son cabaret, et leur donna à souper, à condition que chacun ferait serment de raconter fidèlement son histoire, promettant de choisir celui qui lui paraîtrait le plus à plaindre et le plus mécontent de son état, à plus juste titre, et de donner aux autres quelques gratifications.

La séance dura jusqu'à quatre heures du matin. Candide, en écoutant toutes leurs aventures, se ressouvenait de ce que lui avait dit la vieille en allant à Buenos-Ayres, et de la gageure qu'elle avait faite, qu'il n'y avait personne sur le vaisseau à qui il ne fût arrivé de très grands malheurs. Il songeait à Pangloss à chaque aventure qu'on lui contait. « Ce Pangloss, disait-il, serait bien embarrassé à démontrer son système. Je voudrais qu'il fût ici. Certainement si tout va bien, c'est dans Eldorado, et non pas dans le reste de la terre. » Enfin il se détermina en faveur d'un pauvre savant qui avait

travaillé dix ans pour les libraires à Amsterdam. Il jugea qu'il n'y avait point de métier au monde dont on dût être plus dégoûté.

Ce savant, qui était d'ailleurs un bon homme, avait été volé par sa femme, battu par son fils, et abandonné de sa fille, qui s'était fait enlever par un Portugais. Il venait d'être privé d'un petit emploi duquel il subsistait ; et les prédicants de Surinam le persécutaient parce qu'ils le prenaient pour un socinien. Il faut avouer que les autres étaient pour le moins aussi malheureux que lui ; mais Candide espérait que le savant le désennuierait dans le voyage. Tous ses autres rivaux trouvèrent que Candide leur faisait une grande injustice ; mais il les apaisa en leur donnant à chacun cent piastres.

CHAPITRE VINGTIÈME

CE QUI ARRIVA SUR MER À CANDIDE ET À MARTIN

Le vieux savant, qui s'appelait Martin, s'embarqua donc pour Bordeaux avec Candide. L'un et l'autre avaient beaucoup vu et beaucoup souffert ; et quand le vaisseau aurait dû faire voile de Surinam au Japon par le cap de Bonne-Espérance, ils auraient eu de quoi s'entretenir du mal moral et du mal physique pendant tout le voyage.

Cependant Candide avait un grand avantage sur Martin, c'est qu'il espérait toujours revoir mademoiselle Cunégonde, et que Martin n'avait rien à espérer ; de plus il avait de l'or et des diamants ; et quoiqu'il eût perdu cent gros moutons rouges chargés des plus grands trésors de la terre, quoiqu' il eut toujours sur le cœur la friponnerie du patron hollandais, cependant, quand il songeait a ce qui lui restait dans ses poches, et quand il parlait de Cunégonde, surtout à la fin du repas, il penchait alors pour le système de Pangloss.

« Mais vous, monsieur Martin, dit-il au savant, que pensez-vous de tout cela ? Quelle est votre idée sur le mal moral et le mal physique ? — Monsieur, répondit Martin, mes prêtres m'ont accusé d'être socinien ; mais la vérité du fait est que je suis manichéen. — Vous vous moquez de moi, dit Candide ; il n'y a plus de manichéens dans le monde. — Il y a moi, dit Martin ; je ne sais qu'y

faire, mais je ne peux penser autrement. — Il faut que vous ayez le diable au corps, dit Candide. — Il se mêle si fort des affaires de ce monde, dit Martin, qu'il pourrait bien être dans mon corps, comme partout ailleurs ; mais je vous avoue qu'en jetant la vue sur ce globe, ou plutôt sur ce globule, je pense que Dieu l'a abandonné à quelque être malfaisant ; j'en excepte toujours Eldorado. Je n'ai guère vu de ville qui ne désirât la ruine de la ville voisine, point de famille qui ne voulût exterminer quelque autre famille. Partout les faibles ont en exécration les puissants devant lesquels ils rampent, et les puissants les traitent comme des troupeaux dont on vend la laine et la chair. Un million d'assassins enrégimentés, courant d'un bout de l'Europe à l'autre, exerce le meurtre et le brigandage avec discipline pour gagner son pain, parce qu'il n'a pas de métier plus honnête ; et dans les villes qui paraissent jouir de la paix, et où les arts fleurissent, les hommes sont dévorés de plus d'envie, de soins et d'inquiétudes qu'une ville assiégée n'éprouve de fléaux. Les chagrins secrets sont encore plus cruels que les misères publiques. En un mot, j'en ai tant vu et tant éprouvé que je suis manichéen.

— Il y a pourtant du bon, répliquait Candide. — Cela peut-être, disait Martin ; mais je ne le connais pas. »

Au milieu de cette dispute, on entendit un bruit de canon. Le bruit redouble de moment en moment. Chacun prend sa lunette. On aperçoit deux vaisseaux qui combattaient à la distance d'environ trois milles : le vent les amena l'un et l'autre si près du vaisseau français qu'on eut le plaisir de voir le combat tout à son aise. Enfin l'un des deux vaisseaux lâcha à l'autre une bordée si bas et si juste, qu'il le coula à fond. Candide et Martin aperçurent distinctement une centaine d'hommes sur le tillac du vaisseau qui s'enfonçait ; ils levaient tous les mains au ciel, et jetaient des clameurs effroyables : en un moment tout fut englouti.

« Eh bien ! dit Martin, voilà comme les hommes se traitent les uns les autres. — Il est vrai, dit Candide, qu'il y a quelque chose de diabolique dans cette affaire. » En parlant ainsi, il aperçut je ne sais quoi d'un rouge éclatant, qui nageait auprès de son vaisseau. On détacha la chaloupe pour voir ce que ce pouvait être : c'était un de ses moutons. Candide eut plus de joie de retrouver ce mouton qu'il n'avait été affligé d'en perdre cent tous chargés de gros diamants d'Eldorado.

Le capitaine français aperçut bientôt que le capitaine du vaisseau submergeant était espagnol, et que celui du vaisseau submergé était un pirate hollandais ; c'était celui-là même qui avait volé Candide. Les richesses immenses dont ce scélérat s'était emparé furent ensevelies avec lui dans la mer, et il n'y eut qu'un mouton de sauvé. « Vous voyez, dit Candide à Martin, que le crime est puni quelquefois ; ce coquin de patron hollandais a eu le sort qu'il méritait. — Oui, dit Martin ; mais fallait-il que les passagers qui étaient sur son vaisseau périssent aussi ? Dieu a puni ce fripon, le diable a noyé les autres.

Cependant le vaisseau français et l'espagnol continuèrent leur route, et Candide continua ses conversations avec Martin. Ils disputèrent quinze jours de suite, et au bout de quinze jours ils étaient aussi avancés que le premier. Mais enfin ils parlaient, ils se communiquaient des idées, ils se consolaient. Candide caressait son mouton. « Puisque je t'ai retrouvé, dit-il, je pourrai bien retrouver Cunégonde. »

CHAPITRE VINGT-UNIÈME

CANDIDE ET MARTIN
APPROCHENT DES CÔTES DE FRANCE,
ET RAISONNENT

On aperçut enfin les côtes de France. « Avez-vous jamais été en France, monsieur Martin ? dit Candide. — Oui, dit Martin, j'ai parcouru plusieurs provinces. Il y en a où la moitié des habitants est folle, quelques-unes où l'on est trop rusé, d'autres où l'on est communément assez doux et assez bête, d'autres où l'on fait le bel esprit ; et, dans toutes, la principale occupation est l'amour ; la seconde, de médire ; et la troisième, de dire des sottises. — Mais, monsieur Martin, avez-vous vu Paris ? — Oui, j'ai vu Paris ; il tient de toutes ces espèces-là ; c'est un chaos, c'est une presse dans laquelle tout le monde cherche le plaisir, et où presque personne ne le trouve, du moins à ce qu'il m'a paru. J'y ai séjourné peu ; j'y fus volé, en arrivant, de tout ce que j'avais, par des filous, à la foire St. Germain ; on me prit moi-même pour un voleur, et je fus huit jours en prison ; après quoi je me fis correcteur d'imprimerie pour gagner de quoi retourner à pied en Hollande. Je connus la canaille écrivante, la canaille cabalante, et la canaille convulsionnaire. On dit qu'il y a des gens fort polis dans cette ville-là : je le veux croire.

— Pour moi, je n'ai nulle curiosité de voir la France, dit Candide ; vous devinez aisément que quand on a passé un mois dans Eldorado, on ne se soucie plus de

rien voir sur la terre que mademoiselle Cunégonde : je vais l'attendre à Venise ; nous traverserons la France pour aller en Italie ; ne m'accompagnerez-vous pas ? — Très volontiers, dit Martin ; on dit que Venise n'est bonne que pour les nobles vénitiens, mais que cependant on y reçoit très bien les étrangers quand ils ont beaucoup d'argent : je n'en ai point ; vous en avez, je vous suivrai partout. — A propos, dit Candide, pensez-vous que la terre ait été originairement une mer, comme on l'assure dans ce gros livre qui appartient au capitaine du vaisseau ? — Je n'en crois rien du tout, dit Martin, non plus que toutes les rêveries qu'on nous débite depuis quelque temps. — Mais à quelle fin ce monde a-t-il donc été formé ? dit Candide. — Pour nous faire enrager, répondit Martin. — N'êtes-vous pas bien étonné, continua Candide, de l'amour que ces deux filles du pays des Oreillons avaient pour ces deux singes, et dont je vous ai conté l'aventure ? — Point du tout, dit Martin ; je ne vois pas ce que cette passion a d'étrange : j'ai tant vu de choses extraordinaires qu'il n'y a plus rien d'extraordinaire. — Croyez-vous, dit Candide, que les hommes se soient toujours mutuellement massacrés comme ils font aujourd'hui ? qu'ils aient toujours été menteurs, fourbes, perfides, ingrats, brigands, faibles, volages, lâches, envieux, gourmands, ivrognes, avares, ambitieux, sanguinaires, calomniateurs, débauchés, fanatiques, hypocrites et sots ? — Croyez-vous, dit Martin, que les éperviers aient toujours mangé des pigeons quand ils en ont trouvé ? — Oui, sans doute, dit Candide. — Eh bien ! dit Martin, si les éperviers ont toujours eu le même caractère, pourquoi voulez-vous que les hommes aient changé le leur ? — Oh ! dit Candide, il y a bien de la différence, car le libre arbitre... » En raisonnant ainsi, ils arrivèrent à Bordeaux.

CHAPITRE VINGT-DEUXIÈME

CE QUI ARRIVA EN FRANCE À CANDIDE ET À MARTIN

Candide ne s'arrêta dans Bordeaux qu'autant de temps qu'il en fallait pour vendre quelques cailloux du Dorado, et pour s'accommoder d'une bonne chaise à deux places ; car il ne pouvait plus se passer de son philosophe Martin ; il fut seulement très fâché de se séparer de son mouton, qu'il laissa à l'Académie des sciences de Bordeaux, laquelle proposa pour le sujet du prix de cette année de trouver pourquoi la laine de ce mouton était rouge ; et le prix fut adjugé à un savant du Nord, qui démontra par A, plus B, moins C divisé par Z, que le mouton devait être rouge, et mourir de la clavelée.

Cependant tous les voyageurs que Candide rencontra dans les cabarets de la route lui disaient : « Nous allons à Paris. » Cet empressement général lui donna enfin l'envie de voir cette capitale ; ce n'était pas beaucoup se détourner du chemin de Venise.

Il entra par le faubourg Saint-Marceau, et crut être dans le plus vilain village de la Vestphalie.

A peine Candide fut-il dans son auberge, qu'il fut attaqué d'une maladie légère, causée par ses fatigues. Comme il avait au doigt un diamant énorme, et qu'on avait aperçu dans son équipage une cassette prodigieusement pesante, il eut aussitôt auprès de lui deux médecins

qu'il n'avait pas mandés, quelques amis intimes qui ne le quittèrent pas, et deux dévotes qui faisaient chauffer ses bouillons. Martin disait : « Je me souviens d'avoir été malade aussi à Paris dans mon premier voyage ; j'étais fort pauvre : aussi n'eus-je ni amis, ni dévotes, ni médecins, et je guéris. »

Cependant, à force de médecines et de saignées, la maladie de Candide devint sérieuse. Un habitué du quartier vint avec douceur lui demander un billet payable au porteur pour l'autre monde : Candide n'en voulut rien faire. Les dévotes l'assurèrent que c'était une nouvelle mode ; Candide répondit qu'il n'était point homme à la mode. Martin voulut jeter l'habitué par les fenêtres. Le clerc jura qu'on n'enterrerait point Candide. Martin jura qu'il enterrerait le clerc s'il continuait à les importuner. La querelle s'échauffa : Martin le prit par les épaules, et le chassa rudement ; ce qui causa un grand scandale, dont on fit un procès-verbal.

Candide guérit ; et pendant sa convalescence il eut très bonne compagnie à souper chez lui. On jouait gros jeu. Candide était tout étonné que jamais les as ne lui vinssent ; et Martin ne s'en étonnait pas.

Parmi ceux qui lui faisaient les honneurs de la ville, il y avait un petit abbé périgourdin, l'un de ces gens empressés, toujours alertes, toujours serviables, effrontés, caressants, accommodants, qui guettent les étrangers à leur passage, leur content l'histoire scandaleuse de la ville, et leur offrent des plaisirs à tout prix. Celui-ci mena d'abord Candide et Martin à la comédie. On y jouait une tragédie nouvelle. Candide se trouva placé auprès de quelques beaux esprits. Cela ne l'empêcha pas de pleurer à des scènes jouées parfaitement. Un des raisonneurs qui étaient à ses côtés lui dit dans un entr'acte : « Vous avez grand tort de pleurer, cette actrice est fort mauvaise ; l'acteur qui joue avec elle est plus mauvais acteur encore ; la pièce est encore plus

mauvaise que les acteurs ; l'auteur ne sait pas un mot d'arabe, et cependant la scène est en Arabie ; et, de plus, c'est un homme qui ne croit pas aux idées innées ; je vous apporterai demain vingt brochures contre lui. — Monsieur, combien avez-vous de pièces de théâtre en France ? » dit Candide à l'abbé ; lequel répondit : « Cinq ou six mille. — C'est beaucoup, dit Candide ; combien y en a-t-il de bonnes ? — Quinze ou seize, répliqua l'autre. — C'est beaucoup », dit Martin.

Candide fut très content d'une actrice qui faisait la reine Élisabeth, dans une assez plate tragédie que l'on joue quelquefois. « Cette actrice, dit-il à Martin, me plaît beaucoup ; elle a un faux air de mademoiselle Cunégonde ; je serais bien aise de la saluer. » L'abbé périgourdin s'offrit à l'introduire chez elle. Candide, élevé en Allemagne, demanda quelle était l'étiquette, et comment on traitait en France les reines d'Angleterre. « Il faut distinguer, dit l'abbé ; en province, on les mène au cabaret ; à Paris, on les respecte quand elles sont belles, et on les jette à la voirie quand elles sont mortes. — Des reines à la voirie ! dit Candide. — Oui vraiment, dit Martin ; monsieur l'abbé a raison : j'étais à Paris quand mademoiselle Monime passa, comme on dit, de cette vie à l'autre ; on lui refusa ce que ces gens-ci appellent *les honneurs de la sépulture,* c'est-à-dire de pourrir avec tous les gueux du quartier dans un vilain cimetière ; elle fut enterrée toute seule de sa bande au coin de la rue de Bourgogne ; ce qui dut lui faire une peine extrême, car elle pensait très noblement. — Cela est bien impoli, dit Candide. — Que voulez-vous ? dit Martin ; ces gens-ci sont ainsi faits. Imaginez toutes les contradictions, toutes les incompatibilités possibles, vous les verrez dans le gouvernement, dans les tribunaux, dans les églises, dans les spectacles de cette drôle de nation. — Est-il vrai qu'on rit toujours à Paris ? dit Candide. — Oui, dit l'abbé ; mais c'est en enrageant :

car on s'y plaint de tout avec de grands éclats de rire ;
même on y fait en riant les actions les plus détestables.

— Quel est, dit Candide, ce gros cochon qui me disait
tant de mal de la pièce où j'ai tant pleuré, et des acteurs
qui m'ont fait tant de plaisir ? — C'est un mal vivant,
répondit l'abbé, qui gagne sa vie à dire du mal de toutes
les pièces et de tous les livres ; il hait quiconque réussit,
comme les eunuques haïssent les jouissants ; c'est un de
ces serpents de la littérature qui se nourrissent de fange
et de venin ; c'est un folliculaire. — Qu'appelez-vous
folliculaire ? dit Candide. — C'est, dit l'abbé, un faiseur
de feuilles, un Fréron. »

C'est ainsi que Candide, Martin, et le Périgourdin,
raisonnaient sur l'escalier, en voyant défiler le monde au
sortir de la pièce. « Quoique je sois très empressé de
revoir mademoiselle Cunégonde, dit Candide, je vou-
drais pourtant souper avec mademoiselle Clairon, car
elle m'a paru admirable. »

L'abbé n'était pas homme à approcher de made-
moiselle Clairon, qui ne voyait que bonne compagnie.
« Elle est engagée pour ce soir, dit-il ; mais j'aurai
l'honneur de vous mener chez une dame de qualité, et là
vous connaîtrez Paris comme si vous y aviez été quatre
ans. »

Candide, qui était naturellement curieux, se laissa
mener chez la dame, au fond du faubourg St. Honoré ;
on y était occupé d'un pharaon ; douze tristes pontes
tenaient chacun en main un petit livre de cartes, registre
cornu de leurs infortunes. Un profond silence régnait, la
pâleur était sur le front des pontes, l'inquiétude sur celui
du banquier ; et la dame du logis, assise auprès de ce
banquier impitoyable, remarquait avec des yeux de lynx
tous les parolis, tous les sept-et-le-va de campagne, dont
chaque joueur cornait ses cartes ; elle les faisait décorner
avec une attention sévère, mais polie, et ne se fâchait
point, de peur de perdre ses pratiques. La dame se

faisait appeler la marquise de Parolignac. Sa fille, âgée de quinze ans, était au nombre des pontes, et avertissait d'un clin d'œil des friponneries de ces pauvres gens qui tâchaient de réparer les cruautés du sort. L'abbé périgourdin, Candide, et Martin, entrèrent ; personne ne se leva, ni les salua, ni les regarda ; tous étaient profondément occupés de leurs cartes. « Madame la baronne de Thunder-ten-tronckh était plus civile », dit Candide.

Cependant l'abbé s'approcha de l'oreille de la marquise, qui se leva à moitié, honora Candide d'un sourire gracieux, et Martin d'un air de tête tout à fait noble ; elle fit donner un siège et un jeu de cartes à Candide, qui perdit cinquante mille francs en deux tailles : après quoi on soupa très gaiement ; et tout le monde était étonné que Candide ne fût pas ému de sa perte ; les laquais disaient entre eux, dans leur langage de laquais : « Il faut que ce soit quelque milord anglais. »

Le souper fut comme la plupart des soupers de Paris : d'abord du silence, ensuite un bruit de paroles qu'on ne distingue point, puis des plaisanteries dont la plupart sont insipides, de fausses nouvelles, de mauvais raisonnements, un peu de politique, et beaucoup de médisance ; on parla même de livres nouveaux. « Avez-vous vu, dit l'abbé périgourdin, le roman du sieur Gauchat, docteur en théologie ? — Oui, répondit un des convives ; mais je n'ai pu l'achever. Nous avons une foule d'écrits impertinents ; mais tous ensemble n'approchent pas de l'impertinence de Gauchat, docteur en théologie ; je suis si rassasié de cette immensité de détestables livres qui nous inondent que je me suis mis à ponter au pharaon. — Et les *Mélanges* de l'archidiacre T..., qu'en dites-vous ? dit l'abbé. — Ah ! dit madame de Parolignac, l'ennuyeux mortel ! comme il vous dit curieusement ce que tout le monde sait ! comme il discute pesamment ce qui ne vaut pas la peine d'être remarqué légèrement ! comme il s'approprie, sans esprit, l'esprit des autres !

comme il gâte ce qu'il pille ! comme il me dégoûte ! mais
il ne me dégoûtera plus ; c'est assez d'avoir lu quelques
pages de l'archidiacre. »

Il y avait à table un homme savant et de goût qui
appuya ce que disait la marquise. On parla ensuite de
tragédies ; la dame demanda pourquoi il y avait des
tragédies qu'on jouait quelquefois, et qu'on ne pouvait
lire. L'homme de goût expliqua très bien comment une
pièce pouvait avoir quelque intérêt, et n'avoir presque
aucun mérite ; il prouva en peu de mots que ce n'était
pas assez d'amener une ou deux de ces situations qu'on
trouve dans tous les romans, et qui séduisent toujours les
spectateurs, mais qu'il faut être neuf sans être bizarre,
souvent sublime et toujours naturel ; connaître le cœur
humain et le faire parler ; être grand poète sans que
jamais aucun personnage de la pièce paraisse poète ;
savoir parfaitement sa langue, la parler avec pureté,
avec une harmonie continue, sans que jamais la rime
coûte rien au sens. « Quiconque, ajouta-t-il, n'observe
pas toutes ces règles peut faire une ou deux tragédies
applaudies au théâtre, mais il ne sera jamais compté au
rang des bons écrivains ; il y a très peu de bonnes
tragédies : les unes sont des idylles en dialogues bien
écrits et bien rimés ; les autres, des raisonnements poli-
tiques qui endorment, ou des amplifications qui
rebutent ; les autres, des rêves d'énergumène, en style
barbare, des propos interrompus, de longues apos-
trophes aux dieux, parce qu'on ne sait point parler aux
hommes, des maximes fausses, des lieux communs
ampoulés. »

Candide écouta ce propos avec attention, et conçut
une grande idée du discoureur ; et, comme la marquise
avait eu soin de le placer à côté d'elle, il s'approcha de
son oreille, et prit la liberté de lui demander qui était cet
homme qui parlait si bien. « C'est un savant, dit la
dame, qui ne ponte point, et que l'abbé m'amène quel-

quefois à souper : il se connaît parfaitement en tragédies
et en livres, et il a fait une tragédie sifflée, et un livre
dont on n'a jamais vu hors de la boutique de son libraire
qu'un exemplaire, qu'il m'a dédié. — Le grand homme !
dit Candide, c'est un autre Pangloss. »

Alors, se tournant vers lui, il lui dit : « Monsieur,
vous pensez, sans doute, que tout est au mieux dans le
monde physique et dans le moral, et que rien ne pouvait
être autrement ? — Moi, monsieur, lui répondit le
savant, je ne pense rien de tout cela : je trouve que tout
va de travers chez nous ; que personne ne sait ni quel est
son rang, ni quelle est sa charge, ni ce qu'il fait, ni ce
qu'il doit faire, et qu'excepté le souper, qui est assez gai,
et où il paraît assez d'union, tout le reste du temps se
passe en querelles impertinentes : jansénistes contre
molinistes, gens du parlement contre gens d'église, gens
de lettres contre gens de lettres, courtisans contre courti-
sans, financiers contre le peuple, femmes contre maris,
parents contre parents ; c'est une guerre éternelle. »

Candide lui répliqua : « J'ai vu pis : mais un sage, qui
depuis a eu le malheur d'être pendu, m'apprit que tout
cela est à merveille : ce sont des ombres à un beau
tableau. — Votre pendu se moquait du monde, dit
Martin ; vos ombres sont des taches horribles. — Ce sont
les hommes qui font les taches, dit Candide, et ils ne
peuvent pas s'en dispenser. — Ce n'est donc pas leur
faute, dit Martin. » La plupart des pontes, qui n'enten-
daient rien à ce langage, buvaient ; et Martin raisonna
avec le savant, et Candide raconta une partie de ses
aventures à la dame du logis.

Après souper, la marquise mena Candide dans son
cabinet, et le fit asseoir sur un canapé. « Eh bien ! lui
dit-elle, vous aimez donc toujours éperdument made-
moiselle Cunégonde de Thunder-ten-tronckh ? — Oui
madame », répondit Candide. La marquise lui répliqua
avec un sourire tendre : « Vous me répondez comme un

jeune homme de Vestphalie ; un Français m'aurait dit :
« Il est vrai que j'ai aimé mademoiselle Cunégonde ;
mais, en vous voyant, madame, je crains de ne la plus
aimer. » — Hélas ! madame, dit Candide, je répondrai
comme vous voudrez. — Votre passion pour elle, dit la
marquise, a commencé en ramassant son mouchoir ; je
veux que vous ramassiez ma jarretière. — De tout mon
cœur », dit Candide ; et il la ramassa. « Mais je veux que
vous me la remettiez », dit la dame ; et Candide la lui
remit. « Voyez-vous, dit la dame, vous êtes étranger ; je
fais quelquefois languir mes amants de Paris quinze
jours, mais je me rends à vous dès la première nuit,
parce qu'il faut faire les honneurs de son pays à un jeune
homme de Vestphalie » La belle, ayant aperçu deux
énormes diamants aux deux mains de son jeune étran-
ger, les loua de si bonne foi que des doigts de Candide ils
passèrent aux doigts de la marquise.

Candide, en s'en retournant avec son abbé péri-
gourdin, sentit quelques remords d'avoir fait une infidé-
lité à mademoiselle Cunégonde ; monsieur l'abbé entra
dans sa peine ; il n'avait qu'une légère part aux cin-
quante mille livres perdues au jeu par Candide, et à la
valeur des deux brillants moitié donnés, moitié extor-
qués. Son dessein était de profiter, autant qu'il le pour-
rait, des avantages que la connaissance de Candide
pouvait lui procurer. Il lui parla beaucoup de Cuné-
gonde, et Candide lui dit qu'il demanderait bien pardon
à cette belle de son infidélité, quand il la verrait à
Venise.

Le Périgourdin redoublait de politesses et d'atten-
tions, et prenait un intérêt tendre à tout ce que Candide
disait, à tout ce qu'il faisait, à tout ce qu'il voulait faire.
« Vous avez donc, monsieur, lui dit-il, un rendez-vous à
Venise ? — Oui, monsieur l'abbé, dit Candide ; il faut
absolument que j'aille trouver mademoiselle Cuné-
gonde. » Alors, engagé par le plaisir de parler de ce qu'il

aimait, il conta, selon son usage, une partie de ses aventures avec cette illustre Vestphalienne.

« Je crois, dit l'abbé, que mademoiselle Cunégonde a bien de l'esprit, et qu'elle écrit des lettres charmantes. — Je n'en ai jamais reçu, dit Candide ; car, figurez-vous qu'ayant été chassé du château pour l'amour d'elle, je ne pus lui écrire ; que bientôt après j'appris qu'elle était morte, qu'ensuite je la retrouvai, et que je la perdis, et que je lui ai envoyé à deux mille cinq cents lieues d'ici un exprès dont j'attends la réponse. »

L'abbé écoutait attentivement, et paraissait un peu rêveur. Il prit bientôt congé des deux étrangers, après les avoir tendrement embrassés. Le lendemain Candide reçut à son réveil une lettre conçue en ces termes :

« Monsieur mon très cher amant, il y a huit jours que je suis malade en cette ville ; j'apprends que vous y êtes. Je volerais dans vos bras si je pouvais remuer. J'ai su votre passage à Bordeaux ; j'y ai laissé le fidèle Cacambo et la vieille, qui doivent bientôt me suivre. Le gouverneur de Buenos-Ayres a tout pris, mais il me reste votre cœur. Venez ; votre présence me rendra la vie ou me fera mourir de plaisir. »

Cette lettre charmante, cette lettre inespérée, transporta Candide d'une joie inexprimable ; et la maladie de sa chère Cunégonde l'accabla de douleur. Partagé entre ces deux sentiments, il prend son or et ses diamants, et se fait conduire avec Martin à l'hôtel où mademoiselle Cunégonde demeurait. Il entre en tremblant d'émotion, son cœur palpite, sa voix sanglote ; il veut ouvrir les rideaux du lit ; il veut faire apporter de la lumière. « Gardez-vous-en bien, lui dit la suivante ; la lumière la tue » ; et soudain elle referme le rideau. « Ma chère Cunégonde, dit Candide en pleurant, comment vous portez-vous ? si vous ne pouvez me voir, parlez-moi du moins. — Elle ne peut parler », dit la suivante. La dame alors tire du lit une main potelée que Candide arrose

longtemps de ses larmes, et qu'il remplit ensuite de diamants, en laissant un sac plein d'or sur le fauteuil.

Au milieu de ses transports arrive un exempt suivi de l'abbé périgourdin et d'une escouade. « Voilà donc, dit-il, ces deux étrangers suspects ? » Il les faut incontinent saisir, et ordonne à ses braves de les traîner en prison. « Ce n'est pas ainsi qu'on traite les voyageurs dans le Dorado, dit Candide. — Je suis plus manichéen que jamais, dit Martin. — Mais, monsieur, où nous menez vous ? dit Candide. — Dans un cul-de-basse-fosse », dit l'exempt.

Martin, ayant repris son sang-froid, jugea que la dame qui se prétendait Cunégonde était une friponne, monsieur l'abbé périgourdin un fripon qui avait abusé au plus vite de l'innocence de Candide, et l'exempt un autre fripon dont on pouvait aisément se débarrasser.

Plutôt que de s'exposer aux procédures de la justice, Candide, éclairé par son conseil, et d'ailleurs toujours impatient de revoir la véritable Cunégonde, propose à l'exempt trois petits diamants d'environ trois mille pistoles chacun. « Ah ! monsieur, lui dit l'homme au bâton d'ivoire, eussiez-vous commis tous les crimes imaginables, vous êtes le plus honnête homme du monde. Trois diamants ! chacun de trois mille pistoles ! Monsieur ! je me ferais tuer pour vous, au lieu de vous mener dans un cachot. On arrête tous les étrangers, mais laissez-moi faire ; j'ai un frère à Dieppe en Normandie ; je vais vous y mener ; et si vous avez quelque diamant à lui donner, il aura soin de vous comme moi-même. — Et pourquoi arrête-t-on tous les étrangers ? » dit Candide. L'abbé périgourdin prit alors la parole, et dit : « C'est parce qu'un gueux du pays d'Atrébatie a entendu dire des sottises : cela seul lui a fait commettre un parricide, non pas tel que celui de 1610 au mois de mai, mais tel que celui de 1594 au mois de décembre, et tel que plusieurs autres commis dans d'autres années et dans

d'autres mois par d'autres gueux qui avaient entendu dire des sottises. »

L'exempt alors expliqua de quoi il s'agissait. « Ah ! les monstres ! s'écria Candide ; quoi ! de telles horreurs chez un peuple qui danse et qui chante ! Ne pourrai-je sortir au plus vite de ce pays où des singes agacent des tigres ? J'ai vu des ours dans mon pays ; je n'ai vu des hommes que dans le Dorado. Au nom de Dieu, monsieur l'exempt, menez-moi à Venise, où je dois attendre mademoiselle Cunégonde. — Je ne peux vous mener qu'en Basse-Normandie », dit le barigel. Aussitôt il lui fait ôter ses fers, dit qu'il s'est mépris, renvoie ses gens, et emmène à Dieppe Candide et Martin, et les laisse entre les mains de son frère. Il y avait un petit vaisseau hollandais à la rade. Le Normand, à l'aide de trois autres diamants devenu le plus serviable des hommes, embarque Candide et ses gens dans le vaisseau qui allait faire voile pour Portsmouth en Angleterre. Ce n'était pas le chemin de Venise ; mais Candide croyait être délivré de l'enfer ; et il comptait bien reprendre la route de Venise à la première occasion.

CHAPITRE VINGT-TROISIÈME

CANDIDE ET MARTIN VONT SUR LES CÔTES D'ANGLETERRE ; CE QU'ILS Y VOIENT

« Ah ! Pangloss ! Pangloss ! Ah ! Martin ! Martin ! Ah ! ma chère Cunégonde ! qu'est-ce que ce monde-ci ? disait Candide sur le vaisseau hollandais. — Quelque chose de bien fou et de bien abominable, répondait Martin. — Vous connaissez l'Angleterre ; y est-on aussi fou qu'en France ? — C'est une autre espèce de folie, dit Martin. Vous savez que ces deux nations sont en guerre pour quelques arpents de neige vers le Canada, et qu'elles dépensent pour cette belle guerre beaucoup plus que tout le Canada ne vaut. De vous dire précisément s'il y a plus de gens à lier dans un pays que dans un autre, c'est ce que mes faibles lumières ne me permettent pas ; je sais seulement qu'en général les gens que nous allons voir sont fort atrabilaires. »

En causant ainsi ils abordèrent à Portsmouth ; une multitude de peuple couvrait le rivage, et regardait attentivement un assez gros homme qui était à genoux, les yeux bandés, sur le tillac d'un des vaisseaux de la flotte ; quatre soldats, postés vis-à-vis de cet homme, lui tirèrent chacun trois balles dans le crâne, le plus paisiblement du monde ; et toute l'assemblée s'en retourna extrêmement satisfaite. « Qu'est-ce donc que tout ceci ? dit Candide ; et quel démon exerce partout son empire ? » Il demanda qui était ce gros homme qu'on

venait de tuer en cérémonie. « C'est un amiral, lui répondit-on. — Et pourquoi tuer cet amiral ? — C'est, lui dit-on, parce qu'il n'a pas fait tuer assez de monde ; il a livré un combat à un amiral français, et on a trouvé qu'il n'était pas assez près de lui. — Mais, dit Candide, l'amiral français était aussi loin de l'amiral anglais que celui-ci l'était de l'autre ! — Cela est incontestable, lui répliqua-t-on ; mais dans ce pays-ci il est bon de tuer de temps en temps un amiral pour encourager les autres. »

Candide fut si étourdi et si choqué de ce qu'il voyait et de ce qu'il entendait qu'il ne voulut pas seulement mettre pied à terre, et qu'il fit son marché avec le patron hollandais (dût-il le voler comme celui de Surinam) pour le conduire sans délai à Venise.

Le patron fut prêt au bout de deux jours. On côtoya la France ; on passa à la vue de Lisbonne, et Candide frémit. On entra dans le détroit et dans la Méditerranée ; enfin on aborda à Venise. « Dieu soit loué ! dit Candide, en embrassant Martin ; c'est ici que je reverrai la belle Cunégonde. Je compte sur Cacambo comme sur moi-même. Tout est bien, tout va bien, tout va le mieux qu'il soit possible. »

CHAPITRE VINGT-QUATRIÈME

DE PAQUETTE, ET DE FRÈRE GIROFLÉE

Dès qu'il fut à Venise, il fit chercher Cacambo dans tous les cabarets, dans tous les cafés, chez toutes les filles de joie, et ne le trouva point. Il envoyait tous les jours à la découverte de tous les vaisseaux et de toutes les barques : nulles nouvelles de Cacambo. « Quoi ! disait-il à Martin, j'ai eu le temps de passer de Surinam à Bordeaux, d'aller de Bordeaux à Paris, de Paris à Dieppe, de Dieppe à Portsmouth, de côtoyer le Portugal et l'Espagne, de traverser toute la Méditerranée, de passer quelques mois à Venise, et la belle Cunégonde n'est point venue ! Je n'ai rencontré au lieu d'elle qu'une drôlesse et un abbé périgourdin ! Cunégonde est morte, sans doute ; je n'ai plus qu'à mourir. Ah ! il valait mieux rester dans le paradis du Dorado que de revenir dans cette maudite Europe. Que vous avez raison, mon cher Martin ! tout n'est qu'illusion et calamité. »

Il tomba dans une mélancolie noire, et ne prit aucune part à l'opéra *alla moda,* ni aux autres divertissements du carnaval ; pas une dame ne lui donna la moindre tentation. Martin lui dit : « Vous êtes bien simple, en vérité, de vous figurer qu'un valet métis qui a cinq ou six millions dans ses poches ira chercher votre maîtresse au bout du monde et vous l'amènera à Venise. Il la prendra pour lui, s'il la trouve. S'il ne la trouve pas, il en prendra

une autre : je vous conseille d'oublier votre valet Cacambo et votre maîtresse Cunégonde. » Martin n'était pas consolant. La mélancolie de Candide augmenta, et Martin ne cessait de lui prouver qu'il y avait peu de vertu et peu de bonheur sur la terre ; excepté peut-être dans Eldorado, où personne ne pouvait aller.

En disputant sur cette matière importante, et en attendant Cunégonde, Candide aperçut un jeune théatin dans la place St. Marc, qui tenait sous le bras une fille. Le théatin paraissait frais, potelé, vigoureux ; ses yeux étaient brillants, son air assuré, sa mine haute, sa démarche fière. La fille était très jolie, et chantait ; elle regardait amoureusement son théatin, et de temps en temps.lui pinçait ses grosses joues. « Vous m'avouerez du moins, dit Candide à Martin, que ces gens-ci sont heureux. Je n'ai trouvé jusqu'à présent dans toute la terre habitable, excepté dans Eldorado, que des infortunés ; mais pour cette fille et ce théatin, je gage que ce sont des créatures très heureuses. — Je gage que non, dit Martin. — Il n'y a qu'à les prier à dîner, dit Candide, et vous verrez si je me trompe. »

Aussitôt il les aborde, il leur fait son compliment, et les invite à venir à son hôtellerie manger des macaronis, des perdrix de Lombardie, des œufs d'esturgeon, et à boire du vin de Montepulciano, du lacryma-christi, du chypre, et du samos. La demoiselle rougit, le théatin accepta la partie, et la fille le suivit en regardant Candide avec des yeux de surprise et de confusion, qui furent obscurcis de quelques larmes. A peine fut-elle entrée dans la chambre de Candide, qu'elle lui dit : « Eh quoi ! monsieur Candide ne reconnaît plus Paquette ! » A ces mots, Candide, qui ne l'avait pas considérée jusque-là avec attention, parce qu'il n'était occupé que de Cunégonde, lui dit : « Hélas ! ma pauvre enfant, c'est donc vous qui avez mis le docteur Pangloss dans le bel état où je l'ai vu ?

— Hélas ! monsieur, c'est moi-même, dit Paquette ;
je vois que vous êtes instruit de tout. J'ai su les malheurs
épouvantables arrivés à toute la maison de madame la
baronne et à la belle Cunégonde. Je vous jure que ma
destinée n'a guère été moins triste. J'étais fort innocente
quand vous m'avez vue. Un cordelier, qui était mon
confesseur, me séduisit aisément. Les suites en furent
affreuses ; je fus obligée de sortir du château quelque
temps après que monsieur le baron vous eut renvoyé à
grands coups de pied dans le derrière. Si un fameux
médecin n'avait pas pris pitié de moi, j'étais morte. Je
fus quelque temps par reconnaissance la maîtresse de ce
médecin. Sa femme, qui était jalouse à la rage, me
battait tous les jours impitoyablement ; c'était une furie.
Ce médecin était le plus laid de tous les hommes, et moi
la plus malheureuse de toutes les créatures d'être battue
continuellement pour un homme que je n'aimais pas.
Vous savez, monsieur, combien il est dangereux pour
une femme acariâtre d'être l'épouse d'un médecin.
Celui-ci, outré des procédés de sa femme, lui donna un
jour, pour la guérir d'un petit rhume, une médecine si
efficace qu'elle en mourut en deux heures de temps dans
des convulsions horribles. Les parents de madame inten-
tèrent à monsieur un procès criminel ; il prit la fuite, et
moi, je fus mise en prison. Mon innocence ne m'aurait
pas sauvée si je n'avais été un peu jolie. Le juge m'élar-
git, à condition qu'il succéderait au médecin. Je fus
bientôt supplantée par une rivale, chassée sans
récompense, et obligée de continuer ce métier abomi-
nable qui vous paraît si plaisant à vous autres hommes,
et qui n'est pour nous qu'un abîme de misère. J'allai
exercer la profession à Venise. Ah ! monsieur, si vous
pouviez vous imaginer ce que c'est que d'être obligée de
caresser indifféremment un vieux marchand, un avocat,
un moine, un gondolier, un abbé ; d'être exposée à
toutes les insultes, à toutes les avanies ; d'être souvent

réduite à emprunter une jupe pour aller se la faire lever par un homme dégoûtant ; d'être volée par l'un de ce qu'on a gagné avec l'autre ; d'être rançonnée par les officiers de justice, et de n'avoir en perspective qu'une vieillesse affreuse, un hôpital, et un fumier, vous concluriez que je suis une des plus malheureuses créatures du monde. »

Paquette ouvrait ainsi son cœur au bon Candide, dans un cabinet, en présence de Martin, qui disait à Candide :

« Vous voyez que j'ai déjà gagné la moitié de la gageure. »

Frère Giroflée était resté dans la salle à manger, et buvait un coup en attendant le dîner. « Mais, dit Candide à Paquette, vous aviez l'air si gai, si content, quand je vous ai rencontrée ; vous chantiez, vous caressiez le théatin avec une complaisance naturelle ; vous m'avez paru aussi heureuse que vous prétendez être infortunée.

— Ah ! monsieur, répondit Paquette, c'est encore là une des misères du métier. J'ai été hier volée et battue par un officier, et il faut aujourd'hui que je paraisse de bonne humeur pour plaire à un moine. »

Candide n'en voulut pas davantage ; il avoua que Martin avait raison. On se mit à table avec Paquette et le théatin ; le repas fut assez amusant, et sur la fin on se parla avec quelque confiance. « Mon père, dit Candide au moine, vous me paraissez jouir d'une destinée que tout le monde doit envier ; la fleur de la santé brille sur votre visage, votre physionomie annonce le bonheur ;

vous avez une très jolie fille pour votre récréation, et vous paraissez très content de votre état de théatin.

— Ma foi, monsieur, dit frère Giroflée, je voudrais que tous les théatins fussent au fond de la mer. J'ai été tenté cent fois de mettre le feu au couvent, et d'aller me faire turc. Mes parents me forcèrent, à l'âge de quinze ans, d'endosser cette détestable robe, pour laisser plus de fortune à un maudit frère aîné que Dieu confonde !

La jalousie, la discorde, la rage, habitent dans le couvent. Il est vrai que j'ai prêché quelques mauvais sermons qui m'ont valu un peu d'argent dont le prieur me vole la moitié : le reste me sert à entretenir des filles ; mais quand je rentre le soir dans le monastère, je suis prêt de me casser la tête contre les murs du dortoir ; et tous mes confrères sont dans le même cas. »

Martin se tournant vers Candide avec son sang-froid ordinaire : « Et bien ! lui dit-il, n'ai-je pas gagné la gageure tout entière ? » Candide donna deux mille piastres à Paquette et mille piastres à frère Giroflée. Je vous réponds, dit-il, qu'avec cela ils seront heureux. — Je n'en crois rien du tout, dit Martin ; vous les rendrez peut-être avec ces piastres beaucoup plus malheureux encore. — Il en sera ce qui pourra, dit Candide ; mais une chose me console, je vois qu'on retrouve souvent les gens qu'on ne croyait jamais retrouver : il se pourra bien faire qu'ayant rencontré mon mouton rouge et Paquette, je rencontre aussi Cunégonde. — Je souhaite, dit Martin, qu'elle fasse un jour votre bonheur ; mais c'est de quoi je doute fort. — Vous êtes bien dur, dit Candide. — C'est que j'ai vécu, dit Martin.

— Mais regardez ces gondoliers, dit Candide ; ne chantent-ils pas sans cesse ? — Vous ne les voyez pas dans leur ménage, avec leurs femmes et leurs marmots d'enfants, dit Martin. Le doge a ses chagrins, les gondoliers ont les leurs. Il est vrai qu'à tout prendre le sort d'un gondolier est préférable à celui d'un doge ; mais je crois la différence si médiocre que cela ne vaut pas la peine d'être examiné.

— On parle, dit Candide, du sénateur Pococuranté, qui demeure dans ce beau palais sur la Brenta, et qui reçoit assez bien les étrangers. On prétend que c'est un homme qui n'a jamais eu de chagrin. — Je voudrais voir une espèce si rare », dit Martin. Candide aussitôt fit demander au seigneur Pococuranté la permission de venir le voir le lendemain.

CHAPITRE VINGT-CINQUIÈME

Candide et Martin allèrent en gondole sur la Brenta, et arrivèrent au palais du noble Pococuranté. Les jardins étaient bien entendus, et ornés de belles statues de marbre ; le palais, d'une belle architecture. Le maître du logis, homme de soixante ans, fort riche, reçut très poliment les deux curieux, mais avec très peu d'empressement, ce qui déconcerta Candide et ne déplut point à Martin.

D'abord deux filles jolies et proprement mises servirent du chocolat, qu'elles firent très bien mousser. Candide ne put s'empêcher de les louer sur leur beauté, sur leur bonne grâce, et sur leur adresse. « Ce sont d'assez bonnes créatures, dit le sénateur Pococuranté ; je les fais quelquefois coucher dans mon lit : car je suis bien las des dames de la ville, de leurs coquetteries, de leurs jalousies, de leurs querelles, de leurs humeurs, de leurs petitesses, de leur orgueil, de leurs sottises, et des sonnets qu'il faut faire ou commander pour elles ; mais, après tout, ces deux filles commencent fort à m'ennuyer. »

Candide, après le déjeuner, se promenant dans une longue galerie, fut surpris de la beauté des tableaux. Il demanda de quel maître étaient les deux premiers. « Ils sont de Raphaël, dit le sénateur ; je les achetai fort cher

par vanité, il y a quelques années ; on dit que c'est ce qu'il y a de plus beau en Italie, mais ils ne me plaisent point du tout : la couleur en est très rembrunie, les figures ne sont pas assez arrondies, et ne sortent point assez ; les draperies ne ressemblent en rien à une étoffe : en un mot, quoi qu'on en dise, je ne trouve point là une imitation vraie de la nature. Je n'aimerai un tableau que quand je croirai voir la nature elle-même : il n'y en a point de cette espèce. J'ai beaucoup de tableaux, mais je ne les regarde plus. »

Pococuranté, en attendant le dîner, se fit donner un concerto. Candide trouva la musique délicieuse. « Ce bruit, dit Pococuranté, peut amuser une demi-heure ; mais s'il dure plus longtemps, il fatigue tout le monde, quoique personne n'ose l'avouer. La musique aujourd'hui n'est plus que l'art d'exécuter des choses difficiles, et ce qui n'est que difficile ne plaît point à la longue.

« J'aimerais peut-être mieux l'opéra, si on n'avait pas trouvé le secret d'en faire un monstre qui me révolte. Ira voir qui voudra de mauvaises tragédies en musique, où les scènes ne sont faites que pour amener très mal à propos deux ou trois chansons ridicules qui font valoir le gosier d'une actrice ; se pâmera de plaisir qui voudra ou qui pourra en voyant un châtré fredonner le rôle de César et de Caton, et se promener d'un air gauche sur des planches ; pour moi, il y a longtemps que j'ai renoncé à ces pauvretés, qui font aujourd'hui la gloire de l'Italie, et que des souverains payent si chèrement. » Candide disputa un peu, mais avec discrétion. Martin fut entièrement de l'avis du sénateur.

On se mit à table ; et, après un excellent dîner, on entra dans la bibliothèque. Candide, en voyant un Homère magnifiquement relié, loua l'illustrissime sur son bon goût. « Voilà, dit-il, un livre qui faisait les délices du grand Pangloss, le meilleur philosophe de l'Allemagne.

— Il ne fait pas les miennes, dit froidement Poco-curanté ; on me fit accroire autrefois que j'avais du plaisir en le lisant ; mais cette répétition continuelle de combats qui se ressemblent tous, ces dieux qui agissent toujours pour ne rien faire de décisif, cette Hélène qui est le sujet de la guerre, et qui à peine est une actrice de la pièce ; cette Troie qu'on assiège, et qu'on ne prend point : tout cela me causait le plus mortel ennui. J'ai demandé quelquefois à des savants s'ils s'ennuyaient autant que moi à cette lecture : tous les gens sincères m'ont avoué que le livre leur tombait des mains, mais qu'il fallait toujours l'avoir dans sa bibliothèque, comme un monument de l'antiquité, et comme ces médailles rouillées qui ne peuvent être de commerce.

— Votre Excellence ne pense pas ainsi de Virgile ? dit Candide. — Je conviens, dit Pococuranté, que le second, le quatrième et le sixième livre de son *Énéide,* sont excellents ; mais pour son pieux Énée, et le fort Cloanthe, et l'ami Achates, et le petit Ascanius, et l'imbécile roi Latinus, et la bourgeoise Amata, et l'insi-pide Lavinia, je ne crois pas qu'il y ait rien de si froid et de plus désagréable. J'aime mieux le Tasse et les contes à dormir debout de l'Arioste.

— Oserais-je vous demander, monsieur, dit Candide, si vous n'avez pas un grand plaisir à lire Horace ? — Il y a des maximes, dit Pococuranté, dont un homme du monde peut faire son profit, et qui, étant resserrées dans des vers énergiques, se gravent plus aisément dans la mémoire ; mais je me soucie fort peu de son voyage à Brindes, et de sa description d'un mauvais dîner, et de la querelle de crocheteurs entre je ne sais quel Pupilus dont les paroles, dit-il, *étaient pleines de pus,* et un autre dont les paroles *étaient du vinaigre.* Je n'ai lu qu'avec un extrême dégoût ses vers grossiers contre des vieilles et contre des sorcières ; et je ne vois pas quel mérite il peut y avoir à dire à son ami Mécenas, que, s'il est mis par lui

au rang des poètes lyriques, il frappera les astres de son
front sublime. Les sots admirent tout dans un auteur
estimé. Je ne lis que pour moi ; je n'aime que ce qui est à
mon usage. » Candide, qui avait été élevé à ne jamais
juger de rien par lui-même, était fort étonné de ce qu'il
entendait ; et Martin trouvait la façon de penser de
Pococuranté assez raisonnable.

« Oh ! voici un Cicéron, dit Candide ; pour ce grand
homme-là, je pense que vous ne vous lassez point de le
lire ? — Je ne le lis jamais, répondit le Vénitien. Que
m'importe qu'il ait plaidé pour Rabirius ou pour Cluen-
tius ? J'ai bien assez des procès que je juge ; je me serais
mieux accommodé de ses œuvres philosophiques ; mais
quand j'ai vu qu'il doutait de tout, j'ai conclu que j'en
savais autant que lui, et que je n'avais besoin de per-
sonne pour être ignorant.

— Ah ! voilà quatre-vingts volumes de recueils d'une
académie des sciences, s'écria Martin ; il se peut qu'il y
ait là du bon. — Il y en aurait, dit Pococuranté, si un seul
des auteurs de ces fatras avait inventé seulement l'art de
faire des épingles ; mais il n'y a dans tous ces livres que
de vains systèmes, et pas une seule chose utile.

— Que de pièces de théâtre je vois là, dit Candide, en
italien, en espagnol, en français ! — Oui, dit le sénateur,
il y en a trois mille, et pas trois douzaines de bonnes.
Pour ces recueils de sermons, qui tous ensemble ne
valent pas une page de Sénèque, et tous ces gros
volumes de théologie, vous pensez bien que je ne les
ouvre jamais, ni moi, ni personne. »

Martin aperçut des rayons chargés de livres anglais.
« Je crois, dit-il, qu'un républicain doit se plaire à la
plupart de ces ouvrages écrits si librement. — Oui,
répondit Pococuranté ; il est beau d'écrire ce qu'on
pense : c'est le privilège de l'homme. Dans toute notre
Italie, on n'écrit que ce qu'on ne pense pas ; ceux qui
habitent la patrie des Césars et des Antonins n'osent

avoir une idée sans la permission d'un jacobin. Je serais content de la liberté qui inspire les génies anglais si la passion et l'esprit de parti ne corrompaient pas tout ce que cette précieuse liberté a d'estimable. »

Candide, apercevant un Milton, lui demanda s'il ne regardait pas cet auteur comme un grand homme. « Qui ? dit Pococuranté, ce barbare qui fait un long commentaire du premier chapitre de la *Genèse* en dix livres de vers durs ? ce grossier imitateur des Grecs, qui défigure la création, et qui, tandis que Moïse représente l'Être éternel produisant le monde par la parole, fait prendre un grand compas par le Messiah dans une armoire du ciel pour tracer son ouvrage ? Moi, j'estimerais celui qui a gâté l'enfer et le diable du Tasse ; qui déguise Lucifer tantôt en crapaud, tantôt en pygmée ; qui lui fait rebattre cent fois les mêmes discours ; qui le fait disputer sur la théologie ; qui, en imitant sérieusement l'invention comique des armes à feu de l'Arioste, fait tirer le canon dans le ciel par les diables ? Ni moi, ni personne en Italie n'a pu se plaire à toutes ces tristes extravagances. Le mariage du péché et de la mort, et les couleuvres dont le péché accouche, font vomir tout homme qui a le goût un peu délicat ; et sa longue description d'un hôpital n'est bonne que pour un fossoyeur. Ce poème obscur, bizarre et dégoûtant, fut méprisé à sa naissance ; je le traite aujourd'hui comme il fut traité dans sa patrie par les contemporains. Au reste, je dis ce que je pense, et je me soucie fort peu que les autres pensent comme moi. »

Candide était affligé de ces discours ; il respectait Homère, il aimait un peu Milton. « Hélas ! dit-il tout bas à Martin, j'ai bien peur que cet homme-ci n'ait un souverain mépris pour nos poètes allemands. — Il n'y aurait pas grand mal à cela, dit Martin. — Oh ! quel homme supérieur ! disait encore Candide entre ses dents, quel grand génie que ce Pococuranté ! rien ne peut lui plaire. »

Après avoir fait ainsi la revue de tous les livres, ils descendirent dans le jardin. Candide en loua toutes les beautés. « Je ne sais rien de si mauvais goût, dit le maître : nous n'avons ici que des colifichets, mais je vais dès demain en faire planter un d'un dessin plus noble. »

Quand les deux curieux eurent pris congé de Son Excellence : « Or ça, dit Candide à Martin, vous conviendrez que voilà le plus heureux de tous les hommes, car il est au-dessus de tout ce qu'il possède. — Ne voyez-vous pas, dit Martin, qu'il est dégoûté de tout ce qu'il possède ? Platon a dit, il y a longtemps, que les meilleurs estomacs ne sont pas ceux qui rebutent tous les aliments. — Mais, dit Candide, n'y a-t-il pas du plaisir à tout critiquer, à sentir des défauts où les autres hommes croient voir des beautés ? — C'est-à-dire, reprit Martin, qu'il y a du plaisir à n'avoir pas de plaisir ? — Oh bien ! dit Candide, il n'y a donc d'heureux que moi, quand je reverrai mademoiselle Cunégonde. — C'est toujours bien fait d'espérer », dit Martin.

Cependant les jours, les semaines s'écoulaient ; Cacambo ne revenait point, et Candide était si abîmé dans sa douleur qu'il ne fit pas même réflexion que Paquette et frère Giroflée n'étaient pas venus seulement le remercier.

CHAPITRE VINGT-SIXIÈME

D'UN SOUPER QUE CANDIDE ET MARTIN
FIRENT AVEC SIX ÉTRANGERS,
ET QUI ILS ÉTAIENT

Un soir que Candide, suivi de Martin, allait se mettre à table avec les étrangers qui logeaient dans la même hôtellerie, un homme à visage couleur de suie l'aborda par-derrière, et, le prenant par le bras, lui dit : « Soyez prêt à partir avec nous, n'y manquez pas. » Il se retourne, et voit Cacambo. Il n'y avait que la vue de Cunégonde qui pût l'étonner et lui plaire davantage. Il fut sur le point de devenir fou de joie. Il embrasse son cher ami. « Cunégonde est ici, sans doute ? Où est-elle ? Mène-moi vers elle, que je meure de joie avec elle. — Cunégonde n'est point ici, dit Cacambo, elle est à Constantinople. — Ah ciel ! à Constantinople ! mais fût-elle à la Chine, j'y vole, partons. — Nous partirons après souper, reprit Cacambo ; je ne peux vous en dire davantage ; je suis esclave, mon maître m'attend ; il faut que j'aille le servir à table : ne dites mot ; soupez, et tenez-vous prêt. »

Candide, partagé entre la joie et la douleur, charmé d'avoir revu son agent fidèle, étonné de le voir esclave, plein de l'idée de retrouver sa maîtresse, le cœur agité, l'esprit bouleversé, se mit à table avec Martin, qui voyait de sang-froid toutes ces aventures, et avec six étrangers qui étaient venus passer le carnaval à Venise.

Cacambo, qui versait à boire à l'un de ces étrangers,

s'approcha de l'oreille de son maître, sur la fin du repas, et lui dit : « Sire, Votre Majesté partira quand elle voudra, le vaisseau est prêt. » Ayant dit ces mots, il sortit. Les convives, étonnés, se regardaient sans proférer une seule parole, lorsqu'un autre domestique, s'approchant de son maître, lui dit : « Sire, la chaise de Votre Majesté est à Padoue, et la barque est prête. » Le maître fit un signe, et le domestique partit. Tous les convives se regardèrent encore, et la surprise commune redoubla. Un troisième valet, s'approchant aussi d'un troisième étranger, lui dit : « Sire, croyez-moi, Votre Majesté ne doit pas rester ici plus longtemps : je vais tout préparer » ; et aussitôt il disparut.

Candide et Martin ne doutèrent pas alors que ce ne fût une mascarade du carnaval. Un quatrième domestique dit au quatrième maître : « Votre Majesté partira quand elle voudra », et sortit comme les autres. Le cinquième valet en dit autant au cinquième maître. Mais le sixième valet parla différemment au sixième étranger, qui était auprès de Candide ; il lui dit : « Ma foi, sire, on ne veut plus faire crédit à Votre Majesté ni à moi non plus, et nous pourrions bien être coffrés cette nuit, vous et moi ; je vais pourvoir à mes affaires, adieu. »

Tous les domestiques ayant disparu, les six étrangers, Candide et Martin, demeurèrent dans un profond silence. Enfin Candide le rompit : « Messieurs, dit-il, voilà une singulière plaisanterie. Pourquoi êtes-vous tous rois ? Pour moi, je vous avoue que ni moi ni Martin nous ne le sommes. »

Le maître de Cacambo prit alors gravement la parole, et dit en italien : « Je ne suis point plaisant, je m'appelle Achmet III ; j'ai été grand sultan plusieurs années ; je détrônai mon frère ; mon neveu m'a détrôné ; on a coupé le cou à mes vizirs ; j'achève ma vie dans le vieux sérail ; mon neveu le grand sultan Mahmoud me permet de voyager quelquefois pour ma santé ; et je suis venu passer le carnaval à Venise. »

Un jeune homme qui était auprès d'Achmet parla après lui, et dit : « Je m'appelle Ivan ; j'ai été empereur de toutes les Russies ; j'ai été détrôné au berceau ; mon père et ma mère ont été enfermés ; on m'a élevé en prison ; j'ai quelquefois la permission de voyager, accompagné de ceux qui me gardent ; et je suis venu passer le carnaval à Venise. »

Le troisième dit : « Je suis Charles-Édouard, roi d'Angleterre ; mon père m'a cédé ses droits au royaume ; j'ai combattu pour les soutenir ; on a arraché le cœur à huit cents de mes partisans, et on leur en a battu les joues ; j'ai été mis en prison ; je vais à Rome faire une visite au roi mon père, détrôné ainsi que moi et mon grand-père ; et je suis venu passer le carnaval à Venise. »

Le quatrième prit alors la parole et dit : « Je suis roi des Polaques ; le sort de la guerre m'a privé de mes États héréditaires ; mon père a éprouvé les mêmes revers ; je me résigne à la Providence comme le sultan Achmet, l'empereur Ivan, et le roi Charles-Edouard, à qui Dieu donne une longue vie ; et je suis venu passer le carnaval à Venise. »

Le cinquième dit : « Je suis aussi roi des Polaques ; j'ai perdu mon royaume deux fois ; mais la Providence m'a donné un autre État dans lequel j'ai fait plus de bien que tous les rois des Sarmates ensemble n'en ont jamais pu faire sur les bords de la Vistule. Je me résigne aussi à la Providence ; et je suis venu passer le carnaval à Venise. »

Il restait au sixième monarque à parler. « Messieurs, dit-il, je ne suis pas si grand seigneur que vous ; mais enfin j'ai été roi tout comme un autre ; je suis Théodore ; on m'a élu roi en Corse ; on m'a appelé *Votre Majesté,* et à présent à peine m'appelle-t-on *Monsieur ;* j'ai fait frapper de la monnaie, et je ne possède pas un denier ; j'ai eu deux secrétaires d'État, et j'ai à peine un valet ; je

me suis vu sur un trône, et j'ai longtemps été à Londres en prison sur la paille ; j'ai bien peur d'être traité de même ici, quoique je sois venu, comme Vos Majestés, passer le carnaval à Venise. »

Les cinq autres rois écoutèrent ce discours avec une noble compassion. Chacun d'eux donna vingt sequins au roi Théodore pour avoir des habits et des chemises ; Candide lui fit présent d'un diamant de deux mille sequins. « Quel est donc, disaient les cinq rois, ce simple particulier qui est en état de donner cent fois autant que chacun de nous, et qui le donne ? »

Dans l'instant qu'on sortait de table, il arriva dans la même hôtellerie quatre altesses sérénissimes qui avaient aussi perdu leurs États par le sort de la guerre, et qui venaient passer le reste du carnaval à Venise. Mais Candide ne prit pas seulement garde à ces nouveaux venus. Il n'était occupé que d'aller trouver sa chère Cunégonde à Constantinople.

CHAPITRE VINGT-SEPTIÈME

VOYAGE DE CANDIDE À CONSTANTINOPLE

Le fidèle Cacambo avait déjà obtenu du patron turc qui allait reconduire le sultan Achmet à Constantinople qu'il recevrait Candide et Martin sur son bord. L'un et l'autre s'y rendirent après s'être prosternés devant Sa misérable Hautesse. Candide, chemin faisant, disait à Martin : « Voilà pourtant six rois détrônés avec qui nous avons soupé ! et encore dans ces six rois il y en a un à qui j'ai fait l'aumône. Peut-être y a-t-il beaucoup d'autres princes plus infortunés. Pour moi, je n'ai perdu que cent moutons, et je vole dans les bras de Cunégonde. Mon cher Martin, encore une fois, Pangloss avait raison, tout est bien. — Je le souhaite, dit Martin. — Mais, dit Candide, voilà une aventure bien peu vraisemblable que nous avons eue à Venise. On n'avait jamais vu ni ouï conter que six rois détrônés soupassent ensemble au cabaret. — Cela n'est pas plus extraordinaire, dit Martin, que la plupart des choses qui nous sont arrivées. Il est très commun que des rois soient détrônés ; et à l'égard de l'honneur que nous avons eu de souper avec eux, c'est une bagatelle qui ne mérite pas notre attention. »

A peine Candide fut-il dans le vaisseau qu'il sauta au cou de son ancien valet, de son ami Cacambo. « Eh bien ! lui dit-il, que fait Cunégonde ? Est-elle toujours un

prodige de beauté ? M'aime-t-elle toujours ? Comment
se porte-t-elle ? Tu lui as sans doute acheté un palais à
Constantinople ?

— Mon cher maître, répondit Cacambo, Cunégonde
lave les écuelles sur le bord de la Propontide, chez un
prince qui a très peu d'écuelles ; elle est esclave dans la
maison d'un ancien souverain, nommé Ragotski, à qui le
Grand Turc donne trois écus par jour dans son asile ;
mais, ce qui est bien plus triste, c'est qu'elle a perdu sa
beauté, et qu'elle est devenue horriblement laide. —
Ah ! belle ou laide, dit Candide, je suis honnête homme,
et mon devoir est de l'aimer toujours. Mais comment
peut-elle être réduite à un état si abject avec les cinq ou
six millions que tu avais apportés ? — Bon, dit
Cacambo, ne m'en a-t-il pas fallu donner deux millions
au señor don Fernando d'Ibaraa, y Figueora, y Mas-
carenes, y Lampourdos, y Souza, gouverneur de Bue-
nos-Ayres, pour avoir la permission de reprendre made-
moiselle Cunégonde ? Et un pirate ne nous a-t-il pas
bravement dépouillés de tout le reste ? Ce pirate ne nous
a-t-il pas menés au cap de Matapan, à Milo, à Nicarie, à
Samos, à Petra, aux Dardanelles, à Marmora, à Scutari ?
Cunégonde et la vieille servent chez ce prince dont je
vous ai parlé, et moi, je suis esclave du sultan détrôné.
— Que d'épouvantables calamités enchaînées les unes
aux autres ! dit Candide. Mais, après tout, j'ai encore
quelques diamants ; je délivrerai aisément Cunégonde.
C'est bien dommage qu'elle soit devenue si laide. »

Ensuite, se tournant vers Martin : « Que pensez-vous
dit-il, qui soit le plus à plaindre, de l'empereur Achmet,
de l'empereur Ivan, du roi Charles-Édouard, ou de
moi ? — Je n'en sais rien, dit Martin ; il faudrait que je
fusse dans vos cœurs pour le savoir. — Ah ! dit Candide,
si Pangloss était ici, il le saurait, et nous l'apprendrait. —
Je ne sais, dit Martin, avec quelles balances votre Pan-
gloss aurait pu peser les infortunes des hommes, et

apprécier leurs douleurs. Tout ce que je présume, c'est qu'il y a des millions d'hommes sur la terre cent fois plus à plaindre que le roi Charles-Édouard, l'empereur Ivan, et le sultan Achmet. — Cela pourrait bien être, dit Candide. »

On arriva en peu de jours sur le canal de la mer Noire. Candide commença par racheter Cacambo fort cher ; et, sans perdre de temps, il se jeta dans une galère, avec ses compagnons, pour aller sur le rivage de la Propontide chercher Cunégonde, quelque laide qu'elle pût être.

Il y avait dans la chiourme deux forçats qui ramaient fort mal, et à qui le levanti patron appliquait de temps en temps quelques coups de nerf de bœuf sur leurs épaules nues ; Candide, par un mouvement naturel, les regarda plus attentivement que les autres galériens, et s'approcha d'eux avec pitié. Quelques traits de leurs visages défigurés lui parurent avoir un peu de ressemblance avec Pangloss et avec ce malheureux jésuite, ce baron, ce frère de mademoiselle Cunégonde. Cette idée l'émut et l'attrista. Il les considéra encore plus attentivement. « En vérité, dit-il à Cacambo, si je n'avais pas vu pendre maître Pangloss, et si je n'avais pas eu le malheur de tuer le baron, je croirais que ce sont eux qui rament dans cette galère. »

Au nom du baron et de Pangloss les deux forçats poussèrent un grand cri, s'arrêtèrent sur leur banc, et laissèrent tomber leurs rames. Le levanti patron accourait sur eux, et les coups de nerf de bœuf redoublaient. « Arrêtez ! arrêtez ! seigneur, s'écria Candide ; je vous donnerai tant d'argent que vous voudrez. — Quoi ! c'est Candide ! disait l'un des forçats. — Quoi ! c'est Candide ! disait l'autre. — Est-ce un songe ? dit Candide ; veillé-je ? suis-je dans cette galère ? Est-ce là monsieur le baron, que j'ai tué ? Est-ce là maître Pangloss, que j'ai vu pendre ? — C'est nous-mêmes, c'est nous-mêmes,

répondaient-ils. — Quoi ! c'est là ce grand philosophe ?
disait Martin. — Eh ! monsieur le levanti patron, dit
Candide, combien voulez-vous d'argent pour la rançon
de monsieur de Thunder-ten-tronckh, un des premiers
barons de l'empire, et de monsieur Pangloss, le plus
profond métaphysicien d'Allemagne ? — Chien de chré-
tien, répondit le levanti patron, puisque ces deux chiens
de forçats chrétiens sont des barons et des métaphysi-
ciens, ce qui est sans doute une grande dignité dans leur
pays, tu m'en donneras cinquante mille sequins. — Vous
les aurez, monsieur ; ramenez-moi comme un éclair à
Constantinople, et vous serez payé sur-le-champ. Mais
non, menez-moi chez mademoiselle Cunégonde. » Le
levanti patron, sur la première offre de Candide, avait
déjà tourné la proue vers la ville, et il faisait ramer plus
vite qu'un oiseau ne fend les airs.

Candide embrassa cent fois le baron et Pangloss. « Et
comment ne vous ai-je pas tué, mon cher baron ? et mon
cher Pangloss, comment êtes-vous en vie après avoir été
pendu ? et pourquoi êtes-vous tous deux aux galères en
Turquie ? — Est-il bien vrai que ma chère sœur soit dans
ce pays ? disait le baron. — Oui, répondait Cacambo. —
Je revois donc mon cher Candide », s'écriait Pangloss.
Candide leur présentait Martin et Cacambo. Ils
s'embrassaient tous ; ils parlaient tous à la fois. La galère
volait, ils étaient déjà dans le port. On fit venir un juif, à
qui Candide vendit pour cinquante mille sequins un
diamant de la valeur de cent mille, et qui lui jura par
Abraham qu'il n'en pouvait donner davantage. Il paya
incontinent la rançon du baron et de Pangloss. Celui-ci
se jeta aux pieds de son libérateur, et les baigna de
larmes ; l'autre le remercia par un signe de tête, et lui
promit de lui rendre cet argent à la première occasion.
« Mais est-il bien possible que ma sœur soit en Turquie ?
disait-il. — Rien n'est si possible, reprit Cacambo,

puisqu'elle écure la vaisselle chez un prince de Transylvanie. » On fit aussitôt venir deux juifs : Candide vendit encore des diamants ; et ils repartirent tous dans une autre galère pour aller délivrer Cunégonde.

CHAPITRE VINGT-HUITIÈME

CE QUI ARRIVA À CANDIDE, À CUNÉGONDE,
À PANGLOSS, À MARTIN, ETC.

« Pardon, encore une fois, dit Candide au baron ; pardon, mon révérend père, de vous avoir donné un grand coup d'épée au travers du corps. — N'en parlons plus, dit le baron ; je fus un peu trop vif, je l'avoue ; mais puisque vous voulez savoir par quel hasard vous m'avez vu aux galères, je vous dirai qu'après avoir été guéri de ma blessure par le frère apothicaire du collège, je fus attaqué et enlevé par un parti espagnol ; on me mit en prison à Buenos-Ayres dans le temps que ma sœur venait d'en partir. Je demandai à retourner à Rome auprès du père général. Je fus nommé pour aller servir d'aumônier à Constantinople auprès de monsieur l'ambassadeur de France. Il n'y avait pas huit jours que j'étais entré en fonction, quand je trouvai sur le soir un jeune icoglan très bien fait. Il faisait fort chaud : le jeune homme voulut se baigner ; je pris cette occasion de me baigner aussi. Je ne savais pas que ce fût un crime capital pour un chrétien d'être trouvé tout nu avec un jeune musulman. Un cadi me fit donner cent coups de bâton sous la plante des pieds, et me condamna aux galères. Je ne crois pas qu'on ait fait une plus horrible injustice. Mais je voudrais bien savoir pourquoi ma sœur est dans la cuisine d'un souverain de Transylvanie réfugié chez les Turcs.

— Mais vous, mon cher Pangloss, dit Candide, comment se peut-il que je vous revoie ? — Il est vrai, dit Pangloss, que vous m'avez vu pendre ; je devais naturellement être brûlé : mais vous vous souvenez qu'il plut à verse lorsqu'on allait me cuire : l'orage fut si violent qu'on désespéra d'allumer le feu ; je fus pendu, parce qu'on ne put mieux faire : un chirurgien acheta mon corps, m'emporta chez lui, et me disséqua. Il me fit d'abord une incision cruciale depuis le nombril jusqu'à la clavicule. On ne pouvait pas avoir été plus mal pendu que je l'avais été. L'exécuteur des hautes œuvres de la sainte Inquisition, lequel était sous-diacre, brûlait à la vérité les gens à merveille, mais il n'était pas accoutumé à pendre : la corde était mouillée et glissa mal, elle fut nouée ; enfin je respirais encore : l'incision cruciale me fit jeter un si grand cri que mon chirurgien tomba à la renverse ; et, croyant qu'il disséquait le diable, il s'enfuit en mourant de peur, et tomba encore sur l'escalier en fuyant. Sa femme accourut au bruit, d'un cabinet voisin : elle me vit sur la table étendu avec mon incision cruciale ; elle eut encore plus de peur que son mari, s'enfuit, et tomba sur lui. Quand ils furent un peu revenus à eux, j'entendis la chirurgienne qui disait au chirurgien : « Mon bon, de quoi vous avisez-vous de disséquer un hérétique ? Ne savez-vous pas que le diable est toujours dans le corps de ces gens-là ? Je vais vite chercher un prêtre pour l'exorciser. » Je frémis à ce propos, et je ramassai le peu de forces qui me restaient pour crier : « Ayez pitié de moi ! » Enfin le barbier portugais s'enhardit : il recousit ma peau ; sa femme même eut soin de moi ; je fus sur pied au bout de quinze jours. Le barbier me trouva une condition, et me fit laquais d'un chevalier de Malte qui allait à Venise ; mais mon maître n'ayant pas de quoi me payer, je me mis au service d'un marchand vénitien, et je le suivis à Constantinople.

« Un jour il me prit fantaisie d'entrer dans une mos-
quée ; il n'y avait qu'un vieux imam et une jeune dévote
très jolie qui disait ses patenôtres ; sa gorge était toute
découverte : elle avait entre ses deux tétons un beau
bouquet de tulipes, de roses, d'anémones, de renon-
cules, d'hyacinthes, et d'oreilles d'ours ; elle laissa tom-
ber son bouquet ; je le ramassai, et je le lui remis avec un
empressement très respectueux. Je fus si longtemps à le
lui remettre que l'imam se mit en colère, et, voyant que
j'étais chrétien, il cria à l'aide. On me mena chez le cadi,
qui me fit donner cent coups de latte sur la plante des
pieds, et m'envoya aux galères. Je fus enchaîné précisé-
ment dans la même galère et au même banc que mon-
sieur le baron. Il y avait dans cette galère quatre jeunes
gens de Marseille, cinq prêtres napolitains, et deux
moines de Corfou, qui nous dirent que de pareilles
aventures arrivaient tous les jours. Monsieur le baron
prétendait qu'il avait essuyé une plus grande injustice
que moi ; je prétendais, moi, qu'il était beaucoup plus
permis de remettre un bouquet sur la gorge d'une
femme que d'être tout nu avec un icoglan. Nous dispu-
tions sans cesse, et nous recevions vingt coups de nerf de
bœuf par jour, lorsque l'enchaînement des événements
de cet univers vous a conduit dans notre galère, et que
vous nous avez rachetés.

— Eh bien ! mon cher Pangloss, lui dit Candide,
quand vous avez été pendu, disséqué, roué de coups, et
que vous avez ramé aux galères, avez-vous toujours
pensé que tout allait le mieux du monde ? — Je suis
toujours de mon premier sentiment, répondit Pangloss ;
car enfin je suis philosophe : il ne me convient pas de me
dédire, Leibnitz ne pouvant pas avoir tort, et l'harmonie
préétablie étant d'ailleurs la plus belle chose du monde,
aussi bien que le plein et la matière subtile. »

CHAPITRE VINGT-NEUVIÈME

COMMENT CANDIDE RETROUVA
CUNÉGONDE ET LA VIEILLE

Pendant que Candide, le baron, Pangloss, Martin, et Cacambo, contaient leurs aventures, qu'ils raisonnaient sur les événements contingents ou non contingents de cet univers, qu'ils disputaient sur les effets et les causes, sur le mal moral et sur le mal physique, sur la liberté et la nécessité, sur les consolations que l'on peut éprouver lorsqu'on est aux galères en Turquie, ils abordèrent sur le rivage de la Propontide, à la maison du prince de Transylvanie. Les premiers objets qui se présentèrent furent Cunégonde et la vieille, qui étendaient des serviettes sur des ficelles pour les faire sécher.

Le baron pâlit à cette vue. Le tendre amant Candide, en voyant sa belle Cunégonde rembrunie, les yeux éraillés, la gorge sèche, les joues ridées, les bras rouges et écaillés, recula trois pas, saisi d'horreur, et avança ensuite par bon procédé. Elle embrassa Candide et son frère ; on embrassa la vieille : Candide les racheta toutes deux.

Il y avait une petite métairie dans le voisinage ; la vieille proposa à Candide de s'en accommoder, en attendant que toute la troupe eût une meilleure destinée. Cunégonde ne savait pas qu'elle était enlaidie, personne ne l'en avait avertie : elle fit souvenir Candide de ses promesses avec un ton si absolu que le bon

Candide n'osa pas la refuser. Il signifia donc au baron qu'il allait se marier avec sa sœur. « Je ne souffrirai jamais, dit le baron, une telle bassesse de sa part, et une telle insolence de la vôtre ; cette infamie ne me sera jamais reprochée : les enfants de ma sœur ne pourraient entrer dans les chapitres d'Allemagne. Non, jamais ma sœur n'épousera qu'un baron de l'Empire. » Cunégonde se jeta à ses pieds, et les baigna de larmes ; il fut inflexible. « Maître fou, lui dit Candide, je t'ai réchappé des galères, j'ai payé ta rançon, j'ai payé celle de ta sœur ; elle lavait ici des écuelles, elle est laide, j'ai la bonté d'en faire ma femme ; et tu prétends encore t'y opposer ! Je te retuerais si j'en croyais ma colère. — Tu peux me tuer encore, dit le baron, mais tu n'épouseras pas ma sœur de mon vivant. »

CHAPITRE TRENTIÈME

CONCLUSION

Candide, dans le fond de son cœur, n'avait aucune envie d'épouser Cunégonde ; mais l'impertinence extrême du baron le déterminait à conclure le mariage, et Cunégonde le pressait si vivement qu'il ne pouvait s'en dédire. Il consulta Pangloss, Martin, et le fidèle Cacambo. Pangloss fit un beau mémoire par lequel il prouvait que le baron n'avait nul droit sur sa sœur, et qu'elle pouvait, selon toutes les lois de l'Empire, épouser Candide de la main gauche. Martin conclut à jeter le baron dans la mer ; Cacambo décida qu'il fallait le rendre au levanti patron, et le remettre aux galères, après quoi on l'enverrait à Rome au père général par le premier vaisseau L'avis fut trouvé fort bon ; la vieille l'approuva ; on n'en dit rien à sa sœur ; la chose fut exécutée pour quelque argent, et on eut le plaisir d'attraper un jésuite, et de punir l'orgueil d'un baron allemand.

Il était tout naturel d'imaginer qu'après tant de désastres Candide, marié avec sa maîtresse et vivant avec le philosophe Pangloss, le philosophe Martin, le prudent Cacambo, et la vieille, ayant d'ailleurs rapporté tant de diamants de la patrie des anciens Incas, mènerait la vie du monde la plus agréable ; mais il fut tant friponné par les juifs qu'il ne lui resta plus rien que sa

petite métairie ; sa femme, devenant tous les jours plus laide, devint acariâtre et insupportable ; la vieille était infirme, et fut encore de plus mauvaise humeur que Cunégonde. Cacambo, qui travaillait au jardin, et qui allait vendre des légumes à Constantinople, était excédé de travail, et maudissait sa destinée. Pangloss était au désespoir de ne pas briller dans quelque université d'Allemagne. Pour Martin, il était fermement persuadé qu'on est également mal partout ; il prenait les choses en patience. Candide, Martin, et Pangloss, disputaient quelquefois de métaphysique et de morale. On voyait souvent passer sous les fenêtres de la métairie des bateaux chargés d'effendis, de bachas, de cadis, qu'on envoyait en exil à Lemnos, à Mytilène, à Erzeroum ; on voyait venir d'autres cadis, d'autres bachas, d'autres effendis, qui prenaient la place des expulsés, et qui étaient expulsés à leur tour. On voyait des têtes proprement empaillées qu'on allait présenter à la Sublime-Porte. Ces spectacles faisaient redoubler les dissertations ; et quand on ne disputait pas, l'ennui était si excessif que la vieille osa un jour leur dire : « Je voudrais savoir lequel est le pire, ou d'être violée cent fois par des pirates nègres, d'avoir une fesse coupée, de passer par les baguettes chez les Bulgares, d'être fouetté et pendu dans un auto-da-fé, d'être disséqué, de ramer en galère, d'éprouver enfin toutes les misères par lesquelles nous avons tous passé, ou bien de rester ici à ne rien faire ? — C'est une grande question », dit Candide.

Ce discours fit naître de nouvelles réflexions, et Martin surtout conclut que l'homme était né pour vivre dans les convulsions de l'inquiétude, ou dans la léthargie de l'ennui. Candide n'en convenait pas, mais il n'assurait rien. Pangloss avouait qu'il avait toujours horriblement souffert ; mais ayant soutenu une fois que tout allait à merveille, il le soutenait toujours, et n'en croyait rien.

Une chose acheva de confirmer Martin dans ses détes-

tables principes, de faire hésiter plus que jamais Candide, et d'embarrasser Pangloss. C'est qu'ils virent un jour aborder dans leur métairie Paquette et le frère Giroflée, qui étaient dans la plus extrême misère ; ils avaient bien vite mangé leurs trois mille piastres, s'étaient quittés, s'étaient raccommodés, s'étaient brouillés, avaient été mis en prison ; s'étaient enfuis, et enfin frère Giroflée s'était fait turc. Paquette continuait son métier partout, et n'y gagnait plus rien. « Je l'avais bien prévu, dit Martin à Candide, que vos présents seraient bientôt dissipés et ne les rendraient que plus misérables. Vous avez regorgé de millions de piastres, vous et Cacambo, et vous n'êtes pas plus heureux que frère Giroflée et Paquette. — Ah ! ah ! dit Pangloss à Paquette, le Ciel vous ramène donc ici parmi nous, ma pauvre enfant ! savez-vous bien que vous m'avez coûté le bout du nez, un œil, et une oreille ? Comme vous voilà faite ! eh ! qu'est-ce que ce monde ! » Cette nouvelle aventure les engagea à philosopher plus que jamais.

Il y avait dans le voisinage un derviche très fameux qui passait pour le meilleur philosophe de la Turquie ; ils allèrent le consulter ; Pangloss porta la parole, et lui dit : « Maître, nous venons vous prier de nous dire pourquoi un aussi étrange animal que l'homme a été formé. — De quoi te mêles-tu ? lui dit le derviche ; est-ce là ton affaire ? — Mais, mon révérend père, dit Candide, il y a horriblement de mal sur la terre. — Qu'importe, dit le derviche, qu'il y ait du mal ou du bien ? Quand Sa Hautesse envoli un vaisseau en Égypte, s'embarrasse-t-elle si les souris qui sont dans le vaisseau sont à leur aise ou non ? — Que faut-il donc faire ? dit Pangloss. — Te taire, dit le derviche. — Je me flattais, dit Pangloss, de raisonner un peu avec vous des effets et des causes, du meilleur des mondes possibles, de l'origine du mal, de la nature de l'âme, et de l'harmonie préétablie. » Le derviche, à ces mots, leur ferma la porte au nez.

Pendant cette conversation, la nouvelle s'était répandue qu'on venait d'étrangler à Constantinople deux vizirs du banc et le muphti, et qu'on avait empalé plusieurs de leurs amis. Cette catastrophe faisait partout un grand bruit pendant quelques heures. Pangloss, Candide, et Martin, en retournant à la petite métairie, rencontrèrent un bon vieillard qui prenait le frais à sa porte sous un berceau d'orangers. Pangloss, qui était aussi curieux que raisonneur, lui demanda comment se nommait le muphti qu'on venait d'étrangler. « Je n'en sais rien, répondit le bonhomme ; et je n'ai jamais su le nom d'aucun muphti ni d'aucun vizir. J'ignore absolument l'aventure dont vous me parlez ; je présume qu'en général ceux qui se mêlent des affaires publiques périssent quelquefois misérablement, et qu'ils le méritent ; mais je ne m'informe jamais de ce qu'on fait à Constantinople ; je me contente d'y envoyer vendre les fruits du jardin que je cultive. » Ayant dit ces mots, il fit entrer les étrangers dans sa maison ; ses deux filles et ses deux fils leur présentèrent plusieurs sortes de sorbets qu'ils faisaient eux-mêmes, du kaïmak piqué d'écorces de cédrat confit, des oranges, des citrons, des limons, des ananas, des pistaches, du café de Moka qui n'était point mêlé avec le mauvais café de Batavia et des îles. Après quoi les deux filles de ce bon musulman parfumèrent les barbes de Candide, de Pangloss, et de Martin.

« Vous devez avoir, dit Candide au Turc, une vaste et magnifique terre ? — Je n'ai que vingt arpents, répondit le Turc ; je les cultive avec mes enfants ; le travail éloigne de nous trois grands maux, l'ennui, le vice, et le besoin. »

Candide, en retournant dans sa métairie, fit de profondes réflexions sur le discours du Turc. Il dit à Pangloss et à Martin : « Ce bon vieillard me paraît s'être fait un sort bien préférable à celui des six rois avec qui nous

avons eu l'honneur de souper. — Les grandeurs, dit
Pangloss, sont fort dangereuses, selon le rapport de tous
les philosophes : car enfin Eglon, roi des Moabites, fut
assassiné par Aod ; Absalon fut pendu par les cheveux et
percé de trois dards ; le roi Nadab, fils de Jéroboam, fut
tué par Baasa ; le roi Ela, par Zambri ; Ochosias, par
Jéhu ; Athalia, par Joïada ; les rois Joachim, Jéchonias,
Sédécias, furent esclaves. Vous savez comment périrent
Crésus, Astyage, Darius, Denys de Syracuse, Pyrrhus,
Persée, Annibal, Jugurtha, Arioviste, César, Pompée,
Néron, Othon, Vitellius, Domitien, Richard II d'Angle-
terre, Édouard II, Henri VI, Richard III, Marie Stuart,
Charles Ier, les trois Henri de France, l'empereur
Henri IV ? Vous savez... — Je sais aussi, dit Candide,
qu'il faut cultiver notre jardin. — Vous avez raison, dit
Pangloss ; car quand l'homme fut mis dans le jardin
d'Éden, il y fut mis *ut operaretur eum,* pour qu'il travail-
lât : ce qui prouve que l'homme n'est pas né pour le
repos. — Travaillons sans raisonner, dit Martin ; c'est le
seul moyen de rendre la vie supportable. »

Toute la petite société entra dans ce louable dessein ;
chacun se mit à exercer ses talents. La petite terre
rapporta beaucoup. Cunégonde était, à la vérité, bien
laide ; mais elle devint une excellente pâtissière ;
Paquette broda ; la vieille eut soin du linge. Il n'y eut pas
jusqu'à frère Giroflée qui ne rendît service ; il fut un très
bon menuisier, et même devint honnête homme ; et
Pangloss disait quelquefois à Candide : « Tous les évé-
nements sont enchaînés dans le meilleur des mondes
possibles : car enfin si vous n'aviez pas été chassé d'un
beau château à grands coups de pied dans le derrière
pour l'amour de mademoiselle Cunégonde, si vous
n'aviez pas été mis à l'Inquisition, si vous n'aviez pas
couru l'Amérique à pied, si vous n'aviez pas donné un
bon coup d'épée au baron, si vous n'aviez pas perdu tous

vos moutons du bon pays d'Eldorado, vous ne mange-
riez pas ici des cédrats confits et des pistaches. — Cela
est bien dit, répondit Candide. mais il faut cultiver notre
jardin. »

HISTOIRE D'UN BON BRAMIN

Je rencontrai dans mes voyages un vieux bramin, homme fort sage, plein d'esprit, et très savant ; de plus, il était riche, et, partant, il en était plus sage encore : car, ne manquant de rien, il n'avait besoin de tromper personne. Sa famille était très bien gouvernée par trois belles femmes qui s'étudiaient à lui plaire ; et, quand il ne s'amusait pas avec ses femmes, il s'occupait à philosopher.

Près de sa maison, qui était belle, ornée et accompagnée de jardins charmants, demeurait une vieille Indienne, bigote, imbécile, et assez pauvre.

Le bramin me dit un jour : « Je voudrais n'être jamais né. » Je lui demandai pourquoi. Il me répondit : « J'étudie depuis quarante ans, ce sont quarante années de perdues ; j'enseigne les autres, et j'ignore tout : cet état porte dans mon âme tant d'humiliation et de dégoût que la vie m'est insupportable. Je suis né, je vis dans le temps, et je ne sais pas ce que c'est que le temps ; je me trouve dans un point entre deux éternités, comme disent nos sages, et je n'ai nulle idée de l'éternité. Je suis composé de matière ; je pense, je n'ai jamais pu m'instruire de ce qui produit la pensée ; j'ignore si mon entendement est en moi une simple faculté, comme celle de marcher, de digérer, et si je pense avec ma tête

comme je prends avec mes mains. Non seulement le principe de ma pensée m'est inconnu, mais le principe de mes mouvements m'est également caché : je ne sais pourquoi j'existe. Cependant on me fait chaque jour des questions sur tous ces points : il faut répondre ; je n'ai rien de bon à dire ; je parle beaucoup, et je demeure confus et honteux de moi-même après avoir parlé.

« C'est bien pis quand on me demande si Brama a été produit par Vitsnou, ou s'ils sont tous deux éternels. Dieu m'est témoin que je n'en sais pas un mot, et il y paraît bien à mes réponses. « Ah ! mon révérend père, me dit-on, apprenez-nous comment le mal inonde toute la terre. » Je suis aussi en peine que ceux qui me font cette question : je leur dis quelquefois que tout est le mieux du monde ; mais ceux qui ont été ruinés et mutilés à la guerre n'en croient rien, ni moi non plus ; je me retire chez moi accablé de ma curiosité et de mon ignorance. Je lis nos anciens livres, et ils redoublent mes ténèbres. Je parle à mes compagnons : les uns me répondent qu'il faut jouir de la vie, et se moquer des hommes ; les autres croient savoir quelque chose, et se perdent dans des idées extravagantes ; tout augmente le sentiment douloureux que j'éprouve. Je suis prêt quelquefois de tomber dans le désespoir, quand je songe qu'après toutes mes recherches je ne sais ni d'où je viens, ni ce que je suis, ni où j'irai, ni ce que je deviendrai. »

L'état de ce bon homme me fit une vraie peine : personne n'était ni plus raisonnable ni de meilleure foi que lui. Je conçus que plus il avait de lumières dans son entendement et de sensibilité dans son cœur, plus il était malheureux.

Je vis le même jour la vieille femme qui demeurait dans son voisinage : je lui demandai si elle avait jamais été affligée de ne savoir pas comment son âme était faite. Elle ne comprit seulement pas ma question : elle n'avait jamais réfléchi un seul moment de sa vie sur un

seul des points qui tourmentaient le bramin ; elle croyait aux métamorphoses de Vitsnou de tout son cœur, et pourvu qu'elle pût avoir quelquefois de l'eau du Gange pour se laver, elle se croyait la plus heureuse des femmes.

Frappé du bonheur de cette pauvre créature, je revins à mon philosophe, et je lui dis : « N'êtes-vous pas honteux d'être malheureux, dans le temps qu'à votre porte il y a un vieil automate qui ne pense à rien, et qui vit content ? — Vous avez raison, me répondit-il ; je me suis dit cent fois que je serais heureux si j'étais aussi sot que ma voisine, et cependant je ne voudrais pas d'un tel bonheur. »

Cette réponse de mon bramin me fit une plus grande impression que tout le reste ; je m'examinai moi-même, et je vis qu'en effet je n'aurais pas voulu être heureux à condition d'être imbécile.

Je proposai la chose à des philosophes, et ils furent de mon avis. « Il y a pourtant, disais-je, une furieuse contradiction dans cette façon de penser : car enfin de quoi s'agit-il ? D'être heureux. Qu'importe d'avoir de l'esprit ou d'être sot ? Il y a bien plus : ceux qui sont contents de leur être sont bien sûrs d'être contents ; ceux qui raisonnent ne sont pas si sûrs de bien raisonner. Il est donc clair, disais-je, qu'il faudrait choisir de n'avoir pas le sens commun, pour peu que ce sens commun contribue à notre mal-être. » Tout le monde fut de mon avis, et cependant je ne trouvai personne qui voulût accepter le marché de devenir imbécile pour devenir content. De là je conclus que, si nous faisons cas du bonheur, nous faisons encore plus de cas de la raison.

Mais, après y avoir réfléchi, il paraît que de préférer la raison à la félicité, c'est être très insensé. Comment donc cette contradiction peut-elle s'expliquer ? Comme toutes les autres. Il y a là de quoi parler beaucoup.

LE BLANC ET LE NOIR

Tout le monde dans la province de Candahar connaît l'aventure du jeune Rustan. Il était fils unique d'un mirza du pays : c'est comme qui dirait marquis parmi nous, ou baron chez les Allemands. Le mirza son père avait un bien honnête. On devait marier le jeune Rustan à une demoiselle, ou mirzasse de sa sorte. Les deux familles le désiraient passionnément. Il devait faire la consolation de ses parents, rendre sa femme heureuse, et l'être avec elle.

Mais par malheur il avait vu la princesse de Cachemire à la foire de Kaboul, qui est la foire la plus considérable du monde, et incomparablement plus fréquentée que celles de Bassora et d'Astracan ; et voici pourquoi le vieux prince de Cachemire était venu à la foire avec sa fille.

Il avait perdu les deux plus rares pièces de son trésor : l'une était un diamant gros comme le pouce, sur lequel sa fille était gravée par un art que les Indiens possédaient alors, et qui s'est perdu depuis ; l'autre était un javelot qui allait de lui-même où l'on voulait : ce qui n'est pas une chose bien extraordinaire parmi nous, mais qui l'était à Cachemire.

Un faquir de Son Altesse lui vola ces deux bijoux ; il les porta à la princesse. « Gardez soigneusement ces

deux pièces, lui dit-il ; votre destinée en dépend. » Il partit alors, et on ne le revit plus. Le duc de Cachemire, au désespoir, résolut d'aller voir, à la foire de Kaboul, si de tous les marchands qui s'y rendent des quatre coins du monde il n'y en aurait pas un qui eût son diamant et son arme. Il menait sa fille avec lui dans tous ses voyages. Elle porta son diamant bien enfermé dans sa ceinture ; mais pour le javelot, qu'elle ne pouvait si bien cacher, elle l'avait enfermé soigneusement à Cachemire dans son grand coffre de la Chine.

Rustan et elle se virent à Kaboul ; ils s'aimèrent avec toute la bonne foi de leur âge, et toute la tendresse de leur pays. La princesse, pour gage de son amour, lui donna son diamant, et Rustan lui promit à son départ de l'aller voir secrètement à Cachemire.

Le jeune mirza avait deux favoris qui lui servaient de secrétaires, d'écuyers, de maîtres d'hôtel et de valets de chambre. L'un s'appelait Topaze : il était beau, bien fait, blanc comme une Circassienne, doux et serviable comme un Arménien, sage comme un Guèbre. L'autre se nommait Ebène : c'était un nègre fort joli, plus empressé, plus industrieux que Topaze, et qui ne trouvait rien de difficile. Il leur communiqua le projet de son voyage. Topaze tâcha de l'en détourner avec le zèle circonspect d'un serviteur qui ne voulait pas lui déplaire ; il lui représenta tout ce qu'il hasardait. Comment laisser deux familles au désespoir ? comment mettre le couteau dans le cœur de ses parents ? Il ébranla Rustan ; mais Ebène le raffermit et leva tous ses scrupules.

Le jeune homme manquait d'argent pour un si long voyage. Le sage Topaze ne lui en aurait pas fait prêter ; Ebène y pourvut. Il prit adroitement le diamant de son maître, en fit faire un faux tout semblable, qu'il remit à sa place, et donna le véritable en gage à un Arménien pour quelques milliers de roupies.

Quand le marquis eut ses roupies, tout fut prêt pour le départ. On chargea un éléphant de son bagage ; on monta à cheval. Topaze dit à son maître : « J'ai pris la liberté de vous faire des remontrances sur votre entreprise ; mais, après avoir remontré, il faut obéir ; je suis à vous, je vous aime, je vous suivrai jusqu'au bout du monde ; mais consultons en chemin l'oracle qui est à deux parasanges d'ici. » Rustan y consentit. L'oracle répondit : « Si tu vas à l'orient, tu seras à l'occident. » Rustan ne comprit rien à cette réponse. Topaze soutint qu'elle ne contenait rien de bon. Ebène, toujours complaisant, lui persuada qu'elle était très favorable.

Il y avait encore un autre oracle dans Kaboul ; ils y allèrent. L'oracle de Kaboul répondit en ces mots : « Si tu possèdes, tu ne posséderas pas ; si tu es vainqueur, tu ne vaincras pas ; si tu es Rustan, tu ne le seras pas. » Cet oracle parut encore plus inintelligible que l'autre. « Prenez garde à vous, disait Topaze. — Ne redoutez rien », disait Ebène ; et ce ministre, comme on peut le croire, avait toujours raison auprès de son maître, dont il encourageait la passion et l'espérance.

Au sortir de Kaboul, on marcha par une grande forêt, on s'assit sur l'herbe pour manger, on laissa les chevaux paître. On se préparait à décharger l'éléphant qui portait le dîner et le service, lorsqu'on s'aperçut que Topaze et Ebène n'étaient plus avec la petite caravane. On les appelle ; la forêt retentit des noms d'Ebène et de Topaze. Les valets les cherchent de tous côtés, et remplissent la forêt de leurs cris ; ils reviennent sans avoir rien vu, sans qu'on leur ait répondu. « Nous n'avons trouvé, dirent-ils à Rustan, qu'un vautour qui se battait avec un aigle, et qui lui ôtait toutes ses plumes. » Le récit de ce combat piqua la curiosité de Rustan ; il alla à pied sur le lieu, il n'aperçut ni vautour ni aigle ; mais il vit son éléphant, encore tout chargé de son bagage, qui était assailli par un gros rhinocéros. L'un frappait de sa

corne, l'autre de sa trompe. Le rhinocéros lâcha prise à
la vue de Rustan ; on ramena son éléphant, mais on ne
trouva plus les chevaux. « Il arrive d'étranges choses
dans les forêts quand on voyage ! » s'écriait Rustan. Les
valets étaient consternés, et le maître au désespoir
d'avoir perdu à la fois ses chevaux, son cher nègre, et le
sage Topaze, pour lequel il avait toujours de l'amitié,
quoiqu'il ne fût jamais de son avis.

L'espérance d'être bientôt aux pieds de la belle prin-
cesse de Cachemire le consolait, quand il rencontra un
grand âne rayé, à qui un rustre vigoureux et terrible
donnait cent coups de bâton. Rien n'est si beau, ni si
rare, ni si léger à la course que les ânes de cette espèce.
Celui-ci répondait aux coups redoublés du vilain par des
ruades qui auraient pu déraciner un chêne. Le jeune
mirza prit, comme de raison, le parti de l'âne, qui était
une créature charmante. Le rustre s'enfuit en disant à
l'âne : « Tu me le payeras. » L'âne remercia son libéra-
teur en son langage, s'approcha, se laissa caresser, et
caressa. Rustan monte dessus après avoir dîné, et prend
le chemin de Cachemire avec ses domestiques, qui
suivent, les uns à pied, les autres montés sur l'éléphant.

A peine était-il sur son âne que cet animal tourne vers
Kaboul, au lieu de suivre la route de Cachemire. Son
maître a beau tourner la bride, donner des saccades,
serrer les genoux, appuyer des éperons, rendre la bride,
tirer à lui, fouetter à droite et à gauche, l'animal opi-
niâtre courait toujours vers Kaboul.

Rustan suait, se démenait, se désespérait, quand il
rencontra un marchand de chameaux qui lui dit :
« Maître, vous avez là un âne bien malin qui vous mène
où vous ne voulez pas aller ; si vous voulez me le céder,
je vous donnerai quatre de mes chameaux à choisir. »
Rustan remercia la Providence de lui avoir procuré un si
bon marché. « Topaze avait grand tort, dit-il, de me dire
que mon voyage serait malheureux. » Il monte sur le

plus beau chameau, les trois autres suivent ; il rejoint sa caravane, et se voit dans le chemin de son bonheur.

A peine a-t-il marché quatre parasanges qu'il est arrêté par un torrent profond, large et impétueux, qui roulait des rochers blanchis d'écume. Les deux rivages étaient des précipices affreux qui éblouissaient la vue et glaçaient le courage ; nul moyen de passer, nul d'aller à droite ou à gauche. « Je commence à craindre, dit Rustan, que Topaze n'ait eu raison de blâmer mon voyage, et moi grand tort de l'entreprendre ; encore, s'il était ici, il me pourrait donner quelques bons avis. Si j'avais Ebène, il me consolerait, et il trouverait des expédients ; mais tout me manque. » Son embarras était augmenté par la consternation de sa troupe : la nuit était noire, on la passa à se lamenter. Enfin la fatigue et l'abattement endormirent l'amoureux voyageur. Il se réveille au point du jour, et voit un beau pont de marbre élevé sur le torrent d'une rive à l'autre.

Ce furent des exclamations, des cris d'étonnement et de joie. « Est-il possible ? est-ce un songe ? quel prodige ! quel enchantement ! oserons-nous passer ? » Toute la troupe se mettait à genoux, se relevait, allait au pont, baisait la terre, regardait le ciel, étendait les mains, posait le pied en tremblant, allait, revenait, était en extase ; et Rustan disait : « Pour le coup le ciel me favorise : Topaze ne savait ce qu'il disait ; les oracles étaient en ma faveur ; Ebène avait raison ; mais pourquoi n'est-il pas ici ? »

A peine la troupe fut-elle au-delà du torrent que voilà le pont qui s'abîme dans l'eau avec un fracas épouvantable. « Tant mieux ! tant mieux ! s'écria Rustan ; Dieu soit loué ! le ciel soit béni ! il ne veut pas que je retourne dans mon pays, où je n'aurais été qu'un simple gentilhomme ; il veut que j'épouse ce que j'aime. Je serai prince de Cachemire ; c'est ainsi qu'en *possédant* ma maîtresse, je ne *posséderai* pas mon petit marquisat à

Candahar. *Je serai Rustan, et je ne le serai pas,* puisque je deviendrai un grand prince : voilà une grande partie de l'oracle expliquée nettement en ma faveur, le reste s'expliquera de même ; je suis trop heureux. Mais pourquoi Ebène n'est-il pas auprès de moi ? je le regrette mille fois plus que Topaze. »

Il avança encore quelques parasanges avec la plus grande allégresse ; mais, sur la fin du jour, une enceinte de montagnes plus roides qu'une contrescarpe, et plus hautes que n'aurait été la tour de Babel si elle avait été achevée, barra entièrement la caravane saisie de crainte.

Tout le monde s'écria : « Dieu veut que nous périssions ici ! il n'a brisé le pont que pour nous ôter tout espoir de retour ; il n'a élevé la montagne que pour nous priver de tout moyen d'avancer. O Rustan ! ô malheureux marquis ! nous ne verrons jamais Cachemire, nous ne rentrerons jamais dans la terre de Candahar. »

La plus cuisante douleur, l'abattement le plus accablant, succédaient dans l'âme de Rustan à la joie immodérée qu'il avait ressentie, aux espérances dont il s'était enivré. Il était bien loin d'interpréter les prophéties à son avantage. « O ciel ! ô Dieu paternel ! faut-il que j'aie perdu mon ami Topaze ! »

Comme il prononçait ces paroles en poussant de profonds soupirs, et en versant des larmes au milieu de ses suivants désespérés, voilà la base de la montagne qui s'ouvre, une longue galerie en voûte, éclairée de cent mille flambeaux, se présente aux yeux éblouis ; et Rustan de s'écrier, et ses gens de se jeter à genoux, et de tomber d'étonnement à la renverse, et de crier miracle ! et de dire : « Rustan est le favori de Vitsnou, le bien-aimé de Brama ; il sera le maître du monde. » Rustan le croyait, il était hors de lui, élevé au-dessus de lui-même. « Ah ! Ebène, mon cher Ebène ! où êtes-vous ? que n'êtes-vous témoin de toutes ces merveilles ! comment vous ai-je perdu ? belle princesse de Cachemire, quand reverrai-je vos charmes ? »

Il avance avec ses domestiques, son éléphant, ses chameaux, sous la voûte de la montagne, au bout de laquelle il entre dans une prairie émaillée de fleurs et bordée de ruisseaux : et au bout de la prairie ce sont des allées d'arbres à perte de vue ; et au bout de ces allées, une rivière, le long de laquelle sont mille maisons de plaisance, avec des jardins délicieux. Il entend partout des concerts de voix et d'instruments ; il voit des danses ; il se hâte de passer un des ponts de la rivière ; il demande au premier homme qu'il rencontre quel est ce beau pays.

Celui auquel il s'adressait lui répondit : « Vous êtes dans la province de Cachemire ; vous voyez les habitants dans la joie et dans les plaisirs ; nous célébrons les noces de notre belle princesse, qui va se marier avec le seigneur Barbabou, à qui son père l'a promise ; que Dieu perpétue leur félicité ! » A ces paroles Rustan tomba évanoui, et le seigneur cachemirien crut qu'il était sujet à l'épilepsie ; il le fit porter dans sa maison, où il fut longtemps sans connaissance. On alla chercher les deux plus habiles médecins du canton ; ils tâtèrent le pouls du malade, qui, ayant repris un peu ses esprits, poussait des sanglots, roulait les yeux, et s'écriait de temps en temps : « Topaze, Topaze, vous aviez bien raison ! »

L'un des deux médecins dit au seigneur cachemirien : « Je vois à son accent que c'est un jeune homme de Candahar, à qui l'air de ce pays ne vaut rien ; il faut le renvoyer chez lui ; je vois à ses yeux qu'il est devenu fou ; confiez-le-moi, je le ramènerai dans sa patrie, et je le guérirai. » L'autre médecin assura qu'il n'était malade que de chagrin, qu'il fallait le mener aux noces de la princesse, et le faire danser. Pendant qu'ils consultaient, le malade reprit ses forces ; les deux médecins furent congédiés, et Rustan demeura tête à tête avec son hôte.

« Seigneur, lui dit-il, je vous demande pardon de m'être évanoui devant vous, je sais que cela n'est pas poli ; je vous supplie de vouloir bien accepter mon

éléphant en reconnaissance des bontés dont vous m'avez
honoré. » Il lui conta ensuite toutes ses aventures, en se
gardant bien de lui parler de l'objet de son voyage.
« Mais, au nom de Vitsnou et de Brama, lui dit-il,
apprenez-moi quel est cet heureux Barbabou qui épouse
la princesse de Cachemire ; pourquoi son père l'a choisi
pour gendre, et pourquoi la princesse l'a accepte pour
son époux. — Seigneur, lui dit le Cachemirien, la prin-
cesse n'a point du tout accepté Barbabou ; au contraire,
elle est dans les pleurs, tandis que toute la province
célèbre avec joie son mariage ; elle s'est enfermée dans
la tour de son palais ; elle ne veut voir aucune des
réjouissances qu'on fait pour elle. » Rustan, en enten-
dant ces paroles, se sentit renaître ; l'éclat de ses cou-
leurs, que la douleur avait flétries, reparut sur son
visage. « Dites-moi, je vous prie, continua-t-il, pourquoi
le prince de Cachemire s'obstine a donner sa fille à un
Barbabou dont elle ne veut pas.

— Voici le fait, répondit le Cachemirien. Savez-vous
que notre auguste prince avait perdu un gros diamant et
un javelot qui lui tenaient fort au cœur ? — Ah ! je le sais
très bien, dit Rustan. — Apprenez donc, dit l'hôte, que
notre prince, au désespoir de n'avoir point de nouvelles
de ses deux bijoux, après les avoir fait longtemps cher-
cher par toute la terre, a promis sa fille à quiconque lui
rapporterait l'un ou l'autre. Il est venu un seigneur
Barbabou qui était muni du diamant, et il épouse
demain la princesse. »

Rustan pâlit, bégaya un compliment, prit congé de
son hôte, et courut sur son dromadaire à la ville capitale
où se devait faire la cérémonie. Il arrive au palais du
prince ; il dit qu'il a des choses importantes à lui commu-
niquer ; il demande une audience ; on lui répond que le
prince est occupé des préparatifs de la noce : « C'est
pour cela même, dit-il, que je veux lui parler. » Il presse
tant qu'il est introduit. « Monseigneur, dit-il, que Dieu

couronne tous vos jours de gloire et de magnificence !
votre gendre est un fripon.

— Comment un fripon ! qu'osez-vous dire ? est-ce
ainsi qu'on parle à un duc de Cachemire du gendre qu'il
a choisi ? — Oui, un fripon, reprit Rustan ; et pour le
prouver à Votre Altesse, c'est que voici votre diamant
que je vous rapporte. »

Le duc, tout étonné, confronta les deux diamants ; et
comme il ne s'y connaissait guère, il ne put dire quel
était le véritable. « Voilà deux diamants, dit-il, et je n'ai
qu'une fille ; me voilà dans un étrange embarras ! » Il fit
venir Barbabou, et lui demanda s'il ne l'avait point
trompé. Barbabou jura qu'il avait acheté son diamant
d'un Arménien ; l'autre ne disait pas de qui il tenait le
sien, mais il proposa un expédient : ce fut qu'il plût à
Son Altesse de le faire combattre sur-le-champ contre
son rival. « Ce n'est pas assez que votre gendre donne un
diamant, disait-il ; il faut aussi qu'il donne des preuves
de valeur : ne trouvez-vous pas bon que celui qui tuera
l'autre épouse la princesse ? — Très bon, répondit le
prince, ce sera un fort beau spectacle pour la cour ;
battez-vous vite tous deux : le vainqueur prendra les
armes du vaincu, selon l'usage de Cachemire, et il
épousera ma fille. »

Les deux prétendants descendent aussitôt dans la
cour. Il y avait sur l'escalier une pie et un corbeau. Le
corbeau criait : « Battez-vous, battez-vous » ; la pie :
« Ne vous battez pas. » Cela fit rire le prince ; les deux
rivaux y prirent garde à peine : ils commencent le
combat ; tous les courtisans faisaient un cercle autour
d'eux. La princesse, se tenant toujours renfermée dans
sa tour, ne voulut point assister à ce spectacle ; elle était
bien loin de se douter que son amant fût à Cachemire, et
elle avait tant d'horreur pour Barbabou qu'elle ne vou-
lait rien voir. Le combat se passa le mieux du monde ;
Barbabou fut tué roide, et le peuple en fut charmé,

parce qu'il était laid, et que Rustan était fort joli : c'est presque toujours ce qui décide de la faveur publique.

Le vainqueur revêtit la cotte de mailles, l'écharpe, et le casque du vaincu, et vint, suivi de toute la cour, au son des fanfares, se présenter sous les fenêtres de sa maîtresse. Tout le monde criait : « Belle princesse, venez voir votre beau mari qui a tué son vilain rival » ; ses femmes répétaient ces paroles. La princesse mit par malheur la tête à la fenêtre, et voyant l'armure d'un homme qu'elle abhorrait, elle courut en désespérée à son coffre de la Chine, et tira le javelot fatal qui alla percer son cher Rustan au défaut de la cuirasse ; il jeta un grand cri, et à ce cri la princesse crut reconnaître la voix de son malheureux amant.

Elle descend échevelée, la mort dans les yeux et dans le cœur. Rustan était déjà tombé tout sanglant dans les bras de son père. Elle le voit : ô moment ! ô vue ! ô reconnaissance dont on ne peut exprimer ni la douleur, ni la tendresse, ni l'horreur ! Elle se jette sur lui, elle l'embrasse : « Tu reçois, lui dit-elle, les premiers et les derniers baisers de ton amante et de ta meurtrière. » Elle retire le dard de la plaie, l'enfonce dans son cœur, et meurt sur l'amant qu'elle adore. Le père, épouvanté, éperdu, prêt à mourir comme elle, tâche en vain de la rappeler à la vie ; elle n'était plus ; il maudit ce dard fatal, le brise en morceaux, jette au loin ses deux diamants funestes ; et, tandis qu'on prépare les funérailles de sa fille au lieu de son mariage, il fait transporter dans son palais Rustan ensanglanté, qui avait encore un reste de vie.

On le porte dans un lit. La première chose qu'il voit aux deux côtés de ce lit de mort, c'est Topaze et Ébène. Sa surprise lui rendit un peu de force. « Ah ! cruels, dit-il, pourquoi m'avez-vous abandonné ? Peut-être la princesse vivrait encore, si vous aviez été près du malheureux Rustan. — Je ne vous ai pas abandonné un seul

moment, dit Topaze. — J'ai toujours été près de vous, dit Ebène. — Ah ! que dites-vous ? pourquoi insulter à mes derniers moments ? répondit Rustan d'une voix languissante. — Vous pouvez m'en croire, dit Topaze ; vous savez que je n'approuvai jamais ce fatal voyage dont je prévoyais les horribles suites. C'est moi qui étais l'aigle qui a combattu contre le vautour, et qu'il a déplumé ; j'étais l'éléphant qui emportait le bagage pour vous forcer à retourner dans votre patrie ; j'étais l'âne rayé qui vous ramenait malgré vous chez votre père ; c'est moi qui ai égaré vos chevaux ; c'est moi qui ai formé le torrent qui vous empêchait de passer ; c'est moi qui ai élevé la montagne qui vous fermait un chemin si funeste ; j'étais le médecin qui vous conseillait l'air natal ; j'étais la pie qui vous criait de ne point combattre. — Et moi, dit Ebène, j'étais le vautour qui a déplumé l'aigle ; le rhinocéros qui donnait cent coups de corne à l'éléphant, le vilain qui battait l'âne rayé ; le marchand qui vous donnait des chameaux pour courir à votre perte ; j'ai bâti le pont sur lequel vous avez passé ; j'ai creusé la caverne que vous avez traversée ; je suis le médecin qui vous encourageait à marcher ; le corbeau qui vous criait de vous battre.

— Hélas ! souviens-toi des oracles, dit Topaze : *Si tu vas à l'orient, tu seras à l'occident.* — Oui, dit Ebène, on ensevelit ici les morts le visage tourné à l'occident : l'oracle était clair, que ne l'as-tu compris ? *Tu as possédé, et tu ne possédais pas :* car tu avais le diamant, mais il était faux, et tu n'en savais rien. Tu es vainqueur, et tu meurs ; tu es Rustan, et tu cesses de l'être : tout a été accompli. »

Comme il parlait ainsi, quatre ailes blanches couvrirent le corps de Topaze, et quatre ailes noires celui d'Ebène. « Que vois-je ? » s'écria Rustan. Topaze et Ebène répondirent ensemble : « Tu vois tes deux génies. — Eh ! messieurs, leur dit le malheureux Rustan,

de quoi vous mêliez-vous ? et pourquoi deux génies pour
un pauvre homme ? — C'est la loi, dit Topaze ; chaque
homme a ses deux génies, c'est Platon qui l'a dit le
premier, et d'autres l'ont répété ensuite ; tu vois que rien
n'est plus véritable : moi qui te parle, je suis ton bon
génie, et ma charge était de veiller auprès de toi jusqu'au
dernier moment de ta vie ; je m'en suis fidèlement
acquitté. — Mais, dit le mourant, si ton emploi était de
me servir, je suis donc d'une nature fort supérieure à la
tienne ; et puis comment oses-tu dire que tu es mon bon
génie, quand tu m'as laissé tromper dans tout ce que j'ai
entrepris, et que tu me laisses mourir, moi et ma maî-
tresse, misérablement ? — Hélas ! c'était ta destinée, dit
Topaze. — Si c'est la destinée qui fait tout, dit le
mourant, à quoi un génie est-il bon ? Et toi, Ebène, avec
tes quatre ailes noires, tu es apparemment mon mauvais
génie ? — Vous l'avez dit, répondit Ebène. — Mais tu
étais donc aussi le mauvais génie de ma princesse ? —
Non, elle avait le sien, et je l'ai parfaitement secondé. —
Ah ! maudit Ebène, si tu es si méchant, tu n'appartiens
donc pas au même maître que Topaze ? vous avez été
formés tous deux par deux principes différents, dont l'un
est bon, et l'autre méchant de sa nature ? — Ce n'est pas
une conséquence, dit Ebène, mais c'est une grande
difficulté. — Il n'est pas possible, reprit l'agonisant,
qu'un être favorable ait fait un génie si funeste. —
Possible ou non possible, repartit Ebène, la chose est
comme je te le dis. — Hélas ! dit Topaze, mon pauvre
ami, ne vois-tu pas que ce coquin-là a encore la malice
de te faire disputer pour allumer ton sang et précipiter
l'heure de ta mort ? — Va, je ne suis guère plus content
de toi que de lui, dit le triste Rustan : il avoue du moins
qu'il a voulu me faire du mal ; et toi, qui prétendais me
défendre, tu ne m'as servi de rien. — J'en suis bien
fâché, dit le bon génie. — Et moi aussi, dit le mourant ; il
y a quelque chose là-dessous que je ne comprends pas.

— Ni moi non plus, dit le pauvre bon génie. — J'en serai instruit dans un moment, dit Rustan. — C'est ce que nous verrons, dit Topaze. » Alors tout disparut. Rustan se retrouva dans la maison de son père, dont il n'était pas sorti, et dans son lit, où il avait dormi une heure.

Il se réveille en sursaut, tout en sueur, tout égaré ; il se tâte, il appelle, il crie, il sonne. Son valet de chambre, Topaze, accourt en bonnet de nuit, et tout en bâillant. « Suis-je mort, suis-je en vie ? s'écria Rustan ; la belle princesse de Cachemire en réchappera-t-elle ?... — Monseigneur rêve-t-il ? répondit froidement Topaze.

— Ah ! s'écriait Rustan, qu'est donc devenu ce barbare Ebène avec ses quatre ailes noires ? c'est lui qui me fait mourir d'une mort si cruelle. — Monseigneur, je l'ai laissé là-haut, qui ronfle : voulez-vous qu'on le fasse descendre ? — Le scélérat ! il y a six mois entiers qu'il me persécute ; c'est lui qui me mena à cette fatale foire de Kaboul ; c'est lui qui m'escamota le diamant que m'avait donné la princesse ; il est seul la cause de mon voyage, de la mort de ma princesse, et du coup de javelot dont je meurs à la fleur de mon âge.

— Rassurez-vous, dit Topaze ; vous n'avez jamais été à Kaboul ; il n'y a point de princesse de Cachemire ; son père n'a jamais eu que deux garçons qui sont actuellement au collège. Vous n'avez jamais eu de diamant ; la princesse ne peut être morte, puisqu'elle n'est pas née ; et vous vous portez à merveille.

— Comment ! il n'est pas vrai que tu m'assistais à la mort dans le lit du prince de Cachemire ? Ne m'as-tu pas avoué que, pour me garantir de tant de malheurs, tu avais été aigle, éléphant, âne rayé, médecin, et pie ? — Monseigneur, vous avez rêvé tout cela : nos idées ne dépendent pas plus de nous dans le sommeil que dans la veille. Dieu a voulu que cette file d'idées vous ait passé par la tête, pour vous donner apparemment quelque instruction dont vous ferez votre profit.

— Tu te moques de moi, reprit Rustan ; combien de
temps ai-je dormi ? — Monseigneur, vous n'avez encore
dormi qu'une heure. — Eh bien ! maudit raisonneur,
comment veux-tu qu'en une heure de temps j'aie été à la
foire de Kaboul il y a six mois, que j'en sois revenu, que
j'aie fait le voyage de Cachemire, et que nous soyons
morts, Barbabou, la princesse, et moi ? — Monseigneur,
il n'y a rien de plus aisé et de plus ordinaire, et vous
auriez pu réellement faire le tour du monde, et avoir
beaucoup plus d'aventures en bien moins de temps.

« N'est-il pas vrai que vous pouvez lire en une heure
l'abrégé de l'histoire des Perses, écrite par Zoroastre ?
Cependant, cet abrégé contient huit cent mille années.
Tous ces événements passent sous vos yeux l'un après
l'autre en une heure ; or vous m'avouerez qu'il est aussi
aisé à Brama de les resserrer tous dans l'espace d'une
heure que de les étendre dans l'espace de huit cent mille
années ; c'est précisément la même chose. Figurez-vous
que le temps tourne sur une roue dont le diamètre est
infini. Sous cette roue immense sont une multitude
innombrable de roues les unes dans les autres ; celle du
centre est imperceptible, et fait un nombre infini de
tours précisément dans le même temps que la grande
roue n'en achève qu'un. Il est clair que tous les événe-
ments, depuis le commencement du monde, jusqu'à sa
fin, peuvent arriver successivement en beaucoup moins
de temps que la cent millième partie d'une seconde ; et
on peut dire même que la chose est ainsi.

— Je n'y entends rien, dit Rustan. — Si vous voulez,
dit Topaze, j'ai un perroquet qui vous le fera aisément
comprendre. Il est né quelque temps avant le déluge, il a
été dans l'arche ; il a beaucoup vu ; cependant il n'a
encore qu'un an et demi : il vous contera son histoire,
qui est fort intéressante.

— Allez vite chercher votre perroquet, dit Rustan ; il
m'amusera jusqu'à ce que je puisse me rendormir. — Il

est chez ma sœur la religieuse, dit Topaze ; je vais le chercher, vous en serez content ; sa mémoire est fidèle, il conte simplement, sans chercher à montrer de l'esprit à tout propos, et sans faire des phrases. — Tant mieux, dit Rustan, voilà comme j'aime les contes. » On lui amena le perroquet, lequel parla ainsi.

N. B. Mademoiselle Catherine Vadé n'a jamais pu trouver l'histoire du perroquet dans le portefeuille de feu son cousin Antoine Vadé, auteur de ce conte. C'est grand dommage, vu le temps auquel vivait ce perroquet.

JEANNOT ET COLIN

Plusieurs personnes dignes de foi ont vu Jeannot et Colin à l'école dans la ville d'Issoire, en Auvergne, ville fameuse dans tout l'univers par son collège et par ses chaudrons. Jeannot était fils d'un marchand de mulets très renommé, et Colin devait le jour à un brave laboureur des environs, qui cultivait la terre avec quatre mulets, et qui, après avoir payé la taille, le taillon, les aides et gabelles, le sou pour livre, la capitation et les vingtièmes, ne se trouvait pas puissamment riche au bout de l'année.

Jeannot et Colin étaient fort jolis pour des Auvergnats ; ils s'aimaient beaucoup, et ils avaient ensemble de petites privautés, de petites familiarités, dont on se ressouvient toujours avec agrément quand on se rencontre ensuite dans le monde.

Le temps de leurs études était sur le point de finir, quand un tailleur apporta à Jeannot un habit de velours à trois couleurs, avec une veste de Lyon de fort bon goût ; le tout était accompagné d'une lettre à monsieur de La Jeannotière. Colin admira l'habit, et ne fut point jaloux ; mais Jeannot prit un air de supériorité qui affligea Colin. Dès ce moment Jeannot n'étudia plus, se regarda au miroir, et méprisa tout le monde. Quelque temps après un valet de chambre arrive en poste, et

apporte une seconde lettre à monsieur le marquis de La Jeannotière : c'était un ordre de monsieur son père de faire venir monsieur son fils à Paris. Jeannot monta en chaise en tendant la main à Colin avec un sourire de protection assez noble. Colin sentit son néant, et pleura. Jeannot partit dans toute la pompe de sa gloire.

Les lecteurs qui aiment à s'instruire doivent savoir que monsieur Jeannot le père avait acquis assez rapidement des biens immenses dans les affaires. Vous demandez comment on fait ces grandes fortunes ? C'est parce qu'on est heureux. Monsieur Jeannot était bien fait, sa femme aussi, et elle avait encore de la fraîcheur. Ils allèrent à Paris pour un procès qui les ruinait, lorsque la fortune, qui élève et qui abaisse les hommes à son gré, les présenta à la femme d'un entrepreneur des hôpitaux des armées, homme d'un grand talent, et qui pouvait se vanter d'avoir tué plus de soldats en un an que le canon n'en fait périr en dix. Jeannot plut à madame ; la femme de Jeannot plut à monsieur. Jeannot fut bientôt de part dans l'entreprise ; il entra dans d'autres affaires. Dès qu'on est dans le fil de l'eau, il n'y a qu'à se laisser aller ; on fait sans peine une fortune immense. Les gredins, qui du rivage vous regardent voguer à pleines voiles, ouvrent des yeux étonnés ; ils ne savent comment vous avez pu parvenir ; ils vous envient au hasard, et font contre vous des brochures que vous ne lisez point. C'est ce qui arriva à Jeannot le père, qui fut bientôt monsieur de La Jeannotière, et qui ayant acheté un marquisat au bout de six mois, retira de l'école monsieur le marquis son fils, pour le mettre à Paris dans le beau monde.

Colin, toujours tendre, écrivit une lettre de compliments à son ancien camarade, et *lui fit ces lignes pour le congratuler*. Le petit marquis ne lui fit point de réponse : Colin en fut malade de douleur.

Le père et la mère donnèrent d'abord un gouverneur au jeune marquis : ce gouverneur, qui était un homme

du bel air, et qui ne savait rien, ne put rien enseigner à son pupille. Monsieur voulait que son fils apprît le latin, madame ne le voulait pas. Ils prirent pour arbitre un auteur qui était célèbre alors par des ouvrages agréables. Il fut prié à dîner. Le maître de la maison commença par lui dire d'abord : « Monsieur comme vous savez le latin, et que vous êtes un homme de la cour... — Moi, monsieur, du latin ! je n'en sais pas un mot, répondit le bel esprit, et bien m'en a pris ; il est clair qu'on parle beaucoup mieux sa langue quand on ne partage pas son application entre elle et les langues étrangères. Voyez toutes nos dames, elles ont l'esprit plus agréable que les hommes ; leurs lettres sont écrites avec cent fois plus de grâce ; elles n'ont sur nous cette supériorité que parce qu'elles ne savent pas le latin.

— Eh bien ! n'avais-je pas raison ? dit madame. Je veux que mon fils soit un homme d'esprit, qu'il réussisse dans le monde ; et vous voyez bien que, s'il savait le latin, il serait perdu. Joue-t-on, s'il vous plaît, la comédie et l'opéra en latin ? Plaide-t-on en latin quand on a un procès ? Fait-on l'amour en latin ? » Monsieur, ébloui de ces raisons, passa condamnation, et il fut conclu que le jeune marquis ne perdrait point son temps à connaître Cicéron, Horace, et Virgile. Mais qu'apprendra-t-il donc ? car encore faut-il qu'il sache quelque chose ; ne pourrait-on pas lui montrer un peu de géographie ? « A quoi cela lui servira-t-il ? répondit le gouverneur. Quand monsieur le marquis ira dans ses terres les postillons ne sauront-ils pas les chemins ? ils ne l'égareront certainement pas. On n'a pas besoin d'un quart de cercle pour voyager, et on va très commodément de Paris en Auvergne, sans qu'il soit besoin de savoir sous quelle latitude on se trouve.

— Vous avez raison, répliqua le père ; mais j'ai entendu parler d'une belle science qu'on appelle, je crois, *l'astronomie*. — Quelle pitié ! repartit le gouver-

neur ; se conduit-on par les astres dans ce monde ? et faudra-t-il que monsieur le marquis se tue à calculer une éclipse, quand il la trouve à point nommé dans l'almanach, qui lui enseigne de plus les fêtes mobiles, l'âge de la lune, et celui de toutes les princesses de l'Europe ? »

Madame fut entièrement de l'avis du gouverneur. Le petit marquis était au comble de la joie ; le père était très indécis. Que faudra-t-il donc apprendre à mon fils ? disait-il. — A être aimable, répondit l'ami que l'on consultait ; et s'il sait *les moyens de plaire, il* saura tout : c'est un art qu'il apprendra chez madame sa mère, sans que ni l'un ni l'autre se donnent la moindre peine. »

Madame, à ce discours, embrassa le gracieux ignorant, et lui dit : « On voit bien, monsieur, que vous êtes l'homme du monde le plus savant ; mon fils vous devra toute son éducation : je m'imagine pourtant qu'il ne serait pas mal qu'il sût un peu d'histoire. — Hélas ! madame, à quoi cela est-il bon ? répondit-il ; il n'y a certainement d'agréable et d'utile que l'histoire du jour. Toutes les histoires anciennes, comme le disait un de nos beaux esprits, ne sont que des fables convenues ; et pour les modernes, c'est un chaos qu'on ne peut débrouiller. Qu'importe à monsieur votre fils que Charlemagne ait institué les douze pairs de France, et que son successeur ait été bègue.

— Rien n'est mieux dit ! s'écria le gouverneur : on étouffe l'esprit des enfants sous un amas de connaissances inutiles ; mais de toutes les sciences la plus absurde, à mon avis, et celle qui est la plus capable d'étouffer toute espèce de génie, c'est la géométrie. Cette science ridicule a pour objet des surfaces, des lignes, et des points, qui n'existent pas dans la nature. On fait passer en esprit cent mille lignes courbes entre un cercle et une ligne droite qui le touche, quoique dans la réalité on n'y puisse pas passer un fétu. La géométrie, en vérité, n'est qu'une mauvaise plaisanterie. »

Monsieur et Madame n'entendaient pas trop ce que le gouverneur voulait dire ; mais ils furent entièrement de son avis.

« Un seigneur comme monsieur le marquis, continua-t-il, ne doit pas se dessécher le cerveau dans ces vaines études. Si un jour il a besoin d'un géomètre sublime pour lever le plan de ses terres, il les fera arpenter pour son argent. S'il veut débrouiller l'antiquité de sa noblesse, qui remonte aux temps les plus reculés, il enverra chercher un bénédictin. Il en est de même de tous les arts. Un jeune seigneur heureusement né n'est ni peintre, ni musicien, ni architecte, ni sculpteur ; mais il fait fleurir tous ces arts en les encourageant par sa magnificence. Il vaut sans doute mieux les protéger que de les exercer ; il suffit que monsieur le marquis ait du goût ; c'est aux artistes à travailler pour lui ; et c'est en quoi on a très grande raison de dire que les gens de qualité (j'entends ceux qui sont très riches) savent tout sans avoir rien appris, parce qu'en effet ils savent à la longue juger de toutes les choses qu'ils commandent et qu'ils payent. »

L'aimable ignorant prit alors la parole, et dit : « Vous avez très bien remarqué, madame, que la grande fin de l'homme est de réussir dans la société. De bonne foi, est-ce par les sciences qu'on obtient ce succès ? S'est-on jamais avisé dans la bonne compagnie de parler de géométrie ? Demande-t-on jamais à un honnête homme quel astre se lève aujourd'hui avec le soleil ? S'informe-t-on à souper si Clodion le Chevelu passa le Rhin ? — Non, sans doute, s'écria la marquise de La Jeannotière, que ses charmes avaient initiée quelquefois dans le beau monde ; et monsieur mon fils ne doit point éteindre son génie par l'étude de tous ces fatras, mais enfin que lui apprendra-t-on ? Car il est bon qu'un jeune seigneur puisse briller dans l'occasion, comme dit monsieur mon mari. Je me souviens d'avoir ouï dire à un abbé que la

plus agréable des sciences était une chose dont j'ai oublié le nom, mais qui commence par un *B*. — Par un *B*, madame ? ne serait-ce point la botanique ? — Non, ce n'était point de botanique qu'il me parlait ; elle commençait, vous dis-je, par un *B*, et finissait par un *on*. — Ah *!* j'entends, madame ; c'est le blason : c'est, à la vérité, une science fort profonde ; mais elle n'est plus à la mode depuis qu'on a perdu l'habitude de faire peindre ses armes aux portières de son carrosse ; c'était la chose du monde la plus utile dans un État bien policé. D'ailleurs, cette étude serait infinie : il n'y a point aujourd'hui de barbier qui n'ait ses armoiries ; et vous savez que tout ce qui devient commun est peu fêté. » Enfin, après avoir examiné le fort et le faible des sciences, il fut décidé que monsieur le marquis apprendrait à danser.

La nature, qui fait tout, lui avait donné un talent qui se développa bientôt avec un succès prodigieux : c'était de chanter agréablement des vaudevilles. Les grâces de la jeunesse, jointes à ce don supérieur, le firent regarder comme le jeune homme de la plus grande espérance. Il fut aimé des femmes ; et ayant la tête toute pleine de chansons, il en fit pour ses maîtresses. Il pillait *Bacchus et l'Amour* dans un vaudeville, *la nuit et le jour* dans un autre, *les charmes et les alarmes* dans un troisième ; mais, comme il y avait toujours dans ses vers quelques pieds de plus ou de moins qu'il ne fallait, il les faisait corriger moyennant vingt louis d'or par chanson ; et il fut mis dans *l'Année littéraire* au rang des La Fare, des Chaulieu, des Hamilton, des Sarrasin et des Voiture.

Madame la marquise crut alors être la mère d'un bel esprit, et donna à souper aux beaux esprits de Paris. La tête du jeune homme fut bientôt renversée ; il acquit l'art de parler sans s'entendre, et se perfectionna dans l'habitude de n'être propre à rien. Quand son père le vit si éloquent, il regretta vivement de ne lui avoir pas fait

apprendre le latin, car il lui aurait acheté une grande
charge dans la robe. La mère, qui avait des sentiments
plus nobles, se chargea de solliciter un régiment pour
son fils ; et en attendant il fit l'amour. L'amour est
quelquefois plus cher qu'un régiment. Il dépensa beau-
coup, pendant que ses parents s'épuisaient encore
davantage à vivre en grands seigneurs.

Une jeune veuve de qualité, leur voisine, qui n'avait
qu'une fortune médiocre, voulut bien se résoudre à
mettre en sûreté les grands biens de monsieur et de
madame de La Jeannotière, en se les appropriant, et en
épousant le jeune marquis. Elle l'attira chez elle, se
laissa aimer, lui fit entrevoir qu'il ne lui était pas indif-
férent, le conduisit par degrés, l'enchanta, le subjugua
sans peine. Elle lui donnait tantôt des éloges, tantôt des
conseils ; elle devint la meilleure amie du père et de la
mère. Une vieille voisine proposa le mariage ; les
parents, éblouis de la splendeur de cette alliance, accep-
tèrent avec joie la proposition : ils donnèrent leur fils
unique à leur amie intime. Le jeune marquis allait
épouser une femme qu'il adorait et dont il était aimé ; les
amis de la maison le félicitaient ; on allait rédiger les
articles, en travaillant aux habits de noce et à l'épitha-
lame.

Il était, un matin, aux genoux de la charmante épouse
que l'amour, l'estime, et l'amitié, allaient lui donner ; ils
goûtaient, dans une conversation tendre et animée, les
prémices de leur bonheur ; ils s'arrangeaient pour mener
une vie délicieuse, lorsqu'un valet de chambre de
madame la mère arrive tout effaré. « Voici bien d'autres
nouvelles, dit-il ; des huissiers déménagent la maison de
monsieur et de madame ; tout est saisi par des créan-
ciers ; on parle de prise de corps, et je vais faire mes
diligences pour être payé de mes gages. — Voyons un
peu, dit le marquis, que c'est que ça, ce que c'est que
cette aventure-là. — Oui, dit la veuve, allez punir ces

coquins-là, allez vite. » Il y court, il arrive à la maison ;
son père était déjà emprisonné : tous les domestiques
avaient fui chacun de leur côté, en emportant tout ce
qu'ils avaient pu. Sa mère était seule, sans secours, sans
consolation, noyée dans les larmes ; il ne lui restait rien
que le souvenir de sa fortune, de sa beauté, de ses
fautes, et de ses folles dépenses.

Après que le fils eut longtemps pleuré avec la mère, il
lui dit enfin : ((Ne nous désespérons pas ; cette jeune
veuve m'aime éperdument ; elle est plus généreuse
encore que riche, je réponds d'elle ; je vole à elle, et je
vais vous l'amener. » Il retourne donc chez sa maîtresse,
il la trouve tête à tête avec un jeune officier fort aimable.
« Quoi ! c'est vous, monsieur de La Jeannotière ; que
venez-vous faire ici ? abandonne-t-on ainsi sa mère ?
Allez chez cette pauvre femme, et dites-lui que je lui
veux toujours du bien : j'ai besoin d'une femme de
chambre, et je lui donnerai la préférence. — Mon
garçon, tu me parais assez bien tourné, lui dit l'officier ;
si tu veux entrer dans ma compagnie je te donnerai un
bon engagement. »

Le marquis stupéfait, la rage dans le cœur, alla cher-
cher son ancien gouverneur, déposa ses douleurs dans
son sein, et lui demanda des conseils. Celui-ci lui pro-
posa de se faire, comme lui, gouverneur
d'enfants.« Hélas ! je ne sais rien, vous ne m'avez rien
appris, et vous êtes la première cause de mon mal-
heur » ; et il sanglotait en lui parlant ainsi. « Faites des
romans, lui dit un bel esprit qui était là ; c'est une
excellente ressource à Paris. »

Le jeune homme, plus désespéré que jamais, courut
chez le confesseur de sa mère : c'était un théatin très
accrédité, qui ne dirigeait que les femmes de la première
considération ; dès qu'il le vit, il se précipita vers lui.
« Eh ! mon Dieu ! monsieur le marquis, où est votre
carrosse ? comment se porte la respectable madame la

marquise votre mère ? » Le pauvre malheureux lui conta
le désastre de sa famille. A mesure qu'il s'expliquait, le
théatin prenait une mine plus grave, plus indifférente,
plus imposante : « Mon fils, voilà où Dieu vous voulait ;
les richesses ne servent qu'à corrompre le cœur ; Dieu a
donc fait la grâce à votre mère de la réduire à la
mendicité ? — Oui monsieur. — Tant mieux, elle est
sûre de son salut. — Mais, mon père, en attendant, n'y
aurait-il
 pas moyen d'obtenir quelque secours dans ce monde ?
— Adieu, mon fils ; il y a une dame de la cour qui
m'attend.

Le marquis fut prêt à s'évanouir ; il fut traité à peu
près de même par ses amis, et apprit mieux à connaître
le monde dans une demi-journée que dans tout le reste
de sa vie.

Comme il était plongé dans l'accablement du déses-
poir, il vit avancer une chaise roulante à l'antique,
espèce de tombereau couvert, accompagné de rideaux
de cuir, suivi de quatre charrettes énormes toutes char-
gées. Il y avait dans la chaise un jeune homme grossière-
ment vêtu ; c'était un visage rond et frais qui respirait la
douceur et la gaieté. Sa petite femme brune, et assez
grossièrement agréable, était cahotée à côté de lui. La
voiture n'allait pas comme le char d'un petit-maître. Le
voyageur eut tout le temps de contempler le marquis
immobile, abîmé dans sa douleur. « Eh ! mon Dieu !
s'écria-t-il, je crois que c'est là Jeannot. » A ce nom, le
marquis lève les yeux, la voiture s'arrête : « C'est Jean-
not lui-même, c'est Jeannot. » Le petit homme rebondi
ne fait qu'un saut, et court embrasser son ancien cama-
rade. Jeannot reconnut Colin ; la honte et les pleurs
couvrirent son visage. « Tu m'as abandonné, dit Colin ;
mais tu as beau être grand seigneur, je t'aimerai tou-
jours. » Jeannot, confus et attendri, lui conta en sanglo-
tant, une partie de son histoire. « Viens dans l'hôtellerie

où je loge me conter le reste, lui dit Colin ; embrasse ma petite femme, et allons dîner ensemble. »

Ils vont tous trois à pied, suivis du bagage. « Qu'est-ce donc que tout cet attirail ? vous appartient-il ? — Oui, tout est à moi et à ma femme. Nous arrivons du pays ; je suis à la tête d'une bonne manufacture de fer étamé et de cuivre. J'ai épousé la fille d'un riche négociant en usten-siles nécessaires aux grands et aux petits ; nous travail-lons beaucoup ; Dieu nous bénit ; nous n'avons point changé d'état ; nous sommes heureux, nous aiderons notre ami Jeannot. Ne sois plus marquis ; toutes les grandeurs de ce monde ne valent pas un bon ami. Tu reviendras avec moi au pays, je t'apprendrai le métier, il n'est pas bien difficile ; je te mettrai de part, et nous vivrons gaiement dans le coin de terre où nous sommes nés »

Jeannot, éperdu, se sentait partagé entre la douleur et la joie, la tendresse et la honte ; et il se disait tout bas : « Tous mes amis du bel air m'ont trahi, et Colin, que j'ai méprisé, vient seul à mon secours. Quelle instruction ! » La bonté d'âme de Colin développa dans le cœur de Jeannot le germe du bon naturel, que le monde n'avait pas encore étouffé. Il sentit qu'il ne pouvait abandonner son père et sa mère. « Nous aurons soin de ta mère, dit Colin ; et quant à ton bonhomme de père, qui est en prison, j'entends un peu les affaires ; ses créanciers, voyant qu'il n'a plus rien, s'accommoderont pour peu de chose ; je me charge de tout. » Colin fit tant qu'il aura le père de prison. Jeannot retourna dans sa patrie avec ses parents, qui reprirent leur première profession. Il épousa une sœur de Colin, laquelle, étant de même humeur que le frère, le rendit très heureux. Et Jeannot le père, et Jeannotte la mère, et Jeannot le fils, virent que le bonheur n'est pas dans la vanité.

POT-POURRI

I

Brioché fut le père de Polichinelle, non pas son propre père, mais père de génie. Le père de Brioché était Guillot Gorju, qui fut fils de Gilles, qui fut fils de Gros-René, qui tirait son origine du prince des sots et de la mère sotte : c'est ainsi que l'écrit l'auteur de l'Almanach de la Foire. Monsieur Parfaict, écrivain non moins digne de foi, donne pour père à Brioché Tabarin, à Tabarin Gros-Guillaume, à Gros-Guillaume Jean Boudin, mais en remontant toujours au prince des sots. Si ces deux historiens se contredisent, c'est une preuve de la vérité du fait pour le père Daniel, qui les concilie avec une merveilleuse sagacité, et qui détruit par là le pyrrhonisme de l'histoire.

II

Comme je finissais ce premier paragraphe des cahiers de Merri Hissing dans mon cabinet, dont la fenêtre donne sur la rue St. Antoine, j'ai vu passer les syndics des apothicaires, qui allaient saisir des drogues et du vert-de-gris que les jésuites de la rue St. Antoine vendaient en contrebande ; mon voisin monsieur Husson,

qui est une bonne tête, est venu chez moi, et m'a dit :
« Mon ami, vous riez de voir les jésuites vilipendés ;
vous êtes bien aise de savoir qu'ils sont convaincus d'un
parricide en Portugal, et d'une rébellion au Paraguai ; le
cri public qui s'élève en France contre eux, la haine
qu'on leur porte, les opprobres multipliés dont ils sont
couverts, semblent être pour vous une consolation ; mais
sachez que, s'ils sont perdus comme tous les honnêtes
gens le désirent, vous n'y gagnerez rien : vous serez
accablé par la faction des jansénistes. Ce sont des
enthousiastes féroces, des âmes de bronze, pires que les
presbytériens qui renversèrent le trône de Charles Ier
Songez que les fanatiques sont plus dangereux que les
fripons. On ne peut Jamais faire entendre raison à un
énergumène ; les fripons l'entendent. »

Je disputai longtemps contre monsieur Husson ; je lui
dis enfin : « Monsieur, consolez-vous ; peut-être que les
jansénistes seront un jour aussi adroits que les jésuites.

Je tâchai de l'adoucir ; mais c'est une tête de fer qu'on
ne fait jamais changer de sentiment.

III

Brioché, voyant que Polichinelle était bossu par-
devant et par-derrière, lui voulut apprendre à lire et à
écrire. Polichinelle, au bout de deux ans, épela assez
passablement ; mais il ne put jamais parvenir à se servir
d'une plume. Un des écrivains de sa vie remarque qu'il
essaya un jour d'écrire son nom, mais que personne ne
put le lire.

Brioché était fort pauvre ; sa femme et lui n'avaient
pas de quoi nourrir Polichinelle, encore moins de quoi
lui faire apprendre un métier. Polichinelle leur dit :
« Mon père et ma mère, je suis bossu, et j'ai de la
mémoire ; trois ou quatre de mes amis, et moi, nous
pouvons établir des marionnettes : je gagnerai quelque

argent ; les hommes ont toujours aimé les marionnettes ;
il y a quelquefois de la perte à en vendre de nouvelles,
mais aussi il y a de grands profits. »

Monsieur et madame Brioché admirèrent le bon sens
du jeune homme ; la troupe se forma, et elle alla établir
ses petits tréteaux dans une bourgade suisse, sur le
chemin d'Appenzel à Milan.

C'était justement dans ce village que les charlatans
d'Orviète avaient établi le magasin de leur orviétan. Ils
s'aperçurent qu'insensiblement la canaille allait aux
marionnettes, et qu'ils vendaient dans le pays la moitié
moins de savonnettes et d'onguent pour la brûlure. Ils
accusèrent Polichinelle de plusieurs mauvais déporte-
ments, et portèrent leurs plaintes devant le magistrat. La
requête disait que c'était un ivrogne dangereux ; qu'un
jour il avait donné cent coups de pied dans le ventre, en
plein marché, à des paysans qui vendaient des nèfles.

On prétendit aussi qu'il avait molesté un marchand de
coqs d'Inde ; enfin ils l'accusèrent d'être sorcier. Mon-
sieur Parfaict, dans son *Histoire du Théâtre,* prétend
qu'il fut avalé par un crapaud ; mais le père Daniel
pense, ou du moins parle autrement. On ne sait pas ce
que devint Brioché. Comme il n'était que le père putatif
de Polichinelle, l'historien n'a pas jugé à propos de nous
dire de ses nouvelles.

IV

Feu monsieur du Marsais assurait que le plus grand
des abus était la vénalité des charges. « C'est un grand
malheur pour l'État, disait-il, qu'un homme de mérite,
sans fortune, ne puisse parvenir à rien. Que de talents
enterrés, et que de sots en place ! Quelle détestable
politique d'avoir éteint l'émulation ! » Monsieur du
Marsais, sans y penser, plaidait sa propre cause : il a été
réduit à enseigner le latin, et il aurait rendu de grands

services à l'État s'il avait été employé. Je connais des barbouilleurs de papier qui eussent enrichi une province, s'ils avaient été à la place de ceux qui l'ont volée. Mais, pour avoir cette place, il faut être fils d'un riche qui vous laisse de quoi acheter une charge, un office, et ce qu'on appelle *une dignité*.

Du Marsais assurait qu'un Montaigne, un Charron, un Descartes, un Gassendi, un Bayle, n'eussent jamais condamné aux galères des écoliers soutenant thèse contre la philosophie d'Aristote, ni n'auraient fait brûler le curé Urbain Grandier, le curé Gaufrédi, et qu'ils n'eussent point, etc., etc.

V

Il n'y a pas longtemps que le chevalier Roginante, gentilhomme ferrarois, qui voulait faire une collection de tableaux de l'école flamande, alla faire des emplettes dans Amsterdam. Il marchanda un assez beau Christ chez le sieur Vandergru. « Est-il possible, dit le Ferrarois au Batave, que vous qui n'êtes pas chrétien (car vous êtes Hollandais) vous ayez chez vous un Jésus ? — Je suis chrétien et catholique », répondit monsieur Vandergru, sans se fâcher ; et il vendit son tableau assez cher. « Vous croyez donc Jésus-Christ Dieu ? lui dit Roginante. — Assurément », dit Vandergru.

Un autre curieux logeait à la porte attenante, c'était un socinien ; il lui vendit une Sainte Famille. « Que pensez-vous de l'enfant ? dit le Ferrarois. — Je pense, répondit l'autre, que ce fut la créature la plus parfaite que Dieu ait mise sur la terre. »

De là le Ferrarois alla chez Moïse Mansebo, qui n'avait que de beaux paysages, et point de Sainte Famille. Roginante lui demanda pourquoi on ne trouvait pas chez lui de pareils sujets. « C'est, dit-il, que nous avons cette famille en exécration. »

Roginante passa chez un fameux anabaptiste, qui avait les plus jolis enfants du monde ; il leur demanda dans quelle église ils avaient été baptisés. « Fi donc ! monsieur, lui dirent les enfants ; grâces à Dieu, nous ne sommes point encore baptisés. »

Roginante n'était pas au milieu de la rue qu'il avait déjà vu une douzaine de sectes entièrement opposées les unes aux autres. Son compagnon de voyage, monsieur Sacrito, lui dit : « Enfuyons-nous vite, voilà l'heure de la bourse ; tous ces gens-ci vont s'égorger sans doute, selon l'antique usage, puisqu'ils pensent tous diversement ; et la populace nous assommera, pour être sujets du pape. »

Il furent bien étonnés quand ils virent toutes ces bonnes gens-là sortir de leurs maisons avec leurs commis, se saluer civilement, et aller à la bourse de compagnie. Il y avait ce jour-là, de compte fait, cinquante-trois religions sur la place, en comptant les Arminiens et les jansénistes. On fit pour cinquante-trois millions d'affaires le plus paisiblement du monde, et le Ferrarois retourna dans son pays, où il trouva plus d'*Agnus* Dei que de lettres de change.

On voit tous les jours la même scène à Londres, à Hambourg, à Dantzick, à Venise même, etc. Mais ce que j'ai vu de plus édifiant, c'est à Constantinople.

J'eus l'honneur d'assister, il y a cinquante ans, à l'installation d'un patriarche grec par le sultan Achmet III, dont Dieu veuille avoir l'âme. Il donna à ce prêtre chrétien l'anneau, et le bâton fait en forme de béquille. Il y eut ensuite une procession de chrétiens dans la rue Cléobule ; deux janissaires marchèrent à la tête de la procession. J'eus le plaisir de communier publiquement dans l'église patriarcale, et il ne tint qu'à moi d'obtenir un canonicat.

J'avoue qu'à mon retour à Marseille je fus fort étonné de ne point y trouver de mosquée. J'en marquai ma surprise à monsieur l'intendant et à monsieur l'évêque.

Je leur dis que cela était fort incivil, et que si les chrétiens avaient des églises chez les musulmans on pouvait au moins faire aux Turcs la galanterie de quelques chapelles. Ils me promirent tous deux qu'ils en écriraient en cour ; mais l'affaire en demeure là, à cause de la constitution *Unigenitus*.

O mes frères les jésuites ! vous n'avez pas été tolérants, et on ne l'est pas pour vous. Consolez-vous ; d'autres à leur tour deviendront persécuteurs, et à leur tour ils seront abhorrés.

VI

Je contais ces choses, il y a quelques jours, à monsieur de Boucacous, Languedocien très chaud et huguenot très zélé. « Cavalisque ! me dit-il, on nous traite donc en France comme les Turcs ; on leur refuse des mosquées, et on ne nous accorde point de temples ! — Pour des mosquées, lui dis-je, les Turcs ne nous en ont encore point demandé, et j'ose me flatter qu'ils en obtiendront quand ils voudront, parce qu'ils sont nos bons alliés ; mais je doute fort qu'on rétablisse vos temples, malgré toute la politesse dont nous nous piquons : la raison en est que vous êtes un peu nos ennemis. — Vos ennemis ! s'écria monsieur de Boucacous, nous qui sommes les plus ardents serviteurs du roi ! — Vous êtes fort ardents, lui répliquai-je, et si ardents que vous avez fait neuf guerres civiles, sans compter les massacres des Cévennes. — Mais, dit-il, si nous avons fait des guerres civiles, c'est que vous nous cuisiez en place publique ; on se lasse à la longue d'être brûlé, il n'y a patience de saint qui puisse y tenir : qu'on nous laisse en repos, et je vous jure que nous serons des sujets très fidèles.

— C'est précisément ce qu'on fait, lui dis-je ; on ferme les yeux sur vous, on vous laisse faire votre commerce, vous avez une liberté assez honnête. —

Voilà une plaisante liberté ! dit monsieur de Boucacous ;
nous ne pouvons nous assembler en pleine campagne
quatre ou cinq mille seulement, avec des psaumes à
quatre parties, que sur-le-champ il ne vienne un régi-
ment de dragons qui nous fait rentrer chacun chez nous.
Est-ce là vivre ? est-ce là être libre ? »

Alors je lui parlai ainsi : « Il n'y a aucun pays dans le
monde où l'on puisse s'attrouper sans l'ordre du souve-
rain ; tout attroupement est contre les lois. Servez Dieu
à votre mode dans vos maisons, n'étourdissez personne
par des hurlements que vous appelez *musique*. Pensez-
vous que Dieu soit bien content de vous quand vous
chantez ses commandements sur l'air de *Réveillez-vous,
belle endormie* ? et quand vous dites avec les Juifs, en
parlant d'un peuple voisin :

> Heureux qui doit te détruire à jamais !
> Qui, t'arrachant les enfants des mamelles,
> Écrasera leurs têtes infidèles !

« Dieu veut-il absolument qu'on écrase les cervelles
des petits enfants ? Cela est-il humain ? De plus, Dieu
aime-t-il tant les mauvais vers et la mauvaise
musique ? »

Monsieur de Boucacous m'interrompit, et me
demanda si le latin de cuisine de nos psaumes valait
mieux. « Non, sans doute, lui dis-je ; je conviens même
qu'il y a un peu de stérilité d'imagination à ne prier Dieu
que dans une traduction très vicieuse de vieux cantiques
d'un peuple que nous abhorrons ; nous sommes tous
juifs à vêpres, comme nous sommes tous païens à
l'Opéra.

« Ce qui me déplaît seulement, c'est que les *Méta-
morphoses* d'Ovide sont, par la malice du démon, bien
mieux écrites, et plus agréables que les cantiques juifs :
car il faut avouer que cette montagne de Sion, et ces
gueules de basilic, et ces collines, qui sautent comme des

béliers, et toutes ces répétitions fastidieuses, ne valent ni la poésie grecque, ni la latine, ni la française. Le froid petit Racine a beau faire, cet enfant dénaturé n'empêchera pas (profanement parlant) que son père ne soit un meilleur poète que David.

« Mais enfin, nous sommes la religion dominante chez nous ; il ne vous est pas permis de vous attrouper en Angleterre : pourquoi voudriez-vous avoir cette liberté en France ? Faites ce qu'il vous plaira dans vos maisons, et j'ai parole de monsieur le gouverneur et de monsieur l'intendant qu'en étant sages vous serez tranquilles : l'imprudence seule fit et fera les persécutions. Je trouve très mauvais que vos mariages, l'état de vos enfants, le droit d'héritage, souffrent la moindre difficulté. Il n'est pas juste de vous saigner et de vous purger parce que vos pères ont été malades ; mais que voulez-vous ? ce monde est un grand Bedlam, où des fous enchaînent d'autres fous. »

Nous[a] *ignorions ainsi, monsieur de Boucacous et moi, quand nous vîmes passer Jean-Jacques Rousseau avec grande précipitation. « Eh! où allez-vous donc si vite, monsieur Jean-Jacques ? — Je m'enfuis, parce que maître Joly de Fleury a dit, dans un réquisitoire, que je prêchais contre l'intolérance et contre l'existence de la religion chrétienne. — Il a voulu dire* évidence, *lui répondis-je ; il ne faut pas prendre feu pour un mot. — Eh! mon Dieu, je n'ai que trop pris feu, dit Jean-Jacques ; on brûle partout mon livre. Je sors de Paris comme monsieur d'Assouci de Montpellier, de peur qu'on ne brûle ma personne. — Cela était bon, lui dis-je, du temps d'Anne Dubourg et de Michel Servet, mais à présent on est plus humain. Qu'est-ce donc que ce livre qu'on a brûlé ?*

— J'élevais, dit-il, à ma manière un petit garçon en

a. Paragraphe paraissant pour la première fois dans l'édition Miger, 1818. (Note des éditeurs.)

quatre tomes. Je sentais bien que j'ennuierais peut-être ; et j'ai voulu, pour égayer la matière, glisser adroitement une cinquantaine de pages en faveur du théisme. J'ai cru qu'en disant des injures aux philosophes, mon théisme passerait, et je me suis trompé. — Qu'est-ce que théisme ? fis-je. — C'est, me dit-il, l'adoration d'un Dieu, en attendant que je sois mieux instruit. — Ah ! dis-je, si c'est là tout votre crime, consolez-vous. Mais pourquoi injurier les philosophes ? — J'ai tort, fit-il. — Mais, monsieur Jean-Jacques, comment vous êtes-vous fait théiste ? quelle cérémonie faut-il pour cela ? — Aucune, nous dit Jean-Jacques. Je suis né protestant, j'ai retranché tout ce que les protestants condamnent dans la religion romaine. Ensuite, j'ai retranché tout ce que les autres religions condamnent dans le protestantisme : il ne m'est resté que Dieu ; je l'ai adoré, et maître Joly de Fleury a présenté contre moi un réquisitoire. »

Alors nous parlâmes à fond du théisme avec Jean-Jacques, qui nous apprit qu'il y avait trois cent mille théistes à Londres et environ cinquante mille seulement à Paris, parce que les Parisiens n'arrivent jamais à rien que longtemps après les Anglais, témoin l'inoculation, la gravitation, le semoir, etc., etc. Il ajouta que le nord de l'Allemagne fourmillait de théistes et de gens qui se battent bien.

Monsieur de Boucacous l'écouta attentivement, et promit de se faire théiste. Pour moi, je restai ferme. Je ne sais cependant si on ne brûlera pas ce petit écrit, comme un ouvrage de Jean-Jacques, ou comme un mandement d'évêque ; mais un mal qui nous menace n'empêche pas toujours d'être sensible au mal d'autrui, et comme j'ai le cœur bon, je plaignis les tribulations de Jean-Jacques.

VII

Les compagnons de Polichinelle réduits à la mendicité, qui était leur état naturel, s'associèrent avec quelques bohèmes, et coururent de village en village. Ils

arrivèrent dans une petite ville, et logèrent dans un quatrième étage, où ils se mirent à composer des drogues dont la vente les aida quelque temps à subsister. Ils guérirent même de la gale l'épagneul d'une dame de considération ; les voisins crièrent au prodige, mais malgré toute leur industrie la troupe ne fit pas fortune.

Ils se lamentaient de leur obscurité et de leur misère, lorsqu'un jour ils entendirent un bruit sur leur tête, comme celui d'une brouette qu'on roule sur le plancher. Ils montèrent au cinquième étage, et y trouvèrent un petit homme qui faisait des marionnettes pour son compte : il s'appelait le sieur Bienfait ; il avait tout juste le génie qu'il fallait pour son art.

On n'entendait pas un mot de ce qu'il disait ; mais il avait un galimatias fort convenable, et il ne faisait pas mal ses bamboches. Un compagnon, qui excellait aussi en galimatias, lui parla ainsi :

« Nous croyons que vous êtes destiné à relever nos marionnettes, car nous avons lu dans Nostradamus ces propres paroles : *Nelle chi li po rate icsus res fait en bi,* lesquelles prises à rebours font évidemment : *Bienfait ressuscitera Polichinelle.* Le nôtre a été avalé par un crapaud ; mais nous avons retrouvé son chapeau, sa bosse, et sa pratique. Vous fournirez le fil d'archal. Je crois d'ailleurs qu'il vous sera aisé de lui faire une moustache toute semblable à celle qu'il avait, et quand nous serons unis ensemble, il est à croire que nous aurons beaucoup de succès. Nous ferons valoir Polichinelle par Nostradamus, et Nostradamus par Polichinelle. »

Le sieur Bienfait accepta la proposition. On lui demanda ce qu'il voulait pour sa peine. « Je veux, dit-il, beaucoup d'honneurs et beaucoup d'argent. — Nous n'avons rien de cela, dit l'orateur de la troupe ; mais avec le temps on a de tout. » Le sieur Bienfait se lia donc avec les bohèmes, et tous ensemble allèrent à Milan établir

leur théâtre, sous la protection de madame Carminetta. On afficha que le même Polichinelle, qui avait été mangé par un crapaud du village du canton d'Appenzel, reparaîtrait sur le théâtre de Milan, et qu'il danserait avec madame Gigogne. Tous les vendeurs d'orviétan eurent beau s'y opposer, le sieur Bienfait, qui avait aussi le secret de l'orviétan, soutint que le sien était le meilleur : il en vendit beaucoup aux femmes, qui étaient folles de Polichinelle, et il devint si riche qu'il se mit à la tête de la troupe.

Dès qu'il eut ce qu'il voulait (et que tout le monde veut), des honneurs et du bien, il fut très ingrat envers madame Carminetta. Il acheta une belle maison vis-à-vis de celle de sa bienfaitrice, et il trouva le secret de la faire payer par ses associés. On ne le vit plus faire sa cour à madame Carminetta ; au contraire, il voulut qu'elle vînt déjeuner chez lui, et un jour qu'elle daigna y venir il lui fit fermer la porte au nez, etc.

VIII

N'ayant rien entendu au précédent chapitre de Merri Hissing, je me transportai chez mon ami monsieur Husson, pour lui en demander l'explication. Il me dit que c'était une profonde allégorie sur le père La Valette, marchand banqueroutier d'Amérique, mais que d'ailleurs il y avait longtemps qu'il ne s'embarrassait plus de ces sottises, qu'il n'allait jamais aux marionnettes ; qu'on jouait ce jour-là *Polyeucte,* et qu'il voulait l'entendre. Je l'accompagnai à la comédie.

Monsieur Husson, pendant le premier acte, branlait toujours la tête. Je lui demandai dans l'entr'acte pourquoi sa tête branlait tant. « J'avoue, dit-il, que je suis indigné contre ce sot Polyeucte et contre cet impudent Néarque. Que diriez-vous d'un gendre de monsieur le gouverneur de Paris, qui serait huguenot et qui,

accompagnant son beau-père le jour de Pâques à Notre-
Dame, irait mettre en pièces le ciboire et le calice, et
donner des coups de pied dans le ventre à monsieur
l'archevêque et aux chanoines ? Serait-il bien justifié, en
nous disant que nous sommes des idolâtres ; qu'il l'a
entendu dire au sieur Lubolier, prédicant d'Amsterdam,
et au sieur Morfyé, compilateur à Berlin, auteur de la
Bibliothèque germanique, qui le tenait du prédicant
Urieju. C'est là le fidèle portrait de la conduite de
Polyeucte. Peut-on s'intéresser à ce plat fanatique,
séduit par le fanatique Néarque ? »

Monsieur Husson me disait ainsi son avis amicalement
dans les entr'actes. Il se mit à rire quand il vit Polyeucte
résigner sa femme à son rival ; et il la trouva un peu
bourgeoise quand elle dit à son amant qu'elle va dans sa
chambre, au lieu d'aller avec lui à l'église :

> Adieu, trop vertueux objet, et trop charmant ;
> Adieu, trop généreux et trop parfait amant ;
> Je vais seule en ma chambre enfermer mes regrets.

Mais il admira la scène où elle demande à son amant la
grâce de son mari.

« Il y a là, dit-il, un gouverneur d'Arménie qui est
bien le plus lâche, le plus bas des hommes ; ce père de
Pauline avoue même qu'il a les sentiments d'un coquin :

> Polyeucte est ici l'appui de ma famille ;
> Mais si par son trépas l'autre épousait ma fille,
> J'acquerrais bien par là de plus puissants appuis,
> Qui me mettraient plus haut cent fois que je ne suis.

« Un procureur au Châtelet ne pourrait guère ni
penser ni s'exprimer autrement. Il y a des bonnes âmes
qui avalent tout cela ; je ne suis pas du nombre. Si ces
pauvretés peuvent entrer dans une tragédie du pays des
Gaules, il faut brûler *l'Œdipe* des Grecs. »

Monsieur Husson est un rude homme. J'ai fait ce que

j'ai pu pour l'adoucir ; mais je n'ai pu en venir à bout. Il a persisté dans son avis, et moi dans le mien.

IX

Nous avons laissé le sieur Bienfait fort riche et fort insolent. Il fit tant par ses menées qu'il fut reconnu pour entrepreneur d'un grand nombre de marionnettes. Dès qu'il fut revêtu de cette dignité, il fit promener Polichinelle dans toutes les villes, et afficha que tout le monde serait tenu de l'appeler *Monsieur,* sans quoi il ne jouerait point. C'est de là que, dans toutes les représentations des marionnettes, il ne répond jamais à son compère que quand le compère l'appelle monsieur Polichinelle. Peu à peu Polichinelle devint si important qu'on ne donna plus aucun spectacle sans lui payer une rétribution, comme les Opéras des provinces en payent une à l'Opéra de Paris.

Un jour, un de ses domestiques, receveur des billets et ouvreur de loges, ayant été cassé aux gages, se souleva contre Bienfait, et institua d'autres marionnettes qui décrièrent toutes les danses de madame Gigogne et tous les tours de passe-passe de Bienfait. Il retrancha plus de cinquante ingrédients qui entraient dans l'orviétan, composa le sien de cinq ou six drogues ; et, le vendant beaucoup meilleur marché, il enleva une infinité de pratiques à Bienfait ; ce qui excita un furieux procès, et on se battit longtemps à la porte des marionnettes, dans le préau de la Foire.

X

Monsieur Husson me parlait hier de ses voyages : en effet, il a passé plusieurs années dans les Échelles du Levant, il est allé en Perse, il a demeuré longtemps dans

les Indes, et a vu toute l'Europe. « J'ai remarqué, me disait-il, qu'il y a un nombre prodigieux de Juifs qui attendent le Messie, et qui se feraient empaler plutôt que de convenir qu'il est venu. J'ai vu mille Turcs persuadés que Mahomet avait mis la moitié de la lune dans sa manche. Le petit peuple, d'un bout du monde à l'autre, croit fermement les choses les plus absurdes. Cependant, qu'un philosophe ait un écu à partager avec le plus imbécile de ces malheureux, en qui la raison humaine est si horriblement obscurcie, il est sûr que s'il y a un sou à gagner l'imbécile l'emportera sur le philosophe. Comment des taupes, si aveugles sur le plus grand des intérêts, sont-elles lynx sur les plus petits ? Pourquoi le même juif qui vous égorge le vendredi ne voudrait-il pas voler un liard le jour du sabbat ? Cette contradiction de l'espèce humaine mérite qu'on l'examine.

— N'est-ce pas, dis-je à monsieur Husson, que les hommes sont superstitieux par coutume, et coquins par instinct ? — J'y rêverai, me dit-il ; cette idée me paraît assez bonne. »

XI

Polichinelle, depuis l'aventure de l'ouvreur de loges, a essuyé bien des disgrâces. Les Anglais, qui sont raisonneurs et sombres, lui ont préféré Shakespeare ; mais ailleurs ses farces ont été fort en vogue, et, sans l'opéra-comique, son théâtre était le premier des théâtres. Il a eu de grandes querelles avec Scaramouche et Arlequin, et on ne sait pas encore qui l'emportera. Mais...

XII

« Mais, mon cher monsieur, disais-je, comment peut-on être à la fois si barbare et si drôle ? Comment, dans l'histoire d'un peuple, trouve-t-on à la fois la

Saint-Barthélemy et les *Contes* de La Fontaine, etc. ?
Est-ce l'effet du climat ? Est-ce l'effet des lois

— Le genre humain, répondit M. Husson, est capable
de tout. Néron pleura quand il fallut signer l'arrêt de
mort d'un criminel, joua des farces, et assassina sa mère.
Les singes font des tours extrêmement plaisants, et
étouffent leurs petits. Rien n'est plus doux, plus timide
qu'une levrette ; mais elle déchire un lièvre, et baigne
son long museau dans son sang.

— Vous devriez, lui dis-je, nous faire un beau livre
qui développât toutes ces contradictions. — Ce livre est
tout fait, dit-il ; vous n'avez qu'à regarder une girouette,
elle tourne tantôt au doux souffle du zéphyr, tantôt au
vent violent du nord ; voilà l'homme. »

XIII

Rien n'est souvent plus convenable que d'aimer sa
cousine. On peut aussi aimer sa nièce ; mais il en coûte
dix-huit mille livres, payables à Rome, pour épouser une
cousine, et quatre-vingt mille francs pour coucher avec
sa nièce en légitime mariage.

Je suppose quarante nièces par an, mariées avec leurs
oncles, et deux cents cousins et cousines conjoints, cela
fait en sacrements six millions huit cent mille livres par
an, qui sortent du royaume. Ajoutez-y environ six cent
mille francs pour ce qu'on appelle *les annates des terres
de France,* que le roi de France donne à des Français en
bénéfices ; joignez-y encore quelques menus frais : c'est
environ huit millions quatre cent mille livres que nous
donnons libéralement au St. Père par chacun an. Nous
exagérons peut-être un peu ; mais on conviendra que si
nous avons beaucoup de cousines et de nièces jolies, et si
la mortalité se met parmi les bénéficiers, la somme peut
aller au double. Le fardeau serait lourd, tandis que nous
avons des vaisseaux à construire, des armées et des
rentiers à payer.

Je m'étonne que, dans l'énorme quantité de livres dont les auteurs ont gouverné l'État depuis vingt ans, aucun n'ait pensé à reformer ces abus. J'ai prié un docteur de Sorbonne, de mes amis, de me dire dans quel endroit de l'Écriture on trouve que la France doive payer à Rome la somme susdite : il n'a jamais pu le trouver. J'en ai parlé à un jésuite : il m'a répondu que cet impôt fut mis par St. Pierre sur les Gaules, dès la première année qu'il vint à Rome ; et comme je doutais que St. Pierre eût fait ce voyage, il m'en a convaincu en me disant qu'on voit encore à Rome les clefs du paradis qu'il portait toujours à sa ceinture. « Il est vrai, m'a-t-il dit, que nul auteur canonique ne parle de ce voyage de Simon Barjone ; mais nous avons une belle lettre de lui, datée de *Babylone ;* or, certainement *Babylone* veut dire *Rome :* donc vous devez de l'argent au pape quand vous épousez vos cousines. J'avoue que j'ai été frappé de la force de cet argument.

XIV

J'ai un vieux parent qui a servi le roi cinquante-deux ans. Il s'est retiré dans la haute Alsace, où il a une petite terre qu'il cultive, dans le diocèse de Porentru. Il voulut un jour faire donner le dernier labour à son champ ; la saison avançait, l'ouvrage pressait. Ses valets refusèrent le service, et dirent pour raison que c'était la fête de Ste. Barbe, la sainte la plus fêtée à Porentru. « Eh ! mes amis, leur dit mon parent, vous avez été à la messe en l'honneur de Barbe, vous avez rendu à Barbe ce qui lui appartient ; rendez-moi ce que vous me devez : cultivez mon champ, au lieu d'aller au cabaret. Ste. Barbe ordonne-t-elle qu'on s'enivre pour lui faire honneur, et que je manque de blé cette année ? » Le maître-valet lui dit : « Monsieur, vous voyez bien que je serais damné si je travaillais dans un si saint jour. Ste. Barbe est la plus

grande sainte du paradis ; elle grava le signe de la croix sur une colonne de marbre avec le bout du doigt ; et du même doigt, et du même signe, elle fit tomber toutes les dents d'un chien qui lui avait mordu les fesses : je ne travaillerai point le jour de Ste. Barbe. »

Mon parent envoya chercher des laboureurs luthériens, et son champ fut cultivé. L'évêque de Porentru l'excommunia. Mon parent en appela comme d'abus ; le procès n'est pas encore jugé. Personne assurément n'est plus persuadé que mon parent qu'il faut honorer les saints ; mais il prétend aussi qu'il faut cultiver la terre.

Je suppose en France environ cinq millions d'ouvriers, soit manœuvres, soit artisans, qui gagnent chacun, l'un portant l'autre, vingt sous par jour, et qu'on force saintement de ne rien gagner pendant trente jours de l'année, indépendamment des dimanches : cela fait cent cinquante millions de moins dans la circulation, et cent cinquante millions de moins en main-d'œuvre. Quelle prodigieuse supériorité ne doivent point avoir sur nous les royaumes voisins qui n'ont ni Ste. Barbe, ni d'évêque de Porentru ! On répondait à cette objection que les

cabarets, ouverts les saints jours de fête, produisent beaucoup aux fermes générales. Mon parent en convenait ; mais il prétendait que c'est un léger dédommagement ; et que d'ailleurs, si on peut travailler après la messe, on peut aller au cabaret après le travail. Il soutient que cette affaire est purement de police, et point du tout épiscopale ; il soutient qu'il vaut encore mieux labourer que de s'enivrer. J'ai bien peur qu'il ne perde son procès.

XV

Il y a quelques années qu'en passant par la Bourgogne avec monsieur Evrard, que vous connaissez tous, nous vîmes un vaste palais, dont une partie commençait à

s'élever. Je demandai à quel prince il appartenait. Un maçon me répondit que c'était à monseigneur l'abbé de Cîteaux ; que le marché avait été fait à dix-sept cent mille livres, mais que probablement il en coûterait bien davantage.

Je bénis Dieu qui avait mis son serviteur en état d'élever un si beau monument, et de répandre tant d'argent dans le pays. « Vous moquez-vous ? dit monsieur Evrard ; n'est-il pas abominable que l'oisiveté soit récompensée par deux cent cinquante mille livres de rente, et que la vigilance d'un pauvre curé de campagne soit punie par une portion congrue de cent écus ? Cette inégalité n'est-elle pas la chose du monde la plus injuste et la plus odieuse ? Qu'en reviendra-t-il à l'État quand un moine sera logé dans un palais de deux millions ? Vingt familles de pauvres officiers, qui partageraient ces deux millions, auraient chacune un bien honnête, et donneraient au roi de nouveaux officiers. Les petits moines, qui sont aujourd'hui les sujets inutiles d'un de leurs moines élu par eux, deviendraient des membres de l'État au lieu qu'ils ne sont que des chancres qui le rongent. »

Je répondis à monsieur Evrard : « Vous allez trop loin, et trop vite ; ce que vous dites arrivera certainement dans deux ou trois cents ans ; ayez patience. — Et c'est précisément, répondit-il, parce que la chose n'arrivera que dans deux ou trois siècles que je perds toute patience ; je suis las de tous les abus que je vois : il me semble que je marche dans les déserts de la Libye, où notre sang est sucé par des insectes quand les lions ne nous dévorent pas.

« J'avais, continua-t-il, une sœur assez imbécile pour être janséniste de bonne foi, et non par esprit de parti. La belle aventure des billets de confession la fit mourir de désespoir. Mon frère avait un procès qu'il avait gagné en première instance ; sa fortune en dépendait. Je ne sais

comment il est arrivé que les juges ont cessé de rendre la justice, et mon frère a été ruiné. J'ai un vieil oncle criblé de blessures, qui faisait passer ses meubles et sa vaisselle d'une province à une autre ; des commis alertes ont saisi le tout sur un petit manque de formalité ; mon oncle n'a pu payer les trois vingtièmes, et il est mort en prison. »

Monsieur Evrard me conta des aventures de cette espèce pendant deux heures entières. Je lui dis : « Mon cher monsieur Evrard, j'en ai essuyé plus que vous ; les hommes sont ainsi faits d'un bout du monde à l'autre : nous nous imaginons que les abus ne règnent que chez nous ; nous sommes tous deux comme Astolphe et Joconde, qui pensaient d'abord qu'il n'y avait que leurs femmes d'infidèles ; ils se mirent à voyager, et ils trouvèrent partout des gens de leur confrérie. — Oui, dit monsieur Evrard, mais ils eurent le plaisir de rendre partout ce qu'on avait eu la bonté de leur prêter chez eux.

— Tâchez, lui dis-je, d'être seulement pendant trois ans directeur de…, ou de…, ou de…, ou de…, et vous vous vengerez avec usure. »

Monsieur Evrard me crut : c'est à présent l'homme de France qui vole le roi, l'État et les particuliers, de la manière la plus dégagée et la plus noble, qui fait la meilleure chère, et qui juge le plus fièrement d'une pièce nouvelle.

TABLE DES MATIÈRES

ZADIG OU LA DESTINÉE

CANDIDE OU L'OPTIMISTE

IMPRIMÉ EN FRANCE PAR BRODARD ET TAUPIN
1055H-5 Usine de La Flèche (Sarthe), le 05-03-1993
B/014-93 – Dépôt légal, mars 1993
ISBN : 287714-122-5